Witold Gombrowicz
Gesammelte Werke

Band 3

Herausgegeben von Rolf Fieguth
und Fritz Arnold

Witold Gombrowicz
Pornographie

Aus dem Polnischen
von Walter Tiel und
Renate Schmidgall

Carl Hanser Verlag

Titel der Originalausgabe:
Pornografia

Umschlagabbildung:
Gestalt-Zeichen (Mischtechnik) von
Alfred Kremer (1895-1956).
Mit freundlicher Genehmigung der
Galerie van de Loo, München.

ISBN 3-446-13867-6

Umschlag: Klaus Detjen
Satz: LibroSatz, Kriftel
Druck und Bindung: Kösel, Kempten
Printed in Germany

Pornographie

Erster Teil

I

Ich werde euch ein anderes Abenteuer erzählen, wohl eines meiner fatalsten.

Damals, das war 1943, hielt ich mich im ehemaligen Polen auf, im ehemaligen Warschau, ganz auf dem Grund der vollendeten Tatsache. Stille. Der gelichtete Kreis meiner Kameraden und Freunde aus den ehemaligen Cafés, dem Zodiak, dem Ziemiańska, dem Ips, versammelte sich jeden Dienstag in einer bestimmten Wohnung in der Kruczastraße, und dort tranken wir und bemühten uns, weiterhin Künstler, Schriftsteller und Denker zu sein . . . indem wir unsere alten, ehemaligen Gespräche und Debatten über die Kunst wiederaufnahmen . . . Hei, hei, hei, heute noch sehe ich sie in dichtem Qualm sitzen oder liegen, der eine etwas skelettartig, der andere mit Schmissen bedeckt, aber alle wild daherredend und schreiend. Da schrie einer: Gott, ein anderer: Kunst, ein dritter: Volk, ein vierter: Proletariat, und so diskutierten wir verbissen, und so zog sich das und zog sich – Gott, Kunst, Volk, Proletariat – doch einmal erschien ein Typ mittleren Alters, schwärzlich und trocken, mit einer Hakennase, und stellte sich jedem einzeln vor unter Wahrung voller Formalitäten. Danach sprach er kaum ein Wort.

Er dankte für das ihm angebotene Gläschen Schnaps sehr beflissen – und mit nicht geringerer Beflissenheit sagte er: »Dürfte ich noch um ein Streichholz bitten . . .«, wonach er auf das Streichholz zu warten begann und wartete . . . und, als man es ihm reichte, schickte er sich an, eine Zigarette anzuzünden. Unterdessen tobte die Diskussion – Gott, Proletariat, Volk, Kunst – und der Gestank kroch uns in die Nasenlöcher. Jemand sagte: »Welcher Wind hat Sie denn hierhergeweht, Friedrich?« – worauf er auf der Stelle eine erschöpfende Antwort gab: »Ich habe von Ewa erfahren, daß Piętak hier verkehrt, deshalb bin ich vorbeigekommen, ich habe nämlich vier Hasenfelle und eine Sohle.« Und, um keine leeren Worte zu machen, zeigte er die in Papier eingewickelten Felle.

Man reichte ihm Tee, den er austrank, aber auf seinem Teller lag noch ein Stückchen Zucker – und er streckte die Hand aus, um es zum Mund zu führen – aber vielleicht hielt er diese Bewegung für nicht genügend begründet, also zog er die Hand wieder zurück – doch das Zurückziehen der Hand war eigentlich noch unbegründeter – er streckte daher die Hand erneut aus und aß den Zucker – aber er aß ihn nun wohl nicht mehr zum Vergnügen, sondern nur, um sich entsprechend zu benehmen . . . dem Zucker oder uns gegenüber? . . . und, um diesen Eindruck zu verwischen, hüstelte er, und, um das Hüsteln zu begründen, zog er sein Taschentuch hervor, doch er wagte schon nicht mehr, sich die Nase zu wischen – er bewegte nur den Fuß. Das Bewegen des Fußes brachte ihm, wie es scheint, neue Komplikationen, also wurde er völlig still und bewegte sich überhaupt nicht mehr. Dieses besondere Benehmen (denn er »benahm sich« eigentlich nur, er »benahm sich« ununterbrochen) erregte schon damals, bei der ersten Begegnung, meine Neugier, und im Laufe der folgenden Monate kam ich diesem Menschen näher, der sich übrigens als nicht ungebildet erwies und auch Erfahrungen auf dem Gebiet der Kunst hatte (er hatte sich einmal mit dem Theater befaßt). Was weiß ich . . . was weiß ich . . . es genügt, wenn ich sage, daß wir gemeinsam kleinen Geschäftchen nachgingen, die uns die Mittel zum Lebensunterhalt verschafften. Nun ja, das dauerte aber nicht lange, denn eines Tages erhielt ich einen Brief von einem gewissen Hipp, oder Hippolyt S., einem Gutsbesitzer aus der Gegend von Sandomierz, mit dem Vorschlag, wir sollten ihn besuchen – und Hippolyt erwähnte, daß er mit uns bestimmte Warschauer Angelegenheiten besprechen möchte, bei denen wir ihm behilflich sein könnten. »Hier ist es scheinbar ruhig, nichts Besonderes, aber Banden streifen umher, greifen manchmal an, es geht, du verstehst, recht zügellos zu. Kommt zu zweit, das wird angenehmer sein.«

Fahren? Zu zweit? Mich beschlichen schwer zu formulierende Zweifel hinsichtlich dieser Fahrt zu zweit . . . denn, ihn mitnehmen, damit er dort, auf dem Land, sein Spiel weitertreibt . . . Und sein Körper, dieser so . . . »spezifische« Körper? . . . Mit ihm fahren, ungeachtet seiner unermüdlichen »schweigsam-schreienden Unanständigkeit«? . . . Sich mit jemandem belasten, der so »kompromittiert und infolgedessen auch kompromittierend« war? . . . Sich diesem »Dialog« aussetzen, der so hartnäckig geführt wurde . . . mit . . . ja, mit wem eigentlich? . . . Und sein »Wissen«, dieses Wissen über . . .? Und seine Gerissenheit? Und seine List? Nun ja, all dies schien mir nicht sehr verlockend, aber andererseits war er in seinem ewigen Spiel so abgesondert . . . so isoliert von unserem kollektiven Drama, so ganz ohne Verbindung zu den Diskussionen »Volk, Gott, Proletariat, Kunst« . . . und das war eine Erholung für mich, stellte eine Art Erleichterung dar . . . Und dabei war er so untadelig und ruhig und vorsichtig! Fahren wir also, wieviel angenehmer ist es zu zweit! Und im Endeffekt – drängten wir uns in den Waggon und pferchten uns in das vollgestopfte Innere . . . und schließlich setzte sich der Zug knirschend in Bewegung.

Drei Uhr nachmittags. Nebel. Friedrich wurde vom Rumpf eines alten Weibes halb zerquetscht, der Fuß eines Kindes stieß ihm ans Kinn . . . und so fuhr er . . . doch er fuhr, wie immer, korrekt und wohlerzogen. Er schwieg. Auch ich schwieg, die Fahrt rüttelte uns und warf uns hin und her, und alles war wie erstarrt . . . durch ein Stück Fenster aber erblickte ich bläuliche, schlafende Felder, in die wir mit schaukelndem Lärm hineinfuhren . . . es war die schon so oft gesehene, flache, vom Horizont umfaßte Weite, gestreifte Erde, ein paar fliehende Bäume, ein Häuschen, zurückweichende Gebäude . . . dasselbe wie immer, das im voraus Bekannte . . . Aber doch nicht dasselbe! Und eben darum nicht dasselbe, weil dasselbe! Und unbekannt, und unverständlich, ba, unbegreiflich, nicht zu erfassen! Das Kind brüllte los, die Alte nieste . . .

Dieser säuerliche Mief . . . Die altbekannte, ewige Wehmut der Zugfahrt, die auf- und absteigende Linie der Drähte oder der Böschung, das plötzliche Eindringen eines Baumes ins Fenster, eines Pfostens, eines Bahnwärterhäuschens, das rasche Vorbeiflitzen aller Dinge nach hinten, das Entgleiten . . . während dort, fern am Horizont, ein Schornstein oder ein Hügel . . . auftauchte und lange verharrte, hartnäckig, wie eine schwere, eine alles beherrschende Sorge . . . bis er mit langsamer Drehung ins Nichts verschwand. Friedrich hatte ich direkt vor mir, durch zwei Köpfe getrennt, sein Kopf war ganz, ganz nah, ich konnte ihn sehen – er schwieg und fuhr – und die Anwesenheit fremder, aufdringlicher Körper, die einen bekrochen und bedrängten, vertiefte nur noch unsere Zweisamkeit . . . wortlos . . . so sehr, daß es mir bei Gott lieber gewesen wäre, ich wäre nicht mit ihm gefahren, und diese Idee der gemeinsamen Fahrt wäre nicht Wirklichkeit geworden! Denn, ins Körperliche versetzt, war er nur ein Körper mehr unter Körpern, nichts weiter . . . aber dennoch war er . . . und er war irgendwie abgesondert, unerbittlich . . . Darüber konnte man nicht hinwegsehen. Das konnte man nicht abtun, loswerden, wegwischen – er war in diesem Gedränge, er war . . . Und seine Fahrt, sein Rasen im Raum, konnte man nicht vergleichen mit ihrer Fahrt – das war eine wesentlich bedeutendere Fahrt, eine vielleicht sogar bedrohliche . . .

Von Zeit zu Zeit lächelte er mir zu und sagte etwas – aber wohl nur, um mir das Zusammensein mit ihm möglich zu machen und seine Gegenwart weniger bedrückend zu gestalten. Ich begriff, daß es ein riskantes Unterfangen war, ihn aus der Stadt herauszuholen, ihn in diesen Raum außerhalb Warschaus zu werfen . . . denn auf dem Hintergrund dieser Weiten mußte seine besondere innere Qualität stärker ertönen . . . und auch er selbst wußte das, denn niemals hatte ich ihn stiller und unscheinbarer gesehen. In einem bestimmten Augenblick begann die Dämmerung, diese Substanz, die die

Gestalt auffrißt, ihn allmählich zu verwischen, und er wurde undeutlich in dem dahinjagenden und gerüttelten Waggon, der in die Nacht hineinfuhr, der zum Nichtsein neigte. Doch dies schwächte nicht seine Gegenwart, die nur den Augen unzugänglicher wurde: er lauerte hinter dem Schleier der Unsichtbarkeit, als genau derselbe. Da ging die Beleuchtung an und zog ihn wieder ans Licht, zeigte sein Kinn, seine zusammengekniffenen Mundwinkel, seine Ohren . . . er aber zuckte nicht einmal, er stand da, die Augen auf die schaukelnde Schnur geheftet, und war! Der Zug hielt wieder an, irgendwo hinter mir scharren Füße, das Gedränge taumelt, es tut sich anscheinend etwas – er aber ist und ist! Wir fahren los, draußen ist Nacht, die Lokomotive speit Funken, die Fahrt der Waggons wird nächtlich – wozu habe ich ihn mitgenommen? Warum habe ich mir diese Gesellschaft aufgehalst, die, anstatt zu entlasten, belastete? Viele verschlafene Stunden dauerte diese Fahrt, von Aufenthalten durchflochten, bis sie schließlich zu einer Fahrt um der Fahrt willen wurde, schläfrig, hartnäckig, und so fuhren wir, bis wir nach Ćmielow gelangten und uns mit den Koffern auf dem Weg entlang der Geleise befanden. Die entweichende Schnur des Zuges im verhallenden Getöse. Stille, ein rätselhafter Luftzug und Sterne. Eine Grille.

Ich, herausgeholt aus stundenlanger Bewegung und Gedränge, plötzlich auf diesen Weg versetzt – und neben mir Friedrich mit dem Mantel auf dem Arm, vollkommen still dastehend – wo waren wir? Was war das? Diese Gegend kannte ich doch, dieses Lüftchen war mir nicht fremd – aber wo waren wir? Dort, schräg gegenüber, das bekannte Gebäude der Ćmielower Bahnstation und ein paar brennende Lampen, aber . . . wo, auf welchem Planeten waren wir gelandet? Friedrich stand neben mir, stand nur da. Wir machten uns auf zur Station, er mir nach, da ein Wagen, Pferde, ein Kutscher – der bekannte Wagen und das bekannte Abnehmen der Kutschermütze, warum also schaue ich so beharrlich? . . . Ich steige ein, hinter mir Friedrich, wir fahren, der sandige Weg im Licht des finsteren Himmels, von den Seiten fließt das Schwarz eines Baumes oder Strauches heran, wir fahren in das Dorf Brzustowa hinein, Bretter schimmern weiß wie Kalk, Hundegebell . . . rätselhaft . . . vor mir der Rücken des Kutschers . . . rätselhaft . . . und neben mir dieser Mensch, der mir schweigend, artig Gesellschaft leistet. Der unsichtbare Boden schaukelte und rüttelte unser Gefährt, und Höhlen von Finsternis, Verdichtungen von Dunkel zwischen den Bäumen behinderten unsere Sicht. Ich redete den Kutscher an, um meine eigene Stimme zu hören:

»Nun, was gibt's? Ist's ruhig bei euch?«

Und ich hörte, wie er sagte:

»Bis jetzt ist's ruhig. Es sind Banden in den Wäldern . . . Aber daß in letzter Zeit was Besonderes . . .«

Das Gesicht war nicht zu sehen, die Stimme dieselbe – also nicht dieselbe. Vor mir nur der Rücken – und schon wollte ich mich vorbeugen, um diesem Rücken in die Augen zu sehen, doch ich hielt mich zurück . . . denn Friedrich . . . war ja hier, neben mir. Und er war ungeheuer still. Da ich ihn bei mir hatte, wollte ich lieber niemandem ins Gesicht sehen . . . denn plötzlich begriff ich, daß dieses Etwas, das neben mir saß, in seiner Stille radikal war, radikal bis zum Wahnsinn! Ja, das war ein Extremist! Unberechenbar extrem! Nein, das war keine gewöhnliche Existenz, sondern etwas eher Raubtierhaftes, angespannt in einem Extrem, von dem ich bisher keine Vorstellung hatte. Ich wollte also lieber nicht ins Gesicht sehen – niemandem, auch dem Kutscher nicht, dessen Rücken wie ein Berg erdrückte, während die unsichtbare Erde den Wagen schaukelte und rüttelte und die sternenglitzernde Finsternis ringsum jegliche Sicht aufsaugte. Der weitere Weg verlief wortlos. Endlich fuhren wir in eine Allee ein, die Pferde zogen lebhafter – ein Tor, ein Wächter, Hunde – ein verschlossenes Haus, ein schweres, knirschendes Öffnen – Hipp mit einer Lampe . . .

»Na, Gott sei Dank, da seid ihr!«

Ist er's oder ist er's nicht? Die aufgedunsene, auftreibende Röte seiner Wangen traf mich und stieß mich ab . . . und überhaupt sah er aus wie von einer Geschwulst aufgetrieben, die alles an ihm ins Riesenhafte vergrößerte, ein Wuchern nach allen Seiten verursachte, eine schreckliche Verstierung des schweren Körpers, der wie ein fleischspeiender Vulkan war . . . und in den Schaftstiefeln steckten apokalyptische Tatzen, und die Augen schauten ihm aus dem Körper wie aus einem Fensterchen. Aber er zog mich an sich und umarmte mich. Verschämt flüsterte er: »Ich bin auseinandergequollen . . . weiß der Teufel . . . Ich habe zugenommen. Wovon? Wohl von allem.«

Und, seine dicken Finger betrachtend, wiederholte er mit unermeßlichem Kummer, leiser, für sich:

»Ich habe zugenommen. Wovon? Wohl von allem.«

Und er dröhnte:

»Und das ist meine Frau!«

Wonach er für den Eigenbedarf murmelte:

»Und das ist meine Frau.«

Und er brüllte:

»Und das ist meine Henia, mein Henialein, mein Heniachen!«

Und er wiederholte, für sich, kaum hörbar:

»Und das ist Henia, Henialein, Heniachen!«

Gastfreundlich und vornehm wandte er sich an uns: »Wie gut, daß Sie gekommen sind, aber bitte, Witold, mach mich doch mit deinem Freund bekannt . . .« schloß er, machte die Augen zu und wiederholte . . . seine Lippen bewegten sich. Friedrich küßte mit großer Höflichkeit der Dame des Hauses die Hand, deren Melancholie ein fernes Lächeln schmückte, deren Schwächlichkeit leise erbebte . . . und er zog uns in den Strudel des Konversationmachens, der Einführung ins Haus, des Beisammensitzens, Unterhaltens – nach jener Reise ohne Ende – und das Licht der Lampe machte versonnen. Das

Abendessen, das der Diener servierte. Schlaf überfiel uns. Schnaps. Mit dem Schlaf kämpfend, bemühten wir uns zuzuhören, zu verstehen, es war die Rede von verschiedenen Unannehmlichkeiten, so durch die AK, die Deutschen, die Banden, die Verwaltung, die polnische Polizei, die Requirierungen – von der grassierenden Angst und Gewalttätigkeit ... wovon übrigens die mit zusätzlichen Eisenstäben versehenen Fensterläden zeugten, und auch die verbarrikadierte Seitentür ... eiserner Verschluß, Verspundung. Sieniechów haben sie abgebrannt, in Rudniki haben sie dem Kämmerer die Beine gebrochen, ich hatte Aussiedler aus der Gegend von Posen, das schlimmste ist, daß man nicht weiß, was los ist, in Ostrowiec, in Bodzechów, dort, wo Fabrikniederlassungen sind, wartet alles, spitzt die Ohren, im Augenblick ist noch Ruhe, aber es wird knallen, wenn die Front sich nähert ... Es wird knallen! Das wird ein Gemetzel geben, meine Herren, eine Explosion, einen Krawall! Das wird einen Krawall geben! – dröhnte er und murmelte für sich, versonnen:

»Das wird einen Krawall geben.«

Und er dröhnte:

»Das schlimmste ist, daß man nirgendwohin abhauen kann!«

Und er flüsterte:

»Das schlimmste ist, daß man nirgendwohin abhauen kann!«

Doch die Lampe. Das Abendessen. Die Schläfrigkeit. Die mit der dicken Soße des Schlafs beschmierte Riesenhaftigkeit Hipps, desgleichen die in den Fernen verschwimmende Hausfrau, Friedrich und die Nachtfalter, die an die Lampe schlagen, Falter in der Lampe, Falter um die Lampe, und die Wendeltreppe nach oben, die Kerze, ich falle aufs Bett, schlafe ein. Am nächsten Morgen ein Sonnendreieck an der Wand. Eine Stimme draußen. Ich erhob mich vom Bett und öffnete die Fensterläden. Ein Morgen.

II

Baumgruppen in den anmutigen Schnörkeln der Gartenwege, der Park fiel sanft ab, dort, wo man hinter Linden die verborgene Fläche eines Teiches ahnte – ach, das Grün im schattigen und sonnigen Tau! Als wir dann nach dem Frühstück auf den Vorplatz hinaustraten – das Haus, weiß, zweigeschossig, mit Erkern, eingefaßt von Fichten und Lebensbäumen, Wegen und Rondellen – das berauschend wirkte wie eine unbefleckte Erscheinung aus einstigen, schon so fernen Vorkriegszeiten . . . und in seiner unberührten Vergangenheit schien es wirklicher zu sein als die Gegenwart . . . gleichzeitig aber machte das Bewußtsein, daß dies nicht wahr ist, daß es sich mit der Wirklichkeit streitet, es zu einer Art Theaterdekoration . . . also wurden schließlich dies Haus, der Park, der Himmel und die Felder zugleich Theater und Wahrheit. Doch da naht der Gutsbesitzer, gewaltig, aufgedunsen, in grüner Jacke um den aufgetriebenen, schweren Körper, und wahrlich, er kommt daher wie einst, grüßt uns von weitem mit der Hand und fragt, wie wir geschlafen hätten. Träge plaudernd, ohne Eile gingen wir zum Tor hinaus auf die Felder und umfaßten mit dem Blick die sich im breiten Gesichtskreis aufblähende und wellende Erde, und Hipp sprach irgend etwas mit Friedrich über Ernte und Ertrag, mit dem Stiefel Erdklümpchen zerkrümelnd. Wir gingen in Richtung des Hauses. Auf der Terrasse erschien Maria und rief: »Guten Tag!«, ein kleiner Dreikäsehoch lief über den Rasen, vielleicht der Sohn der Köchin? So spazierten wir durch diesen Morgen – der eine Wiederholung längst gestorbener Morgen war – aber das war nicht so einfach . . . denn in die Landschaft stahl sich eine Zerrüttung, und wieder schien mir, daß alles, obgleich dasselbe, etwas völlig anderes war. Welch ein verwirrender Gedanke, was für ein peinlicher, maskierter Gedanke! Neben mir ging Friedrich, durch das Licht des hellen Tages so sehr Gestalt geworden, daß man seine aus den Ohren hervorstehenden Härchen hätte zählen können und alle Schuppen der kellerblassen Haut – ich sage Friedrich, gebeugt, schwächlich, zusammengefallen, mit einem Zwicker, mit nervösem Mund, die Hände in den Taschen – ein typischer städtischer Intellektueller auf dem derben Lande . . . aber in diesem Kontrast siegte nicht mehr das Land, die Bäume verloren ihre Selbstsicherheit, der Himmel war undeutlich, die Kuh leistete nicht den nötigen Widerstand, das Ewige des Landes war jetzt verwirrt, unsicher und wie angeschlagen . . . und Friedrich war jetzt wohl wirklicher als das Gras. Wirklicher? Ein quälender Gedanke, ein beunruhigender, schmutziger, ein etwas hysterischer und sogar provozierender, bedrängender, zerstörender . . . und ich wußte nicht, ob er von ihm kam, von Friedrich, dieser Gedanke, oder vielleicht vom Krieg, von der Revolution, der Okkupation . . . oder vielleicht vom einen wie vom anderen von beiden, zusammen? Aber er benahm sich untadelig, befragte Hippolyt über die Wirtschaft, führte ein Gespräch, wie es zu erwarten war, und plötzlich erblickten wir Henia, die über den Rasen auf uns zukam. Die Sonne brannte uns auf der Haut. Die Augen waren trocken und die Lippen spröde. Sie sagte:

»Mama ist schon fertig. Ich habe anspannen lassen.«

»Zur Kirche, zur Messe, denn es ist Sonntag«, erklärte Hippolyt.

Und leise, zu sich selber, sagte er:

»Zur Messe, zur Kirche.«

Er verkündete:

»Wenn Sie mit uns möchten, bitte sehr, doch ohne Zwang, Toleranz, ha, ha, wie?! Ich fahre, denn, solange ich hier bin, werde ich fahren! Solange es eine Kirche gibt, gehe ich zur Kirche! Und zwar mit meiner Frau, meiner Tochter, im Wagen – denn ich brauche mich vor niemandem zu verstecken, die sollen mich ruhig sehen. Sollen sie mich angaffen, als ob sie mich photographierten . . . sollen sie mich doch photographieren!«

Und er flüsterte:

»Sollen sie mich doch photographieren!«

Schon erklärte Friedrich auf das höflichste unsere Bereitschaft, an dem Gottesdienst teilzunehmen. Im Wagen, dessen Räder in den sandigen Spuren versanken und ein dumpfes Ächzen von sich gaben, fuhren wir dahin, und als wir auf die Anhöhe gelangten, zeigte sich allmählich die Weite der unter den riesigen Höhen des Himmels ganz tief auf dem Grund ausgebreiteten Erde, erstarrt in bewegungslosen Wogen. Dort, in der Ferne, die Eisenbahnlinie. Mir war zum Lachen. Der Wagen, die Pferde, dieser Kutscher, der heiße Geruch des Lacks und des Leders, der Staub, die Sonne, die lästige Fliege ums Gesicht und das Ächzen dieser im Sande mahlenden Gummireifen – aber das war doch seit Ewigkeiten bekannt, und nichts, absolut nichts hatte sich verändert! Doch als wir uns oben auf der Anhöhe befanden und uns der Atem des Raums umwehte, an dessen Rande die Heiligenkreuzberge flimmerten, versetzte mir die Perfidie dieser Fahrt fast einen Schlag – denn wir waren wie auf einem Öldruck – wie eine tote Photographie aus einem alten Familienalbum – und auf dieser Anhöhe war das längst verstorbene Vehikel selbst von den fernsten Punkten aus sichtbar – wodurch die Gegend boshaft spöttisch wurde, grausam verächtlich – und die Perfidie unserer gestorbenen Fahrt teilte sich der bläulichen Topographie mit, die sich unter dem Einfluß und dem Druck eben dieser unserer Fahrt fast unmerklich verschob. Friedrich, auf dem hinteren Sitz neben Maria, schaute sich um und bewunderte das Kolorit, indem er zur Kirche fuhr, als fahre er tatsächlich zur Kirche – er war wohl noch nie so gesellig und höflich gewesen! Wir fuhren in den Hohlweg von Grocholice hinab, dort, wo das Dorf beginnt, wo es immer dreckig ist ...

Ich entsinne mich (und das ist nicht ohne Bedeutung für die Ereignisse, von denen im weiteren die Rede sein wird) – das vorherrschende Gefühl war Nüchternheit – und wieder, wie in der vergangenen Nacht, hätte ich mich aus dem Wagen hinauslehnen mögen, um dem Kutscher ins Gesicht zu sehen, doch das gehörte sich nicht . . . also blieben wir hinter seinen nicht enträtselten Schultern, und unsere Fahrt ging hinter seinem Rücken vor sich. Wir fuhren in das Dorf Grocholice hinein, zur Linken ein Flüßchen und zur Rechten noch einzelne Bauernhäuser und Zäune, ein Huhn und eine Gans, ein Trog und eine Pfütze, ein Hund, ein sonntäglicher Bauer oder eine Bäuerin, auf dem Weg zur Kirche . . . die Ruhe und Verschlafenheit eines sonntäglichen Dorfes . . . Aber es war, als ob unser Tod, über einen Wasserspiegel gebeugt, sein eigenes Antlitz in ihm hervorrief, die Vergangenheit unserer Einfahrt spiegelte sich in diesem ewigen Dorf und dröhnte in dieser Erinnerung – die lediglich eine Maske war – die nur dazu diente, etwas anderes zu verbergen . . . Was? Jeglicher Sinn . . . des Krieges, der Revolution, der Gewalttat, der Zügellosigkeit, des Elends, der Verzweiflung, des Kampfes, der Furie, des Schreis, des Mordes, der Unfreiheit, der Schande, des Verreckens, des Fluchs oder des Segens . . . jeglicher Sinn, sage ich, war zu schwach, den Kristall dieses Idylls zu durchbrechen, und unberührt blieb jener Anblick, der längst überzeitigt, der nur noch Fassade war . . . Friedrich plauderte auf das höflichste mit Maria – ob er aber dies Gespräch nur deswegen unterhielt, um *etwas anderes* nicht zu sagen? – und wir fuhren an der Mauer vor, die die Kirche umgab, schickten uns an auszusteigen . . . aber schon wußte ich überhaupt nicht mehr, was was ist, was wie ist . . . ob die Stufen, über die wir zu dem Platz vor der Kirche hinaufschritten, gewöhnliche Stufen waren oder ob sie vielleicht . . .? Friedrich bot Maria den Arm, nahm den Hut ab und führte sie zum Kirchenportal, wobei die Leute zuschauten – doch vielleicht führte er sie nur, um nicht etwas anderes zu machen? – und hinter ihm wälzte sich Hippolyt heraus und drängte mit seinem schweren Körper vorwärts, unerschütterlich, konsequent, wissend, daß sie ihn morgen abschlachten können wie ein Schwein – er drängte elementar voran, dem Haß zum Trotz, finster und resigniert. Der Gutsbesitzer! Ob wohl auch er nur darum Gutsbesitzer war, um nicht etwas anderes zu sein?

Aber als uns das Halbdunkel verschlang, in das brennende Kerzen hineingetrieben waren, das erfüllt war vom Mief des weinerlichen, flüsternden Gesanges, der nach dieser rohen und zusammengeballten Volksmasse klang ... da verschwand die lauernde Vieldeutigkeit – als ob eine Hand, stärker als wir, die überlegene Ordnung des Gottesdienstes wiederhergestellt hätte. Hippolyt, der bisher mit versteckter Wut und Leidenschaft Gutsbesitzer war, nur um sich nicht unterkriegen zu lassen, setzte sich jetzt ruhig und vornehm in die Patronatsbank und begrüßte mit einem Kopfnicken die gegenübersitzende Familie des Verwalters aus Ikanie. Es war eine Weile vor der Messe, die Leute noch ohne Pfarrer, das Volk sich selbst überlassen in seinem bitteren, demütigen, piepsenden und unbeholfenen Gesang, der es jedoch im Zaum hielt – also war es, wie ein Hund an der Kette, unschädlich. Was für eine Zähmung, welch eine Beruhigung, welch wohltuende Erleichterung, hier, in dieser steinernen Ewigkeit, der Bauer wurde wieder zum Bauern, der Herr zum Herrn, die Messe zur Messe, der Stein zum Stein, und alles kehrte zu sich selber zurück!

Doch Friedrich, der in der Patronatsbank neben Hippolyt Platz genommen hatte, kniete nieder ... und das verdarb mir etwas die Ruhe, denn das war vielleicht etwas übertrieben ... und es fiel mir schwer, nicht zu denken, daß er vielleicht darum niederkniete, um nicht etwas zu begehen, was nicht ein Niederknien wäre ... doch die Glöckchen, der Pfarrer tritt ein mit dem Kelch und, nachdem er ihn auf dem Altar niedergesetzt hat, vollzieht er die Verbeugung. Die Glöckchen. Und plötzlich schlug irgendein entscheidender Akzent mit solcher Kraft in mein Dasein, daß ich – erschöpft und nur halb bei Besinnung – niederkniete, und es hätte nicht viel gefehlt, und ich hätte – in meiner wilden Verlassenheit – gebetet . . . Doch Friedrich! Mir schien, und ich hatte den Verdacht, daß Friedrich, der ja niedergekniet war, ebenfalls »betete« – und ich war sogar sicher, seine Bestürzungen kennend, daß er nicht nur so tat, sondern wirklich »betete« – in dem Sinne, daß er nicht nur andere, sondern sich selber täuschen wollte. Er »betete« angesichts der anderen und angesichts seiner selbst, aber sein Gebet war nur ein Wandschirm, der die Maßlosigkeiten seiner Nichtgebete verdeckte . . . also war das ein hinauswerfender, ein »exzentrischer« Akt, der aus dieser Kirche hinausführte in das grenzenlose Gebiet völligen Nicht-Glaubens – ein tief in seinem Kern negierender Akt. Und was tat sich da? Was ging hier vor sich? So etwas hatte ich noch nie erlebt. Nie hätte ich geglaubt, daß so etwas überhaupt geschehen könnte. Aber – was war denn geschehen? Eigentlich – nichts, eigentlich war geschehen, daß irgend jemandes Hand der Messe ihren ganzen Inhalt, ihre ganze Bedeutung genommen hatte – und da bewegte sich der Pfarrer, kniete nieder, ging von einer Seite des Altars zur anderen, und die Ministranten schüttelten die Glöckchen, und der Weihrauch stieg empor, aber der Inhalt verflüchtigte sich daraus wie das Gas aus einem Ballon, und die Messe klappte zusammen in fürchterlicher Impotenz . . . schlaff . . . schon unfähig zur Befruchtung! Diese Beraubung des Inhalts aber war Mord, begangen am Rande, außerhalb von uns, außerhalb der Messe, als lautloser, aber mörderischer Kommentar einer von der Seite zuschauenden Person. Und die Messe konnte sich nicht dagegen wehren, denn das geschah durch irgendeine beiläufige Interpretation, niemand in der Kirche widersetzte sich eigentlich der Messe, sogar Friedrich gesellte sich ihr auf das korrekteste bei . . . und wenn er sie tötete, so lediglich – sagen wir – von der Rückseite der Medaille her. Und dieser Kommentar am Rande, diese tödliche Glosse, war eine Tat der Grausamkeit – die Tat eines scharfen, kalten, durch und durch dringenden, unerbittlichen Bewußtseins . . . und ich verstand, daß es heller Wahnsinn war, diesen Menschen in die Kirche einzuführen, um Gottes willen, diesen Menschen mußte man davon fernhalten! Die Kirche war der entsetzlichste Platz für ihn!

Doch es war bereits geschehen. Der Prozeß, der vor sich ging, war ein Vordringen zur Wirklichkeit *in crudo* . . . vor allem war er eine Vernichtung der Erlösung, und infolgedessen konnte nichts mehr diese Bauernfressen erlösen, diese ranzigen, die jetzt aus jeglichem heiligenden Stil herausgeholt waren und roh dargereicht wurden, wie ein Fetzen Fleisch. Das war schon kein »Volk« mehr, das waren keine »Bauern«, waren nicht einmal »Menschen«, das waren solche Geschöpfe . . . solche, wie sie waren . . . und ihr Schmutz war der Gnade beraubt. Doch der wilden Anarchie dieser strohblonden Vielköpfigkeit entsprach die nicht weniger arrogante Schamlosigkeit unserer Gesichter, die ebenfalls aufhörten »herrschaftlich« zu sein, oder auch »kulturell« oder »vornehm«, und etwas schreiend mit sich selbst Identisches wurden – Karikaturen, denen man das Modell genommen hatte, die nicht mehr eine Karikatur »von etwas« waren, sondern Karikaturen an sich und entblößt wie ein Hintern! Und der beiderseitige Ausbruch der Unförmigkeit, der herrschaftlichen wie der bäuerlichen, lief in der Geste des Priesters zusammen, der zelebrierte . . . was? Was? Nichts. Doch das ist nicht alles . . .

Die Kirche hörte auf, Kirche zu sein. Der Raum drang ein, aber ein schon kosmischer, schwarzer Raum, und das geschah nicht einmal mehr auf der Erde, sondern vielmehr verwandelte sich die Erde in einen im Weltall aufgehängten Planeten, der Kosmos wurde gegenwärtig, dies geschah irgendwo in ihm. So weit, daß das Licht der Kerzen und sogar das Licht des Tages, das durch die Kirchenfenster eindrang, schwarz wie die Nacht wurde. Also waren wir nicht mehr in der Kirche, in diesem Dorf, noch auf der Erde, sondern – und in Übereinstimmung mit der Wirklichkeit, ja, in Übereinstimmung mit der Wahrheit – irgendwo im Kosmos, aufgehängt mit unseren Kerzen und unserem Glanz, und dort, irgendwo in den Unermeßlichkeiten, trieben wir diese wunderlichen Dinge mit uns und untereinander, Affen ähnlich, die im Vakuum Grimassen schneiden. Es war das ein besonderes Einander-Reizen, irgendwo in der Galaxis, eine menschliche Provokation in der Finsternis, ein Ausführen wunderlicher Bewegungen im Abgrund, ein Sich-Verzerren in astronomischen Grenzenlosigkeiten. Und dieses Ertrinken im Raum war begleitet von einer schrecklichen Potenzierung des Konkreten, wir waren im Kosmos, aber wir waren wie etwas erschreckend Gegebenes, in allen Einzelheiten Festgelegtes. Die Glöckchen erklangen zur Elevation. Friedrich kniete nieder.

Diesmal war sein Niederknien vernichtend, ähnlich wie das Abschlachten eines Huhns, und die Messe nahm ihren Fortgang, aber tödlich getroffen und plappernd wie ein Verrückter. *Ite, missa est.* Und ... o Triumph! Welch ein Sieg über diese Messe! Welch ein Stolz! Als wäre diese Liquidation irgendein von mir erwünschtes Ende: endlich allein, ich allein, ohne alle, und nichts außer mir, allein in absoluter Finsternis ... also war ich an meine äußerste Grenze gelangt, hatte die Finsternis erreicht! Ein bitteres Ende, ein bitterer Geschmack des Erlangens und ein bitteres Ziel. Aber stolz war das, schwindelerregend, gezeichnet von der unerbittlichen Reife des Geistes, der nun selbständig war. Aber es war auch entsetzlich, und, jeglicher Stütze beraubt, fühlte ich mich in mir selber wie in den Händen eines Ungeheuers, denn ich konnte alles mit mir anstellen, alles, alles! Trockenheit des Stolzes. Frost der Endgültigkeit. Strenge und Leere. Was also? Der Gottesdienst ging schon seinem Ende zu, ich schaute mich schläfrig um, ich war müde, ach, man wird hinausgehen müssen, nach Hause fahren, nach Powórna, auf diesem sandigen Weg ... aber in einem bestimmten Augenblick wurde mein Blick ... wurden meine Augen ... Augen panisch und schwer. Ja, irgend etwas zog sie an, die Augen ... Verführerisch, verlockend – ja. Was? Was war es, das sie anzog, reizte? Das Wunderbare, wie im Traum, verschleierte Stellen, die wir begehren und nicht enträtseln können, und wir kreisen um sie herum mit stummem Schrei in einer alles verschlingenden Sehnsucht, einer zerreißenden, beglückenden, entzückten.

So kreiste ich umher, noch scheu, unsicher ... aber schon lustvoll durchdrungen von einer geschmeidigen Verführung, die mich ergriff – behexte – entzückte – bezauberte – lockte und unterjochte – spielte – und der Kontrast zwischen dem kosmischen Frost jener Nacht und diesem sprudelnden Quell der Lust war derart unermeßlich, daß ich unklar dachte: Gott und das Wunder! Gott und das Wunder!

Was war das aber?

Das war ... ein Stückchen Wange und etwas Nacken ... zu jemandem gehörend, der vor uns stand, in der Menge, ein paar Schritte von uns ...

Ach, fast wäre ich erstickt! Das war ...

(ein Junge)

(ein Junge)

Und als ich begriffen hatte, daß es nur (ein Junge) war, begann ich, mich gewaltsam aus meiner Ekstase zurückzuziehen. Denn übrigens sah ich ihn kaum, nur ein wenig gewöhnliche Haut – vom Nacken und von der Wange. Da bewegte er sich, und diese unmerkliche Bewegung ging mir durch und durch wie eine unheimliche Attraktion!

Aber es war doch (ein Junge).

Und nichts als (ein Junge).

Wie ärgerlich! Ein gewöhnlicher sechzehnjähriger Nacken mit kurzgeschorenem Haar und die gewöhnliche Haut (eines Jungen), ein wenig rauh, und ein (junger) Kopfansatz – etwas ganz Gewöhnliches – also woher dies Zittern in mir? Oh ... und jetzt sah ich den Umriß der Nase, den Mund, da er das Gesicht etwas nach links gewandt hatte – und nichts Besonderes: ich sah in der Schräge das gewöhnliche Gesicht (eines Jungen), ein schräges Gesicht – ein gewöhnliches! Er war nicht aus dem Volke. Ein Schüler? Ein Praktikant? Ein gewöhnliches (junges) Gesicht, ungetrübt, ein wenig eigensinnig, sympathisch, so eines, das Bleistifte zwischen den Zähnen zerbeißt oder Fußball spielt oder Billard, und der Kragen der Jacke bedeckte den Hemdkragen, der Nacken war braungebrannt. Und doch klopfte mir das Herz. Und etwas Göttliches ging von ihm aus, da er etwas köstlich Bezauberndes und Einnehmendes war in der maßlosen Leere dieser Nacht, ein Quell der Wärme und des atmenden Lichts. Eine Gnade. Ein unbegreifliches Wunder: warum wurde diese Bedeutungslosigkeit bedeutungsvoll?

Friedrich? Ob Friedrich das wußte? Hatte er das gesehen? War auch ihm das aufgefallen . . . doch plötzlich kam Bewegung in die Leute, die Messe war beendet, es herrschte ein langsames Drängen zum Ausgang hin. Und ich mit allen. Vor mir ging Henia, ihr Rücken und ihr kleiner, noch schülerhafter Nacken, und dies drängte sich mir auf, und als es sich mir aufgedrängt hatte, bemächtigte es sich meiner so stark – und verband sich in mir so passend mit jenem anderen Nacken . . . und plötzlich begriff ich mit Leichtigkeit, ohne Anstrengung: dieser Nacken und jener Nacken. Diese beiden Nacken. Diese Nacken waren . . .

Wie denn? Was denn? Das war, als ob ihr Nacken (des Mädchens) sich losrisse und sich mit jenem Nacken (des Jungen) verbände, als sei dieser Nacken durch jenen am Nacken gepackt, und als packe er jenen am Nacken! Verzeihen Sie mir bitte die Unbeholfenheit dieser Metapher. Es ist nicht ganz einfach, davon zu sprechen (und ich werde auch irgendwann erklären müssen, warum ich die Worte [Junge] und [Mädchen] in Klammern setze, ja, dies bleibt auch noch zu erklären). Die Bewegung (des Mädchens), als sie in dem Gedränge mir voranschritten, in dem heißen Gequetsche, »bezog sich« auch irgendwie auf ihn und war ein leidenschaftlicher Zusatz, ein Dazuflüstern zu seiner Bewegung, dicht an dicht in dieser Menge. Sollte etwa? War es keine Täuschung? Doch plötzlich erblickte ich ihren Arm, der am Körper herabhing, durch den Druck der Menge in den Körper hineingepreßt, und dieser ihr Arm gab sich seinen Armen hin in der Verschwiegenheit und im Dickicht all dieser zusammengeklebten Körper. Aber alles in ihr war ja »für ihn«! Und er, dort drüben, ging ruhig mit den Leuten, und dennoch zu ihr hingereckt und von ihr angespannt. Und es war ein unbesiegbares, blindes und so ruhig sich zusammen mit den anderen voranschiebendes, so gleichgültiges In-sich-Verliebtsein und Begehren! Ach! Darum also! – jetzt wußte ich, welches Geheimnis in ihm mich vom ersten Augenblick an hingerissen hatte.

Wir tauchten aus der Kirche hinaus auf den sonnenbeschienenen Platz, und die Leute zerstreuten sich, sie aber – er und sie – zeigten sich mir in ganzer Gestalt. Sie – mit heller Bluse, mit dunkelblauem Röckchen und mit weißem Kragen, abseits stehend, auf die Eltern wartend, die Klammern des Gebetbuchs schließend. Er . . . trat an die Mauer heran, stellte sich auf die Fußspitzen und schaute auf die andere Seite hinüber – ich wußte nicht warum. Ob sie einander kannten? Doch, obwohl jeder von ihnen allein für sich war, stach ihr leidenschaftliches Zusammenpassen wiederum und noch mehr in die Augen: sie waren füreinander. Ich kniff die Augen zu – auf dem Platz war es weiß, grün, blau, warm – ich kniff die Augen zu. Er für sie, sie für ihn, wenn sie so von weitem dastanden und gar nicht füreinander interessiert – und so stark war das, daß er sich nicht mit dem Munde für ihren Mund, sondern für ihren ganzen Körper eignete – und ihr Körper seinen Füßen untergeben war!

Ich fürchte, daß ich im letzten Satz tatsächlich vielleicht etwas zu weit gegangen bin . . . Mußte man nicht eher sagen, daß dies ein außergewöhnlicher Fall von Auslese war . . . wenn auch vielleicht nicht nur von geschlechtlicher? Manchmal trifft es sich, daß wir irgendein Paar sehen und sagen: na, die haben sich gefunden! – aber in diesem Falle war die Auslese, wenn ich mich so ausdrücken darf, noch empfindlicher, weil unausgewachsen ... ich weiß wirklich nicht, ob das klar ist ... aber trotzdem glänzte diese minderjährige Sinnlichkeit wie ein Schatz höherer Natur, dadurch nämlich, daß sie füreinander das Glück waren, einander kostbar und das Wichtigste waren! Und auf diesem Platz, unter dieser Sonne konnte ich, verblüfft, verdutzt, nicht begreifen, und es wollte mir nicht in den Kopf, wie das möglich ist, daß sie einander nicht beachten, nicht zueinander streben! Er für sich und sie für sich.

Sonntag, das Dorf, Hitze, verschlafene Trägheit, die Kirche, niemand hat es eilig, es bilden sich Gruppen, Maria berührt das Gesicht mit der Fingerspitze, als ob sie den Teint prüfe – Hippolyt spricht mit dem Verwalter von Ikanie über Kontingente – daneben Friedrich, höflich, die Hände in den Jackentaschen, ein Gast ... ach, dieses Bildchen wischte den schwarzen Abgrund von vorhin hinweg, in dem unerwartet ein so heißes Flämmchen erschienen war ... und nur eines quälte mich: hatte Friedrich das bemerkt? Wußte er das?

Friedrich?

Hippolyt fragte den Verwalter:

»Und mit den Kartoffeln? Wie machen wir's?«

»Etwa einen Zentner kann man geben.«

Dieser (Junge) kam zu uns heran. »Und das ist mein Karol«, sagte der Verwalter und schob ihn zu Friedrich, der ihm die Hand reichte. Er begrüßte alle, Henia sagte zur Mutter:

»Schau! Die Gałecka ist wieder gesund!«

»Na, machen wir dem Pfarrer einen Besuch?« fragte Hippolyt, doch gleich murmelte er: »Wozu?« und dröhnte: »Los, meine Herrschaften, es ist Zeit nach Hause zu fahren!« Wir verabschieden uns vom Verwalter. Wir steigen in den Wagen, und mit uns Karol (was soll das?), der neben dem Kutscher Platz nimmt, wir fahren, die Gummiräder versinken in den

Spuren und ächzen dumpf, der sandige Weg in träger, flimmernder Luft, eine goldene Fliege steht schwirrend – und als wir nach oben gelangen, Felderquadrate und die Bahnlinie in der Ferne, dort, wo der Wald beginnt. Wir fahren. Friedrich sitzt neben Henia und ereifert sich über den für das Kolorit dieser Gegend typischen bläulichgoldenen Reflex, der – so erläutert er – von den Lößteilchen in der Luft herrühre. Wir fahren.

III

Der Wagen fuhr. Karol saß neben dem Kutscher auf dem Bock. Sie auf dem vorderen Bänkchen – und dort, wo ihr Köpfchen endete, begann er, über ihr plaziert wie auf einer Etage, mit dem Rücken zu uns, sichtbar nur in seinem blinden, schlanken Umriß – und der Wind blähte ihm das Hemd – und die Kombination ihres Gesichtes mit dem Fehlen seines Gesichtes, die Ergänzung ihres sehenden Gesichtes mit seinem nicht sehenden Rücken traf mich innerlich mit einer dunklen, heißen Spaltung ... Sie waren nicht übermäßig schön – weder er noch sie – nur so, wie es diesem Alter eigen ist – aber sie waren Schönheit in ihrem geschlossenen Kreis, in diesem gegenseitigen Verlangen und Entzücken – etwas, woran teilzunehmen eigentlich niemand anderes das Recht hatte. Sie waren für sich – strikt unter sich. Und das um so mehr, als sie so (jung) waren. Mir war es also nicht erlaubt zuzuschauen, und ich bemühte mich, nichts zu sehen, aber da ich Friedrich vor mir hatte, der neben ihr auf dem Bänkchen saß, fragte ich mich wieder hartnäckig: hatte er es gesehen? Wußte er es? Und ich lauerte, sei es auch nur auf einen einzigen Blick von ihm, einen von diesen scheinbar gleichgültigen und heimlich durchschlüpfenden, lüsternen.

Und die anderen? Was wußten die anderen? War es doch kaum zu glauben, daß etwas so in die Augen Fallendes den Eltern des Fräuleins entgehen konnte – als ich also nach dem Mittagessen mit Hippolyt zu den Kühen ging, lenkte ich das

Gespräch auf Karol. Es fiel mir jedoch schwer, nach (dem Jungen) zu fragen, der dadurch, daß er mich in eine solche Art von Erregung versetzte, zu meiner Schande wurde, und was Hipp anbelangte, so hielt er dieses Thema wohl für keiner Beachtung wert.

Nun ja, Karol, gewiß, kein schlechter Junge, der Sohn des Verwalters, er war bei den Partisanen, sie hatten ihn irgendwohin in die Gegend von Lublin geschickt, und dort hat er irgendwas angestellt ... ach, irgendeine Dummheit, er hat was mitgehen lassen, hat einen Kameraden oder Anführer angeschossen oder so, weiß der Teufel, na, irgendein Unsinn, dann hat er sich aus dem Staub gemacht, ist wieder nach Hause, und da er gegen den Vater bockt, der Lauser, und sie sich nicht miteinander vertragen, habe ich ihn jetzt zu mir genommen – er kennt sich aus in Maschinen, und immerhin sind so auch mehr Menschen im Haus, falls etwas ... »Falls etwas ...«, wiederholte er genießerisch für sich selber und zertrat ein Erdklümpchen mit der Stiefelspitze. Und plötzlich begann er von etwas anderem zu sprechen. Deshalb, weil eine sechzehnjährige Biographie nicht das entsprechende Gewicht für ihn hatte? Oder vielleicht gab es auch keine andere Möglichkeit, als jene Jungengeschichten leichtzunehmen, damit sie nicht allzu bedrückend wurden? Hatte er ihn angeschossen oder erschossen – dachte ich nach. Wenn er ihn erschossen hatte, konnte man das durch sein Alter entschuldigen, das alles verwischte – und ich fragte, ob er und Henia sich schon lange kannten.

»Von Kind auf«, erwiderte er, einer Kuh auf den Hintern klopfend, und bemerkte: »Eine Holländerin! Von hohem Milchertrag! Krank, verflucht nochmal!« Soviel nur erfuhr ich. Und daraus ging hervor, daß weder er noch seine Frau etwas bemerkt hatten – nichts, zumindest nichts Ernsthaftes, was ihre elterliche Wachsamkeit hätte erwecken können. Wie war das möglich? Und ich dachte: wenn die Angelegenheit erwachsener – weniger unausgewachsen wäre – wenn sie weniger jungen-mädchenhaft wäre ... doch die Angelegenheit ertrank in der Unzulänglichkeit des Alters.

Friedrich? Was hatte Friedrich bemerkt? Nach der Kirche, nach jenem Abschlachten, Erwürgen der Messe, mußte ich wissen, ob er etwas von ihnen wußte – und fast hätte ich sein Nichtwissen nicht ertragen können! Es war entsetzlich, daß ich diese beiden Geisteszustände auf keine Weise zu einer Einheit vereinigen konnte – jenen, den schwarzen, der aus ihm, aus Friedrich, entsprungen war – und diesen frischleidenschaftlichen aus ihnen – sie waren gesondert, unkonfrontiert! Was aber konnte Friedrich bemerken, wenn nichts zwischen ihnen geschah? ... und für mich war es phantastisch, absurd, daß sie sich verhielten, als sei zwischen ihnen keine Verführung! Vergeblich erwartete ich, daß sie sich schließlich verraten würden. Eine unwahrscheinliche Gleichgültigkeit! Ich beobachtete Karol während des Mittagessens. Ein Kind und ein Gauner. Ein sympathischer Mörder. Ein lächelnder Sklave. Ein junger Soldat. Harte Weichheit. Ein grausames und sogar blutiges Spiel. Dieses noch lachende, vielmehr noch lächelnde Kind war dennoch von den Männern schon »zum Galopp genommen« – er hatte das Rohe und das Stille eines grünen Jungen, den die Männer zeitig unter sich aufgenommen hatten, eines in den Krieg hineingestoßenen, vom Militär erzogenen – und wenn er ein Brot schmierte, wenn er aß, machte sich die ihm eigene Enthaltsamkeit bemerkbar, die der Hunger ihn gelehrt hatte. Zeitweilig verdunkelte sich seine Stimme, wurde matt. Er hatte etwas mit Eisen gemein. Mit einem Riemen und mit einem frischgefällten Baum. Auf den ersten Blick war er ganz gewöhnlich, ruhig und freundlich, gehorsam sowie willig. Zwischen Kind und Mann zerrissen (und dies machte ihn unschuldig naiv und zugleich unerbittlich erfahren), war er dennoch weder dies noch jenes, er war etwas Drittes, war vor allem Jugend, eine in ihm gewaltsame, scharfe, die ihn der Grausamkeit, der Gewalt und dem Gehorsam auslieferte, ihn zur Sklaverei und Erniedrigung verurteilte. Niedriger, weil jung. Schlechter, weil jung. Sinnlich, weil jung. Fleischlich, weil jung. Zerstörerisch, weil jung. Und in dieser Jugend – verachtenswert. Und, was das interessanteste ist: sein Lächeln, das Vornehmste, was er besaß, war eben das, was ihn mit der Erniedrigung verband, denn dieses Kind, durch die eigene Bereitschaft zum Lachen entwaffnet, konnte sich nicht wehren. Dies alles also schleuderte ihn auf Henia wie auf eine Hündin, er brannte nach ihr, und wahrlich, es war dies keine »Liebe«, sondern nur etwas brutal Demütigendes, was sich auf seiner Ebene tat – es war das eine »jungenhafte Liebe« in ihrer ganzen Degradierung. Aber zugleich war das überhaupt keine Liebe – und er behandelte sie in der Tat wie ein Fräulein, das er »von Kind auf« kannte – ihr Gespräch war frei und vertraulich: »Was ist dir mit der Hand passiert?« – »Ich habe mich verletzt, ich habe eine Büchse aufgemacht.« – »Weißt du, daß Roblecki in Warschau ist?« Und weiter nichts, nicht einmal ein Blick, nichts, nur das – wer hätte sie auf dieser Grundlage auch nur der geringsten Romanze verdächtigen können? Was sie (das Mädchen) anbetrifft, so wurde sie, von dem Jungen angedrückt (wenn ich so sagen darf) und unter seinem Drängen, zur *a priori* Vergewaltigten (wenn diese Umschreibung überhaupt etwas bedeutet), und, ohne etwas von ihrer Jungfräulichkeit zu verlieren, die in den Umarmungen seiner Unerwachsenheit sogar noch potenziert wurde, war sie dennoch in der Dunkelheit seiner noch nicht genügend männlichen Gewalt mit ihm gepaart. Und man hätte nicht von ihr sagen können, daß sie »die Männer kenne« (wie man von verderbten Mädchen sagt), sondern nur, daß sie »den Jungen kenne« – was unschuldiger und zugleich ausschweifender war. So kam es mir vor, als sie Nudeln aßen. Aber sie aßen diese Nudeln wie ein Paar, das sich von Kind auf kennt, aneinander gewöhnt, und vielleicht sogar einer vom andern gelangweilt. Wie also? Konnte ich denn erwarten, daß Friedrich etwas davon merkt, oder war das überhaupt nur eine beschämende Täuschung meinerseits? So ging der Tag dahin. Dämmerung. Man reichte das Abendessen. Wir versammelten uns beim spärlichen Licht einer einzigen Petroleumlampe, und bei geschlossenen Fensterläden, verbarrikadierten Türen aßen wir Sauermilch mit Kartoffeln, Maria berührte mit den Fingerspitzen einen Serviettenring, Hippolyt starrte mit aufgedunsenem Antlitz in die Lampe. Es war still – obwohl hinter den Wänden, die uns schützten, der Garten begann, voller ungewisser Geräusche und Lüfte, ein Stück weiter die durch den Krieg verwilderten Felder – das Gespräch verstummte, und wir schauten in die Lampe, um die ein Nachtfalter flatterte. In einer Ecke, wo es ziemlich dunkel war, nahm Karol eine Laterne auseinander und putzte sie. Da bückte Henia sich, um einen Faden mit den Zähnen zu durchbeißen, da sie sich eine Bluse nähte – und dieses plötzliche Sich-Bücken und Sich-Verkrampfen mit den Zähnen genügte, und schon erblühte und erglühte Karol in der Ecke, obgleich er nicht einmal zuckte. Sie, nachdem sie die Bluse weggelegt hatte, legte ihren Arm auf den Tisch, und dieser Arm lag offen da, untadelig, in jeder Hinsicht anständig, übrigens oberschülerinnenhaft, ein Eigentum von Papa und Mama – aber zugleich war das ein entblößter Arm und völlig nackt, nicht in der Nacktheit eines Armes, sondern eines Knies, das unter dem Rock hervorschaut ... und eigentlich barfüßig ... und mit diesem auf Oberschülerinnenart zügellosen Arm reizte sie ihn, reizte ihn auf eine »jung-dumme« Art (man kann es kaum anders sagen), aber zugleich auf eine brutale. Und zu dieser Brutalität gesellte sich ein niederer Gesang, ein wunderbarer, der irgendwo in ihnen, um sie herum erglänzte. Karol putzte die Laterne. Sie saß da. Friedrich spielte mit Brotkügelchen.

Die Tür zur Veranda verbarrikadiert, die Fensterläden durch Eisenstangen verstärkt – unsere Stille bei der Lampe am Tisch, potenziert durch die Drohung des ungezähmten Raums draußen – die Gegenstände, die Uhr, der Schrank, das

Regal, schienen ein eigenes Leben zu leben – in dieser Stille und Wärme nahm auch die frühe Körperlichkeit der beiden zu, vom Instinkt geschwellt und nächtlich, und schuf eine Sphäre eigener Erregung, einen geschlossenen Kreis. So sehr, daß es schien, als wollten sie die Dunkelheit jener dort draußen auf den Feldern kreisenden Leidenschaft anlocken, als brauchten sie diese ... obwohl sie ruhig waren, vielleicht sogar schläfrig. Friedrich löschte langsam eine Zigarette auf dem Untersatz eines nicht leergetrunkenen Teeglases, und er löschte sie lange, ohne Eile, aber ein Hund fing irgendwo auf dem Wirtschaftshof zu bellen an – da drückte seine Hand die Kippe aus. Mit schlanken Fingern umfaßte Maria ihre geschmeidigen, zarten Finger, wie man ein herbstliches Blatt umfaßt, wie man an einer welken Blume riecht, Henia bewegte sich ... Karol bewegte sich zufällig ebenfalls ... die Bewegung, die sie verband, barst hervor, tobte unmerklich, und ihre weißen Knie warfen (den Jungen) auf die unbeweglichen dunklen, dunklen, dunklen Knie in der Ecke. Die rotbraunen Tatzen Hippolyts, prall von Fleisch, ins Vorsintflutliche vorstoßend, befanden sich ebenfalls auf dem Tischtuch, und er mußte sie ertragen, denn sie gehörten zu ihm.

»Gehen wir schlafen«, gähnte er. Und er flüsterte: »Gehen wir schlafen.«

Nein, das war nicht zu ertragen! Nichts, nichts. Nichts, nur meine sich von ihnen ernährende Pornographie! Und meine Wut auf ihre bodenlose Dummheit – dieser Bengel, dumm wie Bohnenstroh, diese idiotische Gans! – denn nur durch Dummheit war zu erklären, daß nichts, nichts, nichts geschah! ... Ach, wären sie nur um ein paar Jahre älter! Aber Karol saß in seiner Ecke, mit seiner Laterne, mit seinen jungenhaften Armen und Beinen – und hatte nichts zu tun, außer mit der Laterne, auf sie konzentriert, Schräubchen drehend – und was machte es schon, daß die Ecke voller Sehnsucht war, kostbar, daß dort das höchste Glück sich verbarg, dort, in diesem noch nicht ganz entwickelten Gott!

Er drehte Schräubchen. Und Henia, am Tisch dahindösend, mit gelangweilten Armen . . . Nichts! Wie konnte das sein? Und Friedrich, Friedrich, was wußte Friedrich davon, der die Zigarette löschte, mit Brotkügelchen spielte? Friedrich, Friedrich, Friedrich! Friedrich, der hier saß, an diesem Tisch, in diesem Haus, auf diesen nächtlichen Feldern und in diesem Knäuel von Leidenschaften! Mit seinem Gesicht, das eine einzige, große Provokation war, weil es sich vor allen Dingen vor Provokation hütete. Friedrich!

Henia wurden die Augen schwer. Sie sagte gute Nacht. Und gleich danach ging auch Karol, nachdem er die Schräubchen sorgsam in Papier gewickelt hatte, auf sein Zimmer im ersten Stock.

Da versuchte ich vorsichtig zu äußern, indem ich auf die Lampe mit ihrem schwirrenden Insektenreich schaute: »Ein sympathisches Pärchen!«

Niemand antwortete. Maria berührte mit den Fingern die Serviette. »Henia«, sagte sie, »wird sich, so Gott will, dieser Tage verloben.«

Friedrich, der immer noch Brotkügelchen nebeneinander legte, fragte, ohne diese Tätigkeit zu unterbrechen, mit höflichem Interesse:

»So? Mit jemandem aus der Nachbarschaft?«

»Gewiß . . . Ein Nachbar. Wacław Paszkowski aus Ruda. Nicht weit. Er schaut öfters bei uns vorbei. Ein sehr ordentlicher Mensch. Außergewöhnlich ordentlich.« Wie trillernd bewegte sie die Finger.

»Ein Jurist, verstehst du«, belebte sich Hippolyt, »vor dem Krieg sollte er ein Anwaltsbüro eröffnen . . . Ein tüchtiger Kerl, ernst, ein starker Kopf, pah, ein gebildeter! Seine Mutter ist Witwe, sie verwaltet Ruda, ein erstklassiges Gut, sechzig Hufen, drei Meilen von hier.«

»Eine Frau von heiligen Tugenden.«

»Sie ist eigentlich aus dem östlichen Kleinpolen, eine geborene Trzeszewska, eine Verwandte der Gołuchowskis.«

»Henia ist etwas jung ... aber es gibt schwerlich einen besseren Kandidaten. Ein verantwortungsvoller Mann, tüchtig, außergewöhnlich belesen, ein Intellekt, mein Herr, ein erstklassiger. Wenn er herkommt, werden die Herren jemanden haben, mit dem Sie sich unterhalten können.«

»Ungewöhnlich besonnen. Brav und rechtschaffen. Von außerordentlicher moralischer Reinheit. Er ist seiner Mutter nachgeraten. Eine ungewöhnliche Frau, von tiefer Gläubigkeit, fast eine Heilige – von unverbrüchlichen katholischen Grundsätzen. Ruda ist ein moralischer Hort für alle.«

»Zumindest nicht irgendein Gesindel. Man weiß, wie und was.«

»Zumindest weiß man, wem man die Tochter gibt.«

»Gott sei Dank!«

»Wie dem auch sei, Henia wird einen guten Mann haben. Wie dem auch sei« – flüsterte er für sich selber, plötzlich in Gedanken versinkend.

IV

Die Nacht verging glatt und unmerklich. Zum Glück hatte ich ein Zimmer für mich allein, war also nicht seinem Schlaf ausgesetzt, mußte ihn nicht ertragen ... Die offenen Fensterläden zeigten einen freundlichen Tag mit Wölkchen über dem bläulichen und taubenetzten Garten, und die niedrige Sonne durchbohrte von der Seite mit dünnen Pfeilen, und alles war wie in der Schräge getroffen, in geometrischer und länglicher Projektion – ein schräges Pferd, ein kegelförmiger Baum! Witzig! Witzig und amüsant! Die Flächen strebten nach oben, und die Lote waren schräg! An diesem Morgen war ich fiebrig und fast krank von den gestrigen Erhitzungen, von jenem Feuer und Glanz – denn man muß doch begreifen, daß dies unversehens auf mich eingestürzt war, nach schweinischen, erstickenden, erschöpfenden, grauen oder bis zum Wahnsinn verzerrten Jahren. In deren Verlauf ich fast vergessen hatte, was Schönheit ist. In deren Verlauf es nur Leichengeruch gegeben hatte. Und da erblüht vor mir plötzlich die Möglichkeit eines heißen Idylls im Frühling, von der ich bereits Abschied genommen hatte, und die Herrschaft des Ekels weicht dem wundervollen Appetit dieser beiden. Ich wollte schon nichts anderes mehr! Ich hatte genug von den Agonien. Ich, ein polnischer Schriftsteller, ich, Gombrowicz, lief diesem Irrlicht wie einem Köder nach – doch was wußte Friedrich? Die Notwendigkeit, mich zu vergewissern, ob er weiß, was er weiß, was er denkt, was er sich vorstellt, wurde geradezu quälend, ich konnte nicht länger ohne ihn oder vielmehr mit ihm, von dem ich das nicht wußte! Und fragen? Wie fragen? Wie dies in Worte fassen? Eher – ihn sich selber überlassen und beobachten – ob er sich nicht verraten wird mit seiner Erregung . . .

Die Gelegenheit bot sich, als wir uns nach dem Vesperbrot zu zweit auf die Terrasse setzten – ich begann zu gähnen, sagte, ich werde ein wenig schlafen, doch als ich gegangen war, verbarg ich mich hinter den Gardinen des Salons. Das verlangte einen gewissen . . . nein, nicht Mut . . . eine gewisse Dreistigkeit . . . hatte es doch etwas von Provokation an sich – und hatte er doch selber viel gemein mit Provokation, es war das also gewissermaßen die »Provokation eines Provokateurs«. Und dieses Sich-Verstecken hinter einer Gardine war von meiner Seite die erste ausdrückliche Störung unseres Zusammenlebens, der Beginn irgendeiner illegalen Phase zwischen uns.

Und übrigens, sooft es mir passierte, ihn in Momenten anzuschauen, wenn er, mit etwas anderem beschäftigt, meinen Blick nicht mit einem Blick erwiderte, fühlte ich mich, als beginge ich eine Niederträchtigkeit – denn er wurde niederträchtig. Trotzdem versteckte ich mich hinter der Gardine. Er blieb noch ziemlich lange sitzen, so, wie ich ihn auf der Bank verlassen hatte, mit ausgestreckten Beinen. Er schaute auf die Bäume.

Er bewegte sich, stand auf. Langsam begann er um den

Vorplatz herumzuspazieren, ging etwa dreimal um ihn herum . . . bevor er in das Spalier einbog, das den Obstgarten vom Park trennte. Ich folgte ihm von weitem nach, um ihn nicht aus den Augen zu verlieren. Und schon schien mir, daß ich auf der Spur war.

Denn im Obstgarten war Henia, bei den Kartoffeln – sollte er dorthin wollen? Nein. Er ging in einen Seitenweg hinein, der zum Teich führte, blieb am Wasser stehen und schaute, und sein Gesicht war das eines Gastes, eines Touristen . . . Also war sein Spaziergang nur ein Spaziergang – schon wollte ich weggehen, und in mir gestaltete sich die Gewißheit, daß alles, was ich zusammengeträumt hatte, lediglich eine Fata Morgana von mir war (denn ich fühlte, daß dieser Mensch eine Nase für diese Angelegenheiten haben müsse und daß, wenn er dies nicht gerochen hatte, es dies nicht gab) – als ich plötzlich bemerkte, daß er zum Spalier zurückkehrte. Ich ging ihm nach.

Ohne sich zu beeilen, schritt er dahin und blieb stehen, besah die Sträucher, nachdenklich, sein kluges Profil neigte sich über die Blätter, abstrakt. Der Garten war still. Wieder verflogen meine Verdachte, doch einer blieb, ein vergiftender: daß er sich vor sich selber verstellte. Irgendwie bewegte er sich zuviel in diesem Garten.

Ich hatte mich nicht getäuscht. Noch ein-, zweimal bog er in verschiedene Richtungen ein – drang tiefer in den Obstgarten – ging ein Stückchen weiter, blieb stehen – gähnte – schaute sich um . . . und sie, hundert Schritte von ihm, vor dem Keller auf dem Stroh, las Kartoffeln aus! Rittlings auf einem Sack! Er streifte sie flüchtig mit einem Blick.

Er gähnte. Ach, das war schon unglaubwürdig! Diese Maskerade! Vor wem? Wozu? Diese Vorsicht . . . als ob er seiner Person nicht erlaubte, vollen Anteil an dem zu nehmen, was er tat . . . aber es war zu sehen, daß dieses ganze Kreisen zu ihr hinzielte, zu ihr! Da . . . jetzt entfernte er sich in Richtung auf das Haus – doch nein, er ging weit ins Feld hinaus, weit, stehenbleibend, sich umschauend, wie auf einem Spaziergang ... doch er zielte in riesigem Bogen auf den Wirtschaftshof zu, und schon war es gewiß, daß er zum Wirtschaftshof gehen werde. Als ich dies sah, lief ich, so schnell ich konnte, durch die Büsche, um einen Beobachtungsposten hinter dem Schuppen einzunehmen, und als ich durch die knackenden Zweige des feuchten Gesträuchs am Graben jagte, wo man einen Katzenkadaver hingeworfen hatte und Frösche hüpften, begriff ich, daß ich Dickicht und Graben mit in unsere Angelegenheiten einweihte. Ich lief hinter den Schuppen. Da stand er, hinter einem Wagen, der mit Mist beladen wurde. Plötzlich zogen die Pferde den Wagen an, er aber fand sich Karol gegenüber, der auf der anderen Seite des Hofs bei der Stellmacherei irgendein Eisen besah.

Da verriet er sich. Durch das Wegfahren des Wagens enthüllt, hielt er den offenen Raum zwischen sich und seinem Objekt nicht aus – anstatt ruhig stehenzubleiben, sprang er schnell hinter den Zaun, damit ihn jener nicht sieht – und blieb stehen, außer Atem. Doch diese heftige Bewegung hatte ihn demaskiert – also, erschrocken, stürzte er auf den Weg hinaus, um nach Hause zurückzukehren. Hier traf er Auge in Auge mit mir zusammen. Und wir gingen einander auf gerader Linie entgegen.

Von Ausflüchten konnte keine Rede sein. Ich hatte ihn auf frischer Tat ertappt, er – mich. Er hatte den erblickt, der ihn bespähte. Wir gingen aufeinander zu, und ich gestehe, mir wurde unwohl, denn jetzt mußte sich etwas zwischen uns radikal verändern. Ich weiß, daß er weiß – er weiß, daß ich weiß, daß er weiß – dies war es, was mir im Kopf herumschwirrte. Noch trennte uns ein ziemlicher Zwischenraum, als er rief:

»Ah, Witold, Sie sind frische Luft schnappen gegangen!«

Das war theatralisch gesagt – dies »Ah, Witold« war Hohn aus seinem Mund, er sprach nie so. Ich erwiderte stumpf:

»In der Tat ...«

Er nahm mich am Arm – was er bisher niemals getan hatte – und sagte auf eine nicht weniger abgerundete Art:

»Was für ein Abend, und wie die Bäume duften! Vielleicht ergehen wir uns also beide in diesem angenehmen Spaziergang?«

Ich antwortete mit der gleichen menuetthaften Artigkeit, denn sein Ton hatte sich mir mitgeteilt:

»Aber gewiß, sehr gern, ich bin entzückt!«

Wir schlugen die Richtung zum Haus ein. Aber dieser Marsch war schon nicht mehr gewöhnlich ... etwas in der Art, als schritten wir in den Garten in einer neuen Inkarnation, fast feierlich, beinahe bei Musikklängen ... ich hatte den Verdacht, in den Klauen irgendeines seiner Entschlüsse zu sein. Was war mit uns geschehen? Zum erstenmal empfand ich ihn als etwas Feindliches, und zwar als etwas unmittelbar Bedrohliches. Er hielt mich weiterhin freundschaftlich am Arm, doch seine Nähe war zynisch und kalt. Wir gingen am Haus vorbei (wobei er sich ununterbrochen über die Skala von Licht und Schatten entzückte), und ich wurde gewahr, daß wir auf dem kürzesten Wege, quer über den Rasen, zu ihr gingen ... zu dem Mädchen ... und der Park war in der Tat, gesättigt von Streifen des Glanzes, ein Bukett und eine strahlende Lampe, schwarz von wuchernden, gesträubten Fichten und Kiefern. Wir gingen auf sie zu. Sie schaute uns an. Sie saß auf einem Sack, mit einem Messer! Friedrich sagte:

»Stören wir?«

»Woher. Ich bin schon fertig mit den Kartoffeln.«

Er verbeugte sich und sagte laut und geschliffen:

»Dürfen wir also darum bitten, von dem Fräulein auf unserem abendlichen Spaziergang begleitet zu werden?«

Sie stand auf. Sie nahm die Schürze ab. Diese Willfährigkeit ... die übrigens auch nur Höflichkeit sein konnte. Es war dies eine gewöhnliche Einladung zu einem Spaziergang, in einem etwas übertriebenen Tone, einem alt-kavaliermäßigen . . . aber . . . aber in diesem An-sie-Herantreten, in dieser Annäherung war für mich eine Unanständigkeit enthalten, die man folgendermaßen beschreiben könnte: »er nimmt sie, um etwas mit ihr zu machen« sowie: »sie geht mit ihm, damit er etwas mit ihr macht«.

Auf dem kürzesten Wege, über den Rasen, gingen wir zum Wirtschaftshof, und sie fragte: »Gehen wir zu den Pferden?« . . . Sein Ziel, sein unbekanntes Vorhaben, durchbohrte die verzweigte Anlage der Wege und Pfade, der Bäume und Rondelle. Er antwortete nicht – und dies, daß er keinerlei Erläuterung gab, indem er sie irgendwohin führte, wurde wieder verdächtig. Ein Kind . . . das war doch ein Kind von sechzehn Jahren . . . doch schon war der Wirtschaftshof vor uns, seine schwarze, abschüssige Erde, umgeben vom Stall, von Scheunen, mit einer Reihe von Ahornen am Zaun, mit den hinausragenden Deichseln der Wagen am Brunnen . . . und das Kind, das Kind . . . aber dort, bei der Stellmacherei, ein zweites, ein jugendlicher Bengel, der im Gespräch mit dem Stellmacher ein Eisen in der Hand hielt, daneben eine Menge Bretter, Stangen und Späne, in der Nähe ein Wagen mit Säcken und der Geruch von Häcksel. Wir näherten uns. Auf dieser aufgeblähten, schwarzen Neigung. Als wir herangekommen waren, blieben wir alle drei stehen.

Die Sonne ging langsam unter, und es herrschte eine besondere Art von Sicht, hell und doch dunkel – in ihr wurde ein Baumstamm, die Brechung des Dachs, ein Loch im Zaun, auf gleichgültige und ausdrückliche Art zu sich selber, in jeder Einzelheit offenbar. Die braunschwarze Erde des Wirtschaftshofes reichte bis zu den Schuppen hin. Karol sprach etwas mit dem Stellmacher, langsam, auf ländliche Art, mit diesem Eisen, an einen Pfosten gelehnt, auf den sich das Dach der Stellmacherei stützte, und unterbrach das Gespräch nicht, nur, daß er uns anblickte. Wir standen mit Henia zusammen, und plötzlich gestaltete sich dieses Zusammentreffen in dem Sinne, daß wir sie zu ihm gebracht hatten –

und das um so mehr, als keiner von uns etwas sagte. Und mehr noch, als Henia nichts sagte ... ihre Stummheit löste Scham aus. Er stellte diesen Eisenreifen weg und trat an uns heran, aber man wußte nicht recht, an wen er herantrat – an uns oder an Henia – und das schuf in ihm irgendeine Zwiespältigkeit, eine Unbeholfenheit, für eine Weile wurde er unklar – aber er stand ungezwungen bei uns und sogar heiter, jungenhaft. Jedoch verlängerte sich das Schweigen infolge der allgemeinen Unbeholfenheit noch um einige Sekunden ... und das genügte, daß sich die bedrückende und würgende Verzweiflung, das Leid und alle Nostalgie des Schicksals, der Vorsehung über ihnen zusammenballten wie in einem schweren, wirren Traum.

Die Wehmut, die Sehnsucht, die Schönheit der schlanken Gestalt vor uns – woher kamen sie, wenn nicht daher, daß er kein Mann war? Denn wir hatten Henia zu ihm gebracht wie eine Frau – einem Manne, doch er war keiner, noch nicht ... er war kein Männchen. Er war kein Herr. Er war kein Herrscher. Und er konnte nicht besitzen. Nichts konnte sein sein, er hatte auf nichts ein Recht, er war der, der dienen und sich fügen mußte – seine Schlankheit und seine Geschmeidigkeit nahmen plötzlich zu auf diesem Wirtschaftshof, ganz nah bei den Brettern, Stangen, und sie erwiderte ihm mit dem gleichen: mit Schlankheit und Geschmeidigkeit. Sie vereinigten sich plötzlich, aber nicht wie Mann und Frau, sondern in etwas anderem, in einem gemeinsamen, einem unbekannten Moloch dargebrachten Opfer, unfähig, einander zu besitzen – fähig nur, sich selber zu opfern – und die geschlechtliche Wahl, die sie trafen, erfuhr eine Verrenkung zugunsten einer anderen Wahl, in etwas Schrecklicherem und wohl Schönerem. Ich wiederhole, daß dies in einem Zeitraum von Sekunden geschah. Und eigentlich geschah gar nichts: wir standen einfach da. Friedrich sagte, mit dem Finger auf Karols Hosen deutend, die etwas zu lang waren und an die Erde streiften:

»Man muß die Hosenbeine aufkrempeln.«

»Stimmt«, sagte Karol. Er bückte sich. Friedrich sagte:

»Gleich. Einen Moment.«

Es war ihm anzusehen, daß ihm das, was er zu sagen hatte, nicht leichtfiel. Er stellte sich irgendwie seitlich zu ihnen, schaute vor sich hin, und mit heiserer Stimme, aber sehr deutlich, sagte er:

»Nein, Moment. Sie soll sie aufkrempeln.«

Er wiederholte: »Sie soll sie aufkrempeln.«

Das war schamlos – das war ein Einbrechen in die beiden – war ein Bekenntnis, daß er von ihnen eine Erregung erwartete: macht das, damit werdet ihr mich ergötzen, dies wünsche ich ... Es war ein Einführen der beiden in das Ausmaß unserer Begierde, unserer Träume von ihnen. Ihre Stille ballte sich für eine Sekunde zusammen. Und eine Sekunde lang wartete ich auf das Resultat dieser seitlich stehenden Frechheit Friedrichs. Das, was folgte, war glatt, gehorsam und leicht, so »leicht«, daß es fast Schwindel erregte wie ein sich lautlos auftuender Abgrund auf ebenem Wege.

Sie sagte nichts. Sie bückte sich nur nieder, krempelte ihm die Hosenbeine auf, er aber rührte sich nicht; die Stille ihrer Körper war absolut.

Und die nackte Weite des Wirtschaftshofes stieß zu mit den hinausragenden Deichseln der Leiterwagen, mit dem geborstenen Trog, mit der unlängst geflickten Scheune, die wie ein Fleck leuchtete in dem braunen Umkreis der Erde und des Holzes.

Friedrich sagte gleich darauf: »Gehen wir!« Wir gingen in Richtung des Hauses – er, Henia und ich. Das geschah bereits frech und offensichtlich. Durch diese Umkehr gewann unser Kommen zur Stellmacherei sein ausschließliches Ziel – wir waren gekommen, damit sie ihm die Hosenbeine aufkrempelte, und jetzt kehrten wir zurück – Friedrich, ich, sie. Das Haus tauchte auf mit seinen Fenstern, mit zwei Reihen von Fenstern, unten, oben – und mit der Terrasse. Wir gingen ohne zu sprechen.

Hinter uns hörten wir ein Laufen über den Rasen, und Karol holte uns ein und schloß sich uns an ... Er war noch im Schwung, aber gleich paßte er sich uns an – er ging jetzt ruhig neben uns her. Dieses Einbrechen in uns im Laufen, dies heiße, war von Enthusiasmus gekennzeichnet – aha, ihm gefielen unsere Spiele, er schloß sich uns an – und der augenblickliche Übergang vom Laufen in das Schweigen unserer Rückkehr machte deutlich, daß er die Notwendigkeit der Diskretion verstand. Ringsumher machte sich jene Beschneidung des Daseins bemerkbar, die die nahende Nacht darstellt. Wir schritten in der Dämmerung dahin – Friedrich, ich, Henia, Karol – wie irgendeine sonderbare erotische Kombination, ein unheimliches und sinnliches Quartett.

V

– Wie war das? – dachte ich, auf einem Plaid auf dem Gras liegend, dicht am Gesicht die feuchte, kühle Erde. – Was war das? Sie hatte ihm also die Hosen aufgekrempelt? Sie hatte das getan, weil sie das tun konnte, gewiß, nichts Besonderes, eine gewöhnliche Gefälligkeit ... aber sie wußte, was sie tat. Sie wußte, daß dies für Friedrich war – zu seinem Ergötzen – also war sie damit einverstanden, daß er sich an ihr ergötzte ... An ihr, aber nicht an ihr allein ... Mit ihm, mit Karol ... Ach, also doch! Sie war sich also dessen bewußt, daß sie zu zweit erregen können, verführen ... zumindest Friedrich ... und Karol wußte das auch, hatte er doch bei diesem Spielchen mitgemacht ... Aber in diesem Falle waren sie gar nicht so naiv, wie es scheinen konnte! Sie kannten ihren Geschmack! Und sie konnten sich darauf verstehen trotz ihrer ansonsten unerfahrenen Jugend, denn gerade darauf versteht sich die Jugend besser als das Alter, sie waren Spezialisten des Elements, in dem sie sich aufhielten, sie besaßen Geschicklichkeit auf dem Terrain des frühen Körpers, des frühen Blutes. Aber in diesem Falle, warum verhielten sie sich in ihrem unmittelbaren Verhältnis zueinander wie

Kinder? Unschuldig? Wenn sie einem Dritten gegenüber nicht unschuldig waren?! Wenn sie, einem Dritten gegenüber, sogar derart raffiniert waren! Und was mich am meisten beunruhigte, war, daß dieser Dritte niemand anderer als Friedrich war, er, der so vorsichtig, so beherrscht war! Und da, auf einmal dieser Marsch quer durch den Park, wie eine Herausforderung, wie der Beginn einer Aktion – dieser Marsch mit dem Mädchen zum Jungen! Was war das? Was konnte das sein? Und hatte nicht ich das alles verursacht – ihn belauernd, ich hatte seinen geheimen Wahn ans Licht gezogen, er war zu einem in seinem Geheimnis Gesehenen geworden – und jetzt grassierte dieses Tier seines heimlichen Traumes, aus dem Käfig gelassen, verbunden mit meinem Tier! Und nun verhielt sich die Sache so, daß wir zu viert Komplizen waren, *de facto*, im Schweigen, in einer nicht eingestandenen Sache, wo man keinerlei Erklärung hinunterschlucken konnte – wo die Scham würgte.

Ihre – seine Knie, vier Knie, in Hosen, im Röckchen, (junge) . . . Nachmittags erschien der unlängst angekündigte Wacław. Ein wohlgestalteter Mann! Ohne Frage – ein hochgewachsener und eleganter Herr! Mit einer ziemlich ansehnlichen, aber subtilen Nase, beweglichen Nasenflügeln, einem olivenen Blick und tiefer Stimme – und ein kurzgestutztes Schnurrbärtchen liebkoste ihn unter dieser empfindsamen Nase und über einer vollen und roten Lippe. Eine Art männlicher Schönheit, die den Frauen gefällt . . . und sie bewundern ebensosehr die Stattlichkeit der Gestalt wie die aristokratische Verfeinerung der Einzelheiten, zum Beispiel die Nervigkeit der Hand mit langen Fingern und säuberlich manikürten Fingernägeln. Wer könnte seinen rassigen Fuß mit dem hochgewölbten Rist in Zweifel ziehen, im gelben, engen Schuh, sowie seine kleinen, wohlgeformten Ohren? Waren sie nicht interessant, ja sogar köstlich, diese Geheimratsecken über der Stirn, die ihn intellektueller machten? Und diese Weiße des Teints, war sie nicht die Weiße eines Troubadours? Gewiß, ein effektvoller Herr! Ein eroberungssicherer Rechtsanwalt! Ein distinguierter Advokat! Ich haßte ihn physisch vom ersten Augenblick an, mit einem Haß, der sich mit Ekel mischte, der von der eigenen Heftigkeit überrascht und sich seiner Ungerechtigkeit bewußt war – denn er war doch voller Charme und *comme il faut*. Es war doch nicht richtig und gerecht, sich an solch Unvollkommenheiten zu klammern wie, sagen wir, eine gewisse Üppigkeit und Rundlichkeit, die sich leichthin an den Wangen und Händen abzeichnete und in der Gegend des Bauches umherirrte – war doch auch dies distinguiert. Aber vielleicht ärgerte mich die übermäßige und etwas lüsterne Raffiniertheit der Organe: der allzusehr zum Schmecken geeignete Mund, die im Riechen allzu subtile Nase, die im Tasten allzu gewandten Finger – doch eben dies machte ihn ja zum Geliebten! Es ist nicht ausgeschlossen, daß mich die Unmöglichkeit seines Nacktseins unangenehm berührte – denn dieser Körper brauchte einen Kragen, Kragenknöpfe, ein Taschentuch, sogar einen Hut, es war ein Körper in Schuhen, der unbedingt diese Toiletten- und Konfektionsvervollständigungen benötigte . . . Aber wer weiß, ob mich nicht am meisten die Umgestaltung gewisser Fehler, wie der beginnenden Glatze und der Weichlichkeit, in Attribute der Eleganz und des Schicks abschreckte. Die Körperlichkeit eines gewöhnlichen Bauern hat den großen Vorteil, daß der Bauer ihr keine Beachtung schenkt, so daß sie nicht abschreckend wirkt, auch wenn sie im Widerstreit mit der Ästhetik liegen sollte – doch ein Mann, der sich pflegt, bringt die Körperlichkeit hervor und betont sie, bohrt und wühlt in ihr herum, und da wird jeder Defekt tödlich. Woher aber kommt eine solche Empfindlichkeit für den Körper in mir? Woher diese Leidenschaft des verschämten und unwilligen Bespähens wie aus einer Ecke?

Trotz allem mußte ich zugeben, daß der Ankömmling sich nicht dumm benahm, sein Benehmen sogar von großer Klasse war. Er war nicht aufgeblasen, sprach nicht viel und nicht zu laut. Er war äußerst höflich. Und die Höflichkeit, die Bescheidenheit stammten aus seiner ausgezeichneten Erziehung, waren aber auch seiner nicht oberflächlichen Natur angeboren, die sich in seinem Blick spiegelte und zu sagen schien: Ich achte dich, achte auch du mich. Nein, er war gar nicht von sich selber eingenommen. Er kannte seine Mängel und wäre sicherlich gern ein anderer gewesen, als er war – aber er war er selber auf eine möglichst kultivierte und vernünftige Art, mit Würde, und es sah so aus, als sei er dem Anschein nach zwar weich und delikat, im Grunde aber unnachgiebig und sogar verbissen. Und diese seine ganze Körperkultur rührte keineswegs von Schwäche her, sondern war der Ausdruck irgendeines Grundsatzes, wahrscheinlich eines moralischen, er behandelte sie als eine Pflicht anderen gegenüber, doch drückte das auch irgendeine Rasse aus, einen Stil, sehr entschlossen, sehr bestimmt. Er hatte offensichtlich beschlossen, seine Werte zu verteidigen, solche wie Subtilität, Vornehmheit, Empfindsamkeit, und er verteidigte sie um so nachdrücklicher, je mehr sich die Geschichte gegen ihn wandte. Seine Ankunft rief besondere Veränderungen in unserer kleinen Welt hervor. Hippolyt kehrte auf einmal in seine Geleise zurück, unterließ es, zu sich selber zu flüstern und bittere Grübeleien anzustellen, es war, als habe man ihm die Erlaubnis erteilt, seine seit langem nicht mehr benützten Anzüge aus den Schränken hervorzuholen, und er paradierte in ihnen mit Vergnügen – ein tubaler, fröhlich-gastlicher Krautjunker ohne alle Vorbehalte. »Na, wie geht's, wie steht's? Schnaps heizt ein, Schnaps ist fein, Schnaps kann niemals schädlich sein!« – Und die Dame des Hauses begann ebenfalls in ihrem duftigen Leid zu tanzen, und ihre Finger nach allen Seiten bewegend, breitete sie den Schal ihrer Gastlichkeit aus.

Friedrich erwiderte die Achtung Wacławs mit der tiefsten Achtung; er ließ ihm an der Tür den Vortritt, und erst auf dessen leichtes Kopfnicken trat er als erster ein, aber so, als füge er sich dessen Willen – es war ein Versailles. Danach begann ein wahres Wetteifern an Höflichkeit, indessen – es war interessant – schmeichelte jeder von ihnen vor allem sich selber, nicht dem anderen. Wacław wurde bei den ersten Worten gewahr, daß er es mit jemand Ungewöhnlichem zu tun hatte, doch war er gesellschaftlich zu erfahren, um dies zu unterstreichen – hingegen wirkte die Würde, die er Friedrich zuschrieb, anregend auf das Empfinden seiner eigenen Würde, er wünschte *à la hauteur* zu sein und faßte sich mit Samthandschuhen an. Friedrich, der diesen aristokratischen Geist mit ungewöhnlicher Bereitwilligkeit assimilierte, begann sich ebenso hochtrabend zu benehmen – er mischte sich ab und zu ins Gespräch, aber wie jemand, dessen Schweigen für alle eine unverdiente Katastrophe gewesen wäre. Und da wurde plötzlich seine Furcht vor Unkorrektheit zu Überlegenheit und zu Stolz in ihm! Und was Henia anbetrifft (die der eigentliche Gegenstand des Besuches war) sowie Karol, so entledigten sie sich plötzlich jeglicher Bedeutung. Sie setzte sich auf einen Stuhl am Fenster und war ein bescheidenes Fräulein, und er sah aus wie ein Bruder, der dem Werben um die Schwester assistiert, und besah verstohlen seine Hände, ob sie nicht schmutzig waren.

Was für eine Vesper! Kuchen und Konfitüren fanden sich auf dem Tisch! Dann gingen wir hinaus in den Garten, wo sonnenbeschienene Ruhe herrschte. Vor uns ging das junge Paar, Wacław mit Henia. Wir, die Älteren, hinterher, um nicht zu stören . . . Hippolyt und Maria, ein wenig gerührt und leicht miteinander spaßend, und daneben ich mit Friedrich, der von Venedig erzählte.

Wacław fragte sie nach etwas, erklärte ihr etwas, sie aber wandte ihm das Köpfchen zu, aufmerksam und wohlwollend, und schwenkte einen Grashalm.

Karol ging abseits auf dem Rasen wie ein Bruder, den das Werben um die Schwester langweilt, und hatte nichts zu tun. »Ein Spaziergang wie vor dem Krieg . . .«, sagte ich zu Maria, und sie machte eine flatternde Bewegung mit dem Händchen. Wir näherten uns dem Teich.

Aber das wurstige Schlendern Karols begann an Stärke zu gewinnen, es wurde heftiger, es war offensichtlich, daß er nichts mit sich anzufangen wußte, und seine Bewegungen waren wie in Ungeduld zurückgehalten, die in Langeweile erstarrt war – und zugleich, allmählich, begann alles, was Henia zu Wacław sagte, *für* Karol zu sein, obwohl die Worte nicht bis zu uns drangen – ihr ganzes Verhalten verband sich wieder auf unbegreifliche Weise mit (dem Jungen), und das hinter ihrem Rücken, von hinten, denn sie wandte sich nicht um, sie wußte nicht einmal, daß Karol uns begleitete. Und ihr Gespräch mit Wacław, fast schon ein Verlobungsgespräch, erfuhr durch die Einwirkung (des Jungen), der sich hinter ihr herschleppte, eine gewaltsame Entwertung, sie selber aber begann sich durch irgendeine perfide Bedeutung zu verändern. Der verliebte Jurist bog einen Rotdornzweig ab, damit sie sich etwas davon pflückt, und in diesem Augenblick war sie sehr dankbar und vielleicht gerührt – aber das endete nicht bei Wacław, sondern ging zu Karol, und dort wurde es auf eine dumpfe Art jung, sechzehnjährig, dumm, leichtfertig und wurstig . . . es war also ein Herabziehen des Gefühls, nahm ihm das Gewicht, verwandelte es in eine schlechtere Qualität, eine niederere, die sich irgendwo im Niedereren verwirklichte, dort, wo sie eine Sechzehnjährige mit einem Siebzehnjährigen war, in ihrer gemeinsamen Unzulänglichkeit, in ihrer Jugend. Wir machten einen Bogen um ein Haselgebüsch am Teich und erblickten dort ein Weib.

Dieses Weib war damit beschäftigt, Wäsche im Teich zu waschen, und als es uns erblickte, wandte es sich uns mit seiner Vorderseite zu und glotzte uns an – ein Weib schon in den Jahren, eine untersetzte alte Vettel mit großem Busen, recht ekelhaft, ranzig-fett und schmutzig-alt, mit kleinen Augen. Sie schaute uns an, den hölzernen Wäscheschlegel in der Hand.

Karol riß sich von uns los, ging zu der Alten hin, als habe er ihr etwas zu sagen. Und plötzlich riß er ihr den Rock empor. Die Weiße ihres Unterleibs leuchtete auf und der Fleck von schwarzem Haar! Sie brüllte auf. Der Bengel fügte eine unanständige Geste hinzu und sprang davon – er kam zu uns zurück, als ob nichts geschehen wäre, und das wildgewordene Weibsstück pfefferte ihm ein Schimpfwort nach.

Wir sagten kein Wort dazu. Es war eine allzu unerwartete und empörende – Schweinerei, die brutal, breitbeinig in uns gefahren war ... und Karol ging wieder mit uns mit vollkommen ruhiger Wurstigkeit. Das Paar Wacław–Henia, ins Gespräch vertieft, verschwand hinter einer Biegung – vielleicht hatten sie nichts bemerkt – und wir hinter ihnen, Hippolyt, Maria ein wenig aufgescheucht, Friedrich ... Was war das? Was war das? Was war geschehen? Meine Betäubung kam nicht daher, daß er sich einen Streich herausgenommen hatte – sondern daher, daß der Streich, obwohl so empörend, sofort, in einer anderen Tonart, in einer anderen Dimension, zum Allernatürlichsten auf der Welt wurde ... und Karol ging jetzt mit uns, sogar – voller Anmut, mit der sonderbaren Anmut eines sich auf alte Weiber stürzenden Bengels, mit einer Anmut, die mir in den Augen wuchs und deren Natur ich nicht verstand. Wie konnte diese Schweinerei mit der Alten ihm den Glanz einer solchen Anmut schenken? Ein Zauber ging von ihm aus, ein unbegreiflicher, und Friedrich legte seine Hand auf meine Schulter und murmelte:

»Na, na!«

Gleich aber rundete er das unwillkürliche Wort zu einem Satz, den er laut und nicht ganz ungekünstelt aussprach:

»... Na, na, na, gibt's was Neues, lieber Witold?«

Ich erwiderte:

»Nichts, nichts, Friedrich.«

Maria wandte sich an uns:

»Ich werde Ihnen ein schönes Exemplar eines amerikanischen Lebensbaums zeigen. Ich habe es selber gepflanzt.«

Es ging darum, Henia und Waclaw nicht zu stören. Wir betrachteten den Lebensbaum, als vom Wirtschaftshof ein Stallknecht gerannt kam und von weitem Zeichen machte. Hippolyt drehte sich rasch um: »Was ist denn?« – »Die Deutschen sind aus Opatów gekommen.« Tatsächlich waren Menschen vor dem Stall zu sehen – und schon rannte er apoplektisch los, seine Frau ihm nach, ihnen nach Friedrich, der vielleicht meinte, behilflich sein zu können, da er gut deutsch konnte. Was mich anbetrifft, zog ich vor, nicht mit dabeizusein, mich befiel eine Ermattung bei dem Gedanken an die unvermeidlichen, bedrückenden Deutschen. Was für ein Alpdruck . . . Ich kehrte ins Haus zurück.

Das Haus war leer, die Zimmertüren standen offen, die Möbel machten sich in der Leere stärker bemerkbar, ich wartete . . . auf das Resultat der deutschen Visite, die sich stumm vor dem Stall abspielte . . . doch mein Warten wurde allmählich zu einem Warten auf Henia und Wacław, die hinter einer Biegung verschwunden waren . . . und schließlich kam Friedrich zum Ausbruch in diesem leeren Haus. Wo war Friedrich? Was machte er? Er war bei den Deutschen. War er wirklich bei den Deutschen? Und wenn man ihn woanders hätte suchen müssen, am Teich, dort, wo wir unser Mädchen gelassen hatten . . . dort war er! Dort mußte er sein! Dorthin war er zurückgekehrt, um heimlich zu beobachten. Doch, in diesem Fall, was sah er? Mich packte Eifersucht auf alles, was er sehen könnte. Die Leere des Hauses stieß mich hinaus, und ich lief hinaus, so, als ob ich zum Stall liefe, wo die Deutschen waren, aber ich lief hinter den Teich durch das Gestrüpp, den Graben entlang, in den die Frösche sprangen mit fettem, ekelhaftem Plumpsen, und, den Teich umgehend, erblickte ich sie – Wacław und Henia – auf einem Bänkchen, ganz am Rande des Gartens, gegenüber den Wiesen. Es wurde schon dunkel, fast war es finster. Und feucht. Wo war Friedrich? Es war unmöglich, daß er nicht hier war – und ich irrte mich nicht – dort, zwischen den Weidenbäumen, wie in einer Höhle, undeutlich, steckte er auf Posten unter Sträuchern und hielt Ausschau. Ich schwankte keinen Augenblick. Leise schob ich mich zu ihm durch und blieb neben ihm stehen, er zuckte nicht einmal, ich blieb starr stehen – und mein Mich-Melden als Zuschauer war eine Erklärung, daß er an mir einen Gefährten hatte! Auf der Bank zeichneten sich undeutlich ihre Silhouetten ab, und sicherlich flüsterten sie etwas – aber es war nicht zu hören.

Das war Verrat – gemeiner Verrat von ihr – da schmiegte sie sich an den Advokaten, während (der Junge), dem sie hätte treu sein sollen, aus ihrem Bezirk geworfen war . . . und das quälte mich, als wäre die letzte Möglichkeit der Schönheit in meiner Welt zusammengebrochen, die von Zersetzung, Sterben, Marter, Scheußlichkeit befallen war. Was für eine Niederträchtigkeit! Umarmte er sie? Oder hielt er sie an den Händen? Wie abscheulich und widerlich war dieser Platz für ihre Hände: in seinen Händen! Da fühlte ich, wie das beim Träumen vorkommt, daß ich irgendeiner Enthüllung nahe war, und als ich mich umsah, bemerkte ich etwas . . . etwas Erstaunliches.

Friedrich war nicht allein, denn neben ihm, einige Schritte entfernt, fast vom Gestrüpp verdeckt, kaum zu sehen, war Karol.

Die Gegenwart Karols hier? Bei Friedrich? Aber durch welches Wunder hatte ihn Friedrich hierher geführt? Unter welchem Vorwand? Nichtsdestoweniger befand er sich hier, und ich wußte, daß es für Friedrich war, nicht für sie – er war nicht gekommen, weil er daran interessiert war, was auf der Bank geschah, er war gekommen, weil ihn die Gegenwart Friedrichs angelockt hatte. Wahrhaftig, das war ebenso undurchsichtig wie subtil, und ich weiß nicht, ob ich es in Worte zu fassen vermag . . . Ich hatte den Eindruck, daß (der Junge) nur darum ungebeten erschienen war, um stärker anzufachen . . . damit das Spiel an Kraft gewinnt . . . damit es uns um so schmerzlicher wird. Wahrscheinlich war der junge

Bengel, während jener, der ältere Mann, betroffen von dem Verrat des jungen Mädchens, beobachtend dastand, geräuschlos aus dem Dickicht aufgetaucht und hatte sich neben ihn gestellt, ohne etwas zu sagen. Das war wild und kühn! Aber die Dämmerung verhüllte es, wir waren ja fast unsichtbar, und auch diese Stille – denn niemand von uns konnte ja etwas sagen. Also versank die Grellheit des Faktums in der Wesenlosigkeit der Nacht und des Schweigens. Auch muß man hinzufügen, daß die Tätigkeit (des Jungen) verwischend, fast entschuldigend wirkte, seine Leichtigkeit, seine Schlankheit sprachen frei, und da er (jung) sympathisch war, konnte er sich eigentlich einem jeden anschließen . . . (irgendwann werde ich den Sinn dieser Klammern erläutern) . . . Und plötzlich entfernte er sich ebenso leicht, wie er erschienen war.

Aber sein leichtes Sich-Anschließen an uns bewirkte, daß die Bank wie ein Dolchstoß zustieß. Dieses tolle, unerhörte Herantreten (des Jungen) an uns, während (das Mädchen) ihn verriet! Die Situationen in der Welt sind Chiffren. Unbegreiflich bleibt die Konstellation der Menschen und überhaupt der Erscheinungen. Dies hier . . . war bestürzend vielsagend – aber es war nicht voll zu verstehen, zu entziffern. Jedenfalls hatte sich die Welt in einem überaus wunderlichen Sinne zusammengeballt. Gleichzeitig donnerte vom Stall her ein Schuß. Wir liefen alle zusammen querfeldein, schon ganz gleich, wer mit wem. Wacław raste neben mir her, Henia mit Friedrich. Friedrich, der in kritischen Momenten unternehmend und geistesgegenwärtig wurde, bog hinter einen Schuppen ein, wir hinter ihm her. Wir sahen: nichts gar so Schreckliches. Ein Deutscher, angetrunken, vergnügte sich damit, mit einer Doppelflinte Tauben abzuknallen – und gleich packten sie sich in ein Auto hinein, winkten zum Abschied mit den Händen und fuhren davon. Hippolyt sah uns wütend an: »Laßt mich!«

Dieser Blick lehnte sich aus ihm heraus wie aus einem

Fenster, doch sofort schlug er alle Fenster und Türen in sich zu. Er ging ins Haus.

Abends beim Essen schenkte er Schnaps ein, rot und rührselig.

»Na, was? Trinken wir auf das Wohl von Wacek und Henia. Sie sind sich schon einig geworden.«

Friedrich und ich sprachen Glückwünsche aus.

VI

Alkohol. Schnaps. Ein berauschendes Ereignis. Ein Ereignis wie ein Gläschen Extrastarker – und noch ein Gläschen – aber diese Trunkenheit war schlüpfrig, alle Augenblicke drohte ein Sturz in den Schmutz, in die Verderbtheit, in sinnlichen Sumpf. Wie aber nicht trinken? War doch das Trinken zu unserer Hygiene geworden, jeder betäubte sich, so gut er konnte – also auch ich – und ich versuchte nur etwas von meiner Würde zu retten, indem ich in der Trunkenheit die Miene eines Forschers bewahrte, der trotz allem beobachtet – der sich betrinkt, um zu beobachten. Und also beobachtete ich.

Der Verlobte hatte uns nach dem Frühstück verlassen. Doch es war beschlossen worden, daß wir übermorgen alle miteinander nach Ruda fahren sollten.

Später kam Karol mit einem Wagen vor die Terrasse gefahren. Er sollte nach Ostrowiec fahren, um Petroleum zu holen. Ich erbot mich, ihn zu begleiten.

Und Friedrich machte ebenfalls schon den Mund auf, um sich als Dritter zu melden – als er in eine seiner plötzlichen Hemmungen verfiel . . . niemals wußte man, wann das passieren werde. Schon hatte er den Mund aufgemacht, doch er schloß ihn wieder, und wieder tat er ihn auf – verblieb in der Zange dieses quälenden Spiels, blaß, der Wagen aber fuhr mit Karol und mir davon.

Trabende Pferdekruppen, der sandige Weg, die Weitläufigkeit der Aussicht, das langsame Kreisen der Anhöhen, die hintereinander verschwanden. In der Morgenfrühe, in der Weite, ich mit ihm, ich neben ihm – beide aus der Senke von Powórna herausgelangt, sichtbar, und meine Anstößigkeit mit ihm der weiten Sicht dargeboten.

Ich begann auf diese Weise:

»Na, Karol, was hast du denn mit diesem alten Weib gestern angestellt, am Teich?«

Er fragte ein wenig mißtrauisch, um sich besser im Charakter meiner Frage zurechtzufinden:

»Wieso?«

»Es haben doch alle gesehen.«

Diese Einleitung war nicht besonders deutlich umrissen – nur, um ein Gespräch anzuknüpfen. Er lachte für alle Fälle, auch darum, um dem Gespräch ein leichteres Gewicht zu geben. »Nichts Besonderes«, sagte er und schwenkte die Peitsche, er war gleichgültig . . . Da äußerte ich meine Verwunderung: »Wenn das Weib noch dazu getaugt hätte! Aber das war doch die letzte Vettel und alt!« Und da er darauf nicht antwortete, drängte ich: »Gibst du dich mit alten Weibern ab?«

Nachlässig hieb er mit der Peitsche über einen Busch. Und als ob ihm das die richtige Antwort gewiesen hätte, haute er mit der Peitsche auf die Pferde, die den Wagen anrissen. Diese Antwort war mir verständlich, obwohl nicht in Worte zu übersetzen. Einige Zeit fuhren wir schärfer. Dann wurden die Pferde langsamer, und als sie langsamer wurden, lächelte er mit freundschaftlichem Zähneblitzen und sagte:

»Was für ein Unterschied, ob alt oder jung?«

Jetzt lachte er ganz frei heraus.

Mich beunruhigte das. Es war, als ob mich ein leichter Schauder überliefe. Ich saß neben ihm. Was bedeutete das? Vor allem stach eines ins Auge: die maßlose Bedeutung seiner Zähne, die in ihm spielten, die seine innere Weiße waren, eine reinigende – die Zähne waren nämlich wichtiger als das, was er sagte – es sah so aus, als spreche er für die Zähne und wegen der Zähne – und es war ganz gleich, was er sagte, denn er sprach zum Vergnügen, er war eine Lust und sich selbst eine Freude, er wußte, daß die abstoßendste Ekelhaftigkeit seinen vergnügten Zähnen verziehen werden würde. Wer saß denn neben mir? Jemand wie ich? Aber woher denn, es war dies ein essentiell andersartiges und anmutiges Wesen, einem blühenden Reich entstammend, er war voller Gnade, die sich in Schönheit verwandelt. Ein Prinz und ein Gedicht. Warum aber stürzte sich der Prinz auf alte Weiber? Das war die Frage. Und warum machte ihm das Spaß? Machte ihm seine eigene Begierde Spaß? Machte es ihm Spaß, daß er als Prinz zugleich in der Gewalt des Hungers war, der ihn selbst das häßlichste Weib begehren hieß – machte dies ihm Spaß? Diese Schönheit (mit Henia verbunden), mißachtete sie sich so weit, daß es ihr fast gleichgültig war, womit sie sich befriedigte, mit wem sie sich einließ? Hier also nahm irgend etwas Dunkles seinen Ursprung. Wir fuhren von der Anhöhe hinab in den Hohlweg von Grocholice. Ich entdeckte in ihm irgendein mit Befriedigung begangenes Sakrileg und wußte, daß dies etwas für die Seele nicht Gleichgültiges, ja, etwas in seinem eigentlichen Grundsatz Verzweifeltes war.

(Mag sein, daß ich mich diesen Spekulationen nur hingab, um den Anschein eines Forschers bei dieser Vergnügung zu wahren.)

Aber vielleicht hatte er diesem Weib den Rock hochgerissen, um ein Soldat zu sein? War das denn nicht soldatisch?

Ich fragte (das Thema des Anstands wegen wechselnd – ich mußte auf mich achtgeben):

»Und was für einen Streit hast du mit deinem Vater?«

Er zögerte überrascht, doch gleich begriff er, daß ich davon durch Hippolyt erfahren haben mußte. Er versetzte:

»Weil er Mama verfolgt. Er läßt ihr keine Ruhe, das Aas. Wäre er nicht mein Vater, ich würde ihn . . .«

Eine ausgezeichnet ausgeglichene Antwort – er konnte

bekennen, daß er seine Mutter liebte, da er zugleich bekannte, daß er den Vater haßte, dies bewahrte ihn vor Sentimentalität – aber, um ihn an die Wand zu drücken, fragte ich geradeheraus:

»Liebst du deine Mutter sehr?«

»Sicher! Es ist doch meine Mutter ...«

Was bedeutete, daß daran nichts Besonderes war, denn es ist üblich, daß der Sohn die Mutter liebt. Dennoch war das sonderbar. Wenn man es näher betrachtete, so war es sonderbar, denn vor einer Weile war er die pure Anarchie gewesen, die sich auf ein altes Weib stürzt, und jetzt war er konventionell geworden und dem Gesetz der Sohnesliebe unterworfen. Wozu bekannte er sich also, zur Anarchie oder zum Gesetz? Wenn er sich aber so gehorsam den Sitten unterwarf, so nicht, um an Wert zu gewinnen, sondern gerade, um an Bedeutung zu verlieren, aus seiner Liebe zur Mutter etwas Gewöhnliches und Belangloses zu machen. Warum wollte er ständig an Bedeutung verlieren? Dieser Gedanke war sonderbar verlockend – warum wollte er an Bedeutung verlieren? Dieser Gedanke war purer Alkohol – warum mußte, mit ihm, jeglicher Gedanke immer entweder anziehend oder abstoßend sein, immer leidenschaftlich und voller Spannung? Wir fuhren jetzt eine Anhöhe hinauf, hinter Grocholice, links, waren gelbe Erdwände, in denen man Keller für Kartoffeln ausgehöhlt hatte. Die Pferde gingen im Schritt – und es war still. Karol wurde plötzlich gesprächig: »Könnten Sie mir nicht irgendeine Arbeit in Warschau verschaffen? Vielleicht im Schmuggel? Ich könnte Mama ein wenig helfen, wenn ich verdienen würde, denn sie braucht es zu einer Kur, und so meckert nur der Vater, daß ich keine Beschäftigung habe. Ich habe das schon satt!« Er wurde gesprächig, denn es ging um praktische und materielle Angelegenheiten, hier konnte er sprechen und viel, es war auch natürlich, daß er sich damit an mich wandte – und dennoch, war es so natürlich? War es nicht nur ein Vorwand, um sich mit mir zu verständigen, mit mir Älterem, mir näherzukommen? Wahrlich, in so schwierigen Zeiten muß sich ein Junge Ältere gewinnen, die mehr Macht haben als er, und das kann er nur durch persönlichen Reiz erreichen ... Aber die Koketterie eines Jungen ist bei weitem komplizierter als die Koketterie eines Mädchens, dem das Geschlecht zu Hilfe kommt ... Also war dies sicher so eine Kalkulation, ach, eine unbewußte, unschuldige: er wandte sich einfach um Hilfe an mich, doch in Wirklichkeit ging es ihm gar nicht um Arbeit in Warschau, sondern nur darum, sich auf die Rolle desjenigen festzulegen, dessen man sich annimmt – nur darum, das Eis zu brechen ... und der Rest würde von selber kommen ... Das Eis zu brechen? Aber in welchem Sinne? Und was für ein »Rest«? Ich wußte nur, vielmehr vermutete ich, daß dies ein Versuch seiner Jungenhaftigkeit war, in Kontakt mit meiner Erwachsenheit zu kommen, und ansonsten wußte ich, daß er sich nicht ekelt, und daß sein Hunger, sein Begehren, ihn zugänglich machen ... Ich zog mich in mich zurück, als ich seine heimliche Absicht der Annäherung spürte ... als ob sein ganzes Reich über mich herfallen wollte. Ich weiß nicht, ob ich klar genug bin. Der Umgang eines Mannes mit einem Jungen spielt sich im allgemeinen auf dem Hintergrund technischer Dinge, der Fürsorge, der Mitarbeit ab, wenn er aber unmittelbar wird, zeigt sich seine unerhörte Drastik. Ich fühlte, daß dieses Wesen mich durch seine Jugend erobern wollte, und es war, als unterläge ich, der Erwachsene, einer unwiderruflichen Kompromittierung.

Doch das Wort »Jugend« war ihm nicht erlaubt – es ging nicht an, es zu gebrauchen.

Wir waren auf die Anhöhe gelangt, und es eröffnete sich der unveränderliche Anblick auf die von Hügeln gerundete Erde, von ihrem unbeweglichen Wogen aufgebläht in schrägem Licht, das sich hier und da unter den Wolken ballte.

»Bleib lieber hier bei den Eltern ...« Das klang kategorisch, denn ich sagte das als der Ältere – und eben das erlaubte mir auf die gewöhnlichste Art der Welt, wie in einer Fortsetzung des Dialogs, zu fragen: »Dir gefällt Henia?«

Die schwierigste Frage kam sonderbar leicht heraus, und er antwortete ebenfalls ohne Schwierigkeit:

»Natürlich gefällt sie mir.«

Er sagte, mit der Peitsche hinweisend: »Sehen Sie die Sträucher dort? Das sind keine Sträucher, sondern Baumwipfel im Hohlweg von Lisiny, der in den Wald von Bodzechów führt. Dort halten sich manchmal Banden versteckt . . .« Er verzog verständnisvoll das Gesicht, wir fuhren weiter, an einer Christusfigur vorbei, und ich kehrte zum Thema zurück, als hätte ich es gar nicht verlassen . . . eine plötzliche Ruhe, deren Ursache ich nicht kannte, erlaubte mir, die Zeit zu mißachten, die vergangen war. »Aber du liebst sie nicht?«

Diese Frage war bei weitem riskanter – sie war schon ein Vordringen zum Kern – sie konnte, in ihrer Hartnäckigkeit, meine dunklen Entzückungen verraten, meine und die Friedrichs, die zu ihren Füßen begonnen hatten, zu ihren Füßen, zu ihren Füßen . . . Ich fühlte mich, als berührte ich einen schlafenden Tiger. Eine unbegründete Furcht. »Neee . . . wir kennen uns doch schon von Kind auf! . . .« Und dies war ohne die Spur eines *arrière pensée* gesagt . . . obwohl man hätte erwarten können, daß jene Begebenheit vor der Stellmacherei neulich, bei der wir alle heimliche Komplizen gewesen waren, ihm die Antwort etwas erschweren würde.

Nichts dergleichen! Jenes war für ihn offensichtlich auf einer anderen Ebene – und jetzt, mit mir, war er ohne Verbindung mit jenem – und sein »Neee«, dies so langezogene, hatte den Beigeschmack von Kaprice und Leichtsinnigkeit, sogar von Lausbübischem.

Er spuckte aus. Durch das Ausspucken charakterisierte er sich noch mehr als Lausbube, und gleich lachte er, und dieses Lachen war entwaffnend, so, als ob es ihm die Möglichkeit einer anderen Reaktion nähme; und er schaute mich schräg von der Seite an, spitzbübisch:

»Mit Maria wär's mir lieber.«

Nein! Das konnte nicht wahr sein! Maria mit ihrer rührseligen Magerkeit! Warum also sagte er das? Ob deswegen, weil er jener Alten den Rock hochgehoben hatte? Doch warum hatte er diesen Rock hochgehoben? Was für ein Absurdum, ein qualvolles Rätsel! Jedoch wußte ich (und es war dies einer der Kanons meines literarischen Wissens von den Menschen), daß es menschliche Taten gibt, die dem Anschein nach völlig sinnlos, dennoch dem Menschen notwendig sind, weil sie ihn auf eine bestimmte Art definieren – so ist, um ein ganz einfaches Beispiel zu nennen, jemand bereit, eine völlig unnötige Wahnsinnstat zu begehen, nur um sich nicht als Feigling zu fühlen. Und wer braucht mehr als die Jugend ein solches Sich-Formen? . . . Es war also mehr als sicher, daß die Mehrzahl der Taten oder auch Aussagen des Halbwüchsigen, der neben mir saß mit Zügeln und Peitsche, daß dies eben Taten waren, die »an sich selber begangen« werden – und man konnte sogar annehmen, daß unser, meiner und Friedrichs, heimlicher und entzückter Blick ihn zu diesem Spiel mit sich selber um so mehr anregte, als ihm das bekannt war. Gut also: er machte mit uns gestern diesen Spaziergang, langweilte sich, hatte nichts zu tun, hob der Alten den Rock hoch, um etwas Zügellosigkeit in sich hineinzubringen, nach der ihn vielleicht darum gelüstete, um von einem Begehrten zu einem Begehrenden zu werden. Die Äquilibristik eines Jungen. Gut. Aber jetzt, warum kehrte er von neuem zu diesem Thema zurück, indem er bekannte, daß es ihm mit Maria »lieber wäre« – war darin nicht eine schon aggressive Absicht versteckt?

»Denkst du, ich glaube dir?« sagte ich. »Daß du Maria Henia vorziehst? Was redest du für einen Unsinn!« fügte ich hinzu. Worauf er mit Hartnäckigkeit im hellen Sonnenschein erwiderte:

»Aber sie wäre mir lieber.«

Nonsens und Lüge! Aber wozu, zu welchem Zweck? Wir

näherten uns bereits Bodzechów, in der Ferne waren von hier aus die großen Hochöfen der Werke von Ostrowiec zu sehen. Warum, warum wehrte er sich gegen Henia, wollte er Henia nicht? Ich wußte, aber ich wußte nicht; ich verstand und verstand nicht. Sollte seine Jugend tatsächlich Ältere vorziehen? Wollte er »mit Älteren« zusammensein? Was war das für ein Gedanke, wohin zielend – die Unheimlichkeit dieses Gedankens, seine erhitzende Schärfe, seine Dramatik führten mich sofort auf diese Fährte, denn ich, in diesem seinem Reich, ließ mich durch Erregungen leiten. Verlangte es diesen Milchbart in unserer Reife zu räubern? Wahrhaftig – nichts ist so gewöhnlich, als wenn ein Junge sich in ein schönes Fräulein verliebt und sich alles auf der Linie natürlicher Anziehung entwickelt, doch mag sein, daß er etwas . . . etwas Weitläufigeres, etwas Kühneres brauchte . . . daß er nicht nur »ein Junge mit einem Fräulein« sein wollte, sondern »ein Junge mit Erwachsenen«, ein Junge, der in die Erwachsenheit einbricht . . . Was für eine dunkle, eine perverse Idee! Aber er hatte ja Erfahrungen auf dem Gebiet des Krieges und der Anarchie, ich kannte ihn nicht, konnte ihn nicht kennen, ich wußte nicht, was ihn geformt hatte und wie, er war ebenso rätselhaft wie diese Gegend – bekannt und doch unbekannt – und nur in einem konnte ich sicher sein, nämlich daß dieses Luder schon seit langem aus den Windeln heraus war. Um hineinzugehen – in was? Das eben war unbekannt – es war nicht klar, was und wer ihm gefiel, vielleicht wollte er sich mit uns amüsieren, nicht mit Henia, und gab deswegen immerfort zu verstehen, daß das Alter kein Hindernis sein solle . . . Wie denn? Wie denn?! Nun ja, er langweilte sich, er wollte sich amüsieren, vielleicht mit etwas amüsieren, was er nicht kannte, woran er eigentlich nicht einmal dachte – aus Langeweile, nebenbei und ohne Anstrengung . . . mit uns, und nicht mit Henia, denn wir, in unserer Häßlichkeit, wir konnten ihn weiterführen, wir waren unbegrenzter. Deswegen (dabei dachte er an jene Begebenheit vor der Stellmacherei) ließ er mich merken, daß er keinen Ekel hatte . . . Genug. Mir graute schon bei dem Gedanken, daß seine Schönheit meine Häßlichkeit suchte. Ich wechselte das Thema.

»Gehst du zur Kirche? Glaubst du an Gott?«

Eine Frage, die zum Ernst aufforderte, eine Frage, die gegen seine verräterische Leichtigkeit schützte.

»An Gott? Was die Priester da sagen, das . . .«

»Aber an Gott glaubst du?«

»Sicher. Nur . . .«

»Nur was?«

Er schwieg.

Ich hätte fragen sollen: Gehst du zur Kirche? Statt dessen fragte ich: »Gehst du auf Frauen?«

»Wie sich's trifft.«

»Hast du Glück bei Frauen?« Sofort lachte er.

»Nein. Woher! Ich bin noch zu jung.«

Zu jung. Dies hatte einen erniedrigenden Sinn – deswegen konnte er diesmal in aller Freiheit das Wort »Jugend« benützen. Doch mir, für den sich Gott mit diesem Jungen und mit Frauen vermischte in einem grotesken und fast trunkenen Quidproquo, mir klang dieses »zu jung« sonderbar, warnend. Ja, zu jung, ebensosehr gegenüber den Frauen wie Gott gegenüber, zu jung gegenüber allem – und es war unwichtig, ob er glaubte oder nicht glaubte, ob er Glück bei Frauen hatte oder auch nicht, denn er war überhaupt »zu jung«, und keines seiner Gefühle, weder die Wahrheit noch das Wort, konnte eine Bedeutung haben – er war nicht voll, war »zu jung«. Und »zu jung« war er Henia gegenüber wie gegenüber allem, was sich zwischen ihnen bildete, und gleichfalls »zu jung« Friedrich und mir gegenüber . . . Was war denn dieses schlanke Unerwachsensein? Er bedeutete ja nichts! Wie konnte ich denn, ich Erwachsener, meinen ganzen Ernst in seinen Unernst legen, mit Zittern jemand Unwichtigem lauschen? Ich schaute mich in der Gegend um. Von hier, aus der Höhe, war schon die Kamienna zu sehen, und sogar das kaum hörbare Rattern des Eisenbahnzugs, der sich Bodzechów näherte, war zu vernehmen, das ganze Flußtal lag vor uns, zusammen mit der Chaussee – und rechts und links der gelbgrüne Flickenteppich der Felder, so weit das Auge reichte, schläfrige Ewigkeit, aber geknebelt, erstickt, an die Kandare genommen. Ein sonderbarer Geruch der Rechtlosigkeit durchdrang alles, und in dieser Rechtlosigkeit ich mit dem Jungen, jenem »zu jungen«, zu leichten, zu leichtsinnigen, dessen Unzulänglichkeit, Unvollkommenheit unter diesen Umständen zu einer elementaren Macht wurde. Wie konnte ich mich gegen ihn wehren, wenn in nichts eine Stütze zu finden war?

Wir fuhren auf die Chaussee hinaus, und der Wagen begann mit seinen eisenbereiften Rädern über den Schlaglöchern zu rütteln, es bevölkerte sich, wir fuhren an ihnen vorbei, an den auftauchenden Leuten, sie gingen den Fußpfad entlang, einer mit einer Mütze, ein andrer mit einem Hut, und weiter begegneten wir einem Wagen mit Bündeln, mit irgend jemandes ganzer Habe – er schob sich langsam voran, Schritt für Schritt – und weiter hielt uns eine Frau an, die mitten auf der Chaussee stehengeblieben war und an uns herantrat, ich erblickte ihr ziemlich zartes Gesicht in einem Kopftuch, wie es die Weiber tragen, ihre Füße waren riesig in den Männerschaftstiefeln und ragten unter einem gekürzten schwarzen, seidenen Rock hervor, und ihr Dekolleté war tief wie bei einem Ball- oder Abendkleid, elegant, in der Hand aber hatte sie etwas in eine Zeitung Eingewickeltes – und damit winkte sie – sie wollte etwas sagen, aber sie kniff den Mund wieder zu, wieder wollte sie sprechen, doch sie winkte ab mit der Hand, sprang zur Seite – und stand auf der Chaussee, als wir uns entfernten. Karol lachte.

Endlich langten wir in Ostrowiec an, mit lautem Gepolter, auf dem Kopfsteinpflaster hüpfend, wovon sogar die Wangen bebten, wir fuhren an den deutschen Posten vor der Fabrik vorbei, das Städtchen war dasselbe wie früher, ganz dasselbe, diese Türmungen und Röhren der Hochöfen des Werks, seine Mauer, weiter die Brücke über die Kamienna und die Eisenbahnschienen und die Hauptstraße, die zum Marktplatz führte, und an der Ecke das Café Malinowski. Nur, daß irgendeine Abwesenheit fühlbar wurde – es gab nämlich keine Juden. Dennoch ziemlich viele Menschen auf den Straßen, sogar Verkehr, stellenweise belebt, dort warf ein Weib Kehricht aus dem Hausflur, hier ging jemand mit einem dicken Strick unterm Arm, vor einem Lebensmittelladen eine Ansammlung von Leuten, und ein kleiner Junge versuchte mit einem Stein einen Spatzen zu treffen, der sich auf einem Schornstein niedergelassen hatte. Wir versorgten uns mit Petroleum, erledigten noch einige Besorgungen, verließen so schnell wie möglich dieses sonderbare Ostrowiec und atmeten auf, als die Erde des gewöhnlichen Feldwegs den Wagen wieder in ihren weichen Schoß aufgenommen hatte. Aber was machte Friedrich? Was tat er dort, sich selber überlassen? Schlief er? Saß er da? Ging er umher? Ich kannte doch die Gewissenhaftigkeit seiner Korrektheit, ich wußte, wenn er saß, dann unter Wahrung aller Vorsicht, und dennoch begann es mich zu quälen, daß ich nicht wußte, womit er sich eigentlich abgab. Er war nicht da, als ich, in Powórna angelangt, mich mit Karol zu einem verspäteten Mittagessen hinsetzte; und Maria sagte mir, er harke ... Was? Er harkte einen Weg im Garten. »Ich fürchte ... er langweilt sich wohl bei uns«, fügte sie nicht ohne Kummer hinzu, als handle es sich um einen Gast aus Vorkriegszeiten, und auch Hippolyt kam, um mich zu benachrichtigen:

»Dein Kumpan ist im Garten, hörst du ... Er harkt.«

Und etwas in seiner Stimme machte deutlich, daß ihm dieser Mensch zur Last wurde – er war beschämt, unglücklich und ratlos. Ich ging zu Friedrich. Bei meinem Anblick legte er den Rechen weg und fragte mit der gewohnten Höflichkeit, wie uns die Fahrt gelungen sei ... Und danach, mit zur Seite gewandtem Blick, brachte er in vorsichtigen

Worten den Gedanken vor, ob man nicht nach Warschau zurückkehren solle, denn schließlich könnten wir hier nicht viel von Nutzen sein, und eine längere Vernachlässigung unserer dortigen Geschäftchen könnte ungut enden, ja, eigentlich sei dieses Herkommen nicht genügend durchdacht gewesen, vielleicht sei es doch besser, unsere Siebensachen zusammenzupacken ... Er bahnte in sich einen Weg zu diesem Entschluß, machte ihn unmerklich immer intensiver, gewöhnte an ihn ... mich, sich selber, die Bäume der Umgebung. Was ich meine? Denn andererseits, auf dem Lande sei es trotz allem besser ... aber ... wie, nicht wahr, morgen könnte man abreisen? Auf einmal klang sein Befragen dringlich, und ich verstand: aus meiner Antwort wollte er schließen, ob es mir gelungen war, mich mit Karol zu verständigen; er war dahintergekommen, daß ich ihn hatte sondieren müssen; jetzt wollte er wissen, ob man noch einen Funken Hoffnung haben könne, daß die Jungenarme Karols einmal die Verlobte Wacławs umfassen würden! Und zugleich gab er mir heimlich zu verstehen, daß nichts von dem, was er wußte, was er herausbekommen hatte, zu solchen Illusionen berechtige.

Die Abscheulichkeit dieser Szene ist schwer zu beschreiben. Das Antlitz eines älteren Menschen hält sich durch eine verborgene Willensanstrengung, die versucht, seinen Zerfall zu maskieren, oder es wenigstens zu einer sympathischen Ganzheit zu organisieren – in ihm aber erfolgte eine Enttäuschung, ein Verzicht auf Zauber, Hoffnung, Leidenschaft, und alle Falten machten sich breit und überwältigten ihn wie einen Leichnam. Er war auf eine gefügige und demütige Art niederträchtig in diesem Sich-Ergeben in die eigene Scheußlichkeit – und mich steckte er mit dieser Schweinerei so sehr an, daß mein Gewürm in mir zu wimmeln begann, hervorkroch und mich umkroch. Doch das war noch nicht der Gipfel der Abscheulichkeit. Ihre groteske Fürchterlichkeit rief vor allem das hervor, daß wir wie ein Liebespaar waren, das sich in seinen Gefühlen betrogen und von jenem Liebespaar zurückgestoßen fühlte, unsere Entflammung, unsere Erregung hatte nichts, wo sie sich entladen konnte, und jetzt grassierte sie zwischen uns . . . nichts war uns jetzt übriggeblieben außer uns selber . . . und uns vor uns ekelnd, waren wir dennoch zusammen in dieser unserer erweckten Sinnlichkeit. Darum waren wir bemüht, uns nicht anzusehen. Die Sonne brannte, und aus den Sträuchern wehte ein Duft von Kanthariden.

Bei dieser geheimen Konferenz zwischen uns hatte ich endlich verstanden, welch ein Schlag für ihn und für mich die schon keinem Zweifel mehr unterliegende Gleichgültigkeit dieser beiden war. Die Junge – die Verlobte Wacławs. Der Junge – völlig unberührt davon. Und alles versunken in ihrer jungen Blindheit. Der Ruin unserer Träume!

Ich gab Friedrich zur Antwort, daß möglicherweise unsere Abwesenheit von Warschau tatsächlich nicht angezeigt wäre. Er klammerte sich sofort daran. Wir standen jetzt unter dem Zeichen der Flucht, und indem wir langsam den Gartenweg entlanggingen, befreundeten wir uns mit diesem Entschluß.

Aber hinter der Hausecke, auf dem Weg, der zur Kanzlei führte, trafen wir auf die beiden. Sie mit einer Flasche in der Hand. Er vor ihr – sie sprachen miteinander. Ihre Kindheit, ihre vollständige Kindheit war offensichtlich, mörderisch: sie – eine Oberschülerin, er – ein Schüler und Milchbart.

Friedrich fragte die beiden: »Was macht ihr?«

Sie: »Der Korken ist in die Flasche gefallen.«

Karol, die Flasche gegen das Licht haltend: »Ich werd ihn mit einem Draht rausziehen.«

Friedrich: »Das ist nicht so leicht!«

Sie: »Vielleicht suche ich besser einen anderen Korken.«

Karol: »Hab keine Angst . . . ich zieh ihn raus . . .«

Friedrich: »Der Hals ist zu eng.«

Karol: »Wenn er reingegangen ist, wird er auch rausgehn.«

Sie: »Oder er wird zerbröckeln und wird den Saft noch schlimmer versauen.«

Friedrich sagte nichts darauf. Karol schaukelte albern mit den Beinen. Sie stand mit der Flasche da und sagte:

»Ich werde oben nach Korken suchen. Im Büfett sind keine.«

Karol: »Ich sag dir, ich werd ihn rausziehen.«

Friedrich: »Durch diesen Hals ist es nicht leicht, hineinzugelangen.«

Sie: »Suchet, so werdet ihr finden!«

Karol: »Weißt du was? Von diesen Fläschchen, die im Schrank stehen . . .«

Sie: »Nein. Das sind Arzneien.«

Friedrich: »Man kann sie ausspülen.«

Ein Vogel flog vorüber. Friedrich: »Was ist das für ein Vogel?«

Karol: »Ein Pirol.«

Friedrich: »Gibt es hier viele?«

Sie: »Schau, was für ein langer Regenwurm!«

Karol schaukelte immer noch mit gespreizten Beinen, sie hob den Fuß, um sich an der Wade zu kratzen – aber sein Stiefel hob sich, auf den Absatz gestützt, machte eine halbe Drehung und zerdrückte den Regenwurm . . . nur an einem Ende, so viel, als die Reichweite seines Fußes erlaubte, denn er hatte keine Lust, den Absatz von der Erde zu lösen; der Rest des Regenwurms begann sich zu strecken und zu winden, wobei er interessiert zusah. Dies wäre nichts Bedeutenderes gewesen als das Sterben einer Fliege auf dem Leim, oder einer Motte in einem Lampenschirm – wenn nicht Friedrichs Blick sich an diesem Regenwurm festgesaugt hätte, glasig, seine Qualen zur Gänze ausschöpfend. Es hätte scheinen können, als sei er empört, aber in Wirklichkeit war in ihm nichts als die Einfühlung in die Qualen, das Leeren des Kelches bis zum letzten Tropfen. Er haschte danach, saugte, erfaßte es, nahm es auf und – erstarrt, stumm, gefangen in der Zange des Schmerzes – konnte er sich nicht rühren. Karol sah ihn von unten her an, aber er trat den Regenwurm nicht tot, das Entsetzen Friedrichs war für ihn Hysterie . . .

Henias Pantoffel schob sich vor, und sie zerdrückte den Wurm.

Aber dies nur vom anderen Ende, indem sie den mittleren Teil mit aller Präzision verschonte, damit er sich weiterhin drehe und winde. All das war – bedeutungslos ... wie nur das Zertreten eines Regenwurms bedeutungslos und geringfügig sein kann.

Karol: »Bei Lemberg gibt es mehr Vögel als hier.«

Henia: »Ich muß Kartoffeln schälen.«

Friedrich: »Nichts Beneidenswertes ... eine langweilige Arbeit.«

Noch eine Weile unterhielten wir uns auf dem Weg nach Hause, wonach Friedrich irgendwohin verschwand, ich wußte nicht, wo er war – aber ich wußte, womit er sich abgab. Er gab sich mit dem Gedanken ab über das, was vorgefallen war, über die leichtsinnigen Füße, die sich auf dem zuckenden Körper in gemeinsam begangener Grausamkeit vereinigt hatten. Grausamkeit? War das eine Grausamkeit? Eher etwas Geringfügiges, das geringfügige Töten eines Wurms, nur so, weil er unter den Stiefel gekrochen war – wie viele Würmer töten wir! Nein, keine Grausamkeit, eine Gedankenlosigkeit eher, die mit kindlichen Augen den amüsanten Zuckungen des Sterbens zuschaut, ohne einen Schmerz zu empfinden. Es war eine Kleinigkeit. Aber für Friedrich? Für das Bewußtsein, das sich einzufühlen vermag? Für die Empfindlichkeit, die einzudringen vermag? War denn für ihn diese Tat nicht eine Ungeheuerlichkeit, die das Blut in den Adern erstarren macht – der Schmerz, die Qual ist doch ebenso schrecklich im Körper eines Wurms wie im Körper eines Riesen, es gibt »einen« Schmerz, ähnlich wie es einen Raum gibt – er ist unteilbar, überall, wo er erscheint, ist er dieselbe, volle Schrecklichkeit. Für ihn also mußte diese Tat regelrecht schrecklich sein, sie hatten Qualen hervorgerufen, Schmerz geschaffen, mit ihren Sohlen hatten sie das ruhige Dasein des Regenwurms in ein höllisches Dasein verwandelt

– man kann sich kein gewaltigeres Verbrechen, keine größere Sünde vorstellen. Sünde ... Sünde ... Ja, es war eine Sünde – aber wenn eine Sünde, so ihre gemeinsame Sünde – und diese Füße hatten sich auf dem zuckenden Körper des Wurms miteinander vereinigt ...

Ich wußte, woran er dachte, der Wahnsinnige! Der Wahnsinnige! Er dachte an sie – er dachte, daß sie den Regenwurm »für ihn« zertreten hatten. »Laß dich nicht zum besten haben. Glaube nicht, daß wir nichts Gemeinsames haben ... du hast doch gesehen: einer von uns hat ihn zertreten ... und der andere hat ihn zertreten ... den Wurm. Wir haben das für dich getan. Um uns zu vereinigen – vor dir und für dich – in Sünde.«

So mußte Friedrich in diesem Augenblick denken. Doch es kann sein, daß ich ihm meine eigenen Gedanken unterstellte. Aber wer weiß – vielleicht unterstellte er mir in diesem Augenblick ebenso seine Gedanken ... und dachte von mir nicht anders als ich von ihm ... Also war es möglich, daß jeder von uns seinen Gedanken züchtete und ihn im anderen unterbrachte. Das amüsierte mich, ich mußte lachen – und ich dachte, daß vielleicht auch er lachen mußte ...

»Wir haben das für dich getan, um uns vor dir in Sünde zu vereinigen ...«

Wenn sie uns tatsächlich einen solchen geheimen Inhalt mit leicht zertretenden Füßen übermitteln wollten ... wenn es darum ging ... aber das brauchte man nicht zweimal zu wiederholen! *Sapienti sat!* Wieder lächelte ich bei dem Gedanken, daß Friedrich vielleicht in diesem Augenblick lächelte, indem er dachte, daß ich folgendes von ihm dachte: daß ihm die emsigen Beschlüsse, abzureisen, verflogen waren; und daß er wieder wie ein Jagdhund auf der Fährte war, voller plötzlich erweckter Hoffnungen, rasend.

Hoffnungen aber – Perspektiven – eröffneten sich schwindelerregende, enthalten in diesem Wörtchen »Sünde«. Wenn es dies Büblein und dies Mädelchen nach Sünde gelüstete ...

miteinander . . . aber auch mit uns . . . Ach, fast konnte ich Friedrich sehen, wie er dort irgendwo meditierte, den Kopf in die Hände gestützt – daß die Sünde bis zur größten Verschwiegenheit durchdringt, nicht schlechter als die glühendste Zärtlichkeit verschmelzt, daß die Sünde, die private, heimliche, schamhafte, ein gemeinsames Geheimnis ist, das ebensosehr in das fremde Dasein hineinführt wie physische Liebe in den Körper. Wenn das so wäre . . . nun, dann ginge ja daraus hervor, daß er, Friedrich (»daß er, Witold« – dachte Friedrich) . . . nun, daß wir beide . . . für sie nicht zu alt sind – oder, daß ihre Jugend uns nicht so unzugänglich ist. Wozu ist denn die gemeinsam begangene Sünde? Eine Sünde, wie dazu geschaffen, um das Blühen des Jungen mit dem Mädchen illegal mit jemandem zu vermählen . . . mit jemand nicht so Anziehendem . . . mit jemand Älterem und Gewichtigerem. Wieder mußte ich lächeln. In der Tugend waren sie für uns verschlossen, hermetisch. In der Sünde aber konnten sie sich mit uns wälzen . . . Das war es, was Friedrich dachte! Und fast sah ich ihn, wie er, den Finger am Mund, die Sünde suchte, die ihn mit ihnen vertraut machen würde – wie er sich nach einer solchen Sünde umschaute – oder eher vielleicht dachte, vermutete, daß ich mich nach einer solchen Sünde umschaue. Was für ein System von Spiegeln – er schaute sich in mir an, ich mich in ihm – und so, indem wir auf fremde Rechnung Träume spannen, kamen wir auf Gedanken, die keiner von uns gewagt hätte, zu seinen eigenen zu zählen.

Am Morgen des nächsten Tages sollten wir nach Ruda fahren. Die Ausfahrt war Gegenstand von detaillierten Beratungen – welche Pferde, welcher Weg, welche Fahrzeuge – und so kam es, daß ich mit Henia in einem Wagen fuhr. Da Friedrich nicht selber entscheiden wollte, hatten wir eine Münze geworfen, und das Los hatte mich zu ihrem Begleiter bestimmt. Ein ausgedehnter, verlorener Morgen, der weite Weg über die Erhebungen des gewellten Bodens, in den sich tiefe Wege einwühlten mit gelblichen Wänden, die bescheiden verschönt waren, mit einem Busch, einem Baum, einer Kuh; und vor uns zeigte sich ab und zu der Wagen mit Karol auf dem Kutschbock. Sie – in sonntäglichem Kleide, mit einem vom Staub weißen Mantel, den sie um die Schultern geworfen hatte – eine Verlobte, die zum Verlobten fuhr. Also, innerlich wütend, sagte ich nach einigen einleitenden Sätzen: »Ich gratuliere! Sie werden heiraten und eine Familie gründen. Sie werden Kinder haben!«

Sie antwortete: »Ich werde Kinder haben!«

Sie antwortete, aber wie! Gehorsam – voll Eifer – wie eine Schülerin. Als ob ihr jemand eine Lektion beigebracht hätte. Als ob sie angesichts der eigenen Kinder selber zu einem gehorsamen Kind geworden wäre. Wir fuhren. Die Pferdeschweife vor uns und die Kruppen. Ja! Sie wollte den Advokaten heiraten! Sie wollte mit ihm Kinder haben! Und das sagte sie, während dort, vor uns, sich die Silhouette des unerwachsenen Liebhabers abzeichnete!

Wir fuhren an einem Haufen Schutt vorbei, der auf der Seite des Weges aufgeworfen war; und gleich danach zwei Akazien.

»Mögen Sie Karol?«

»Gewiß . . . wir kennen uns doch . . .«

»Ich weiß. Von Kind auf. Aber ich frage, ob Sie nichts für ihn fühlen?«

»Ich? Ich habe ihn sehr gern.«

»Gern? Nur das. Warum haben Sie dann den Regenwurm mit ihm zertreten?«

»Welchen Regenwurm?«

»Und das Hosenbein? Das Hosenbein, das Sie ihm vor der Stellmacherei aufgekrempelt haben?«

»Welches Hosenbein? Ach, na ja, die waren ihm doch zu lang. Na und?«

Eine blendendweiße Lügenwand – die einer Lüge, die in gutem Glauben gesagt war, die sie nicht als Lüge empfand. Aber wie konnte ich die Wahrheit von ihr verlangen? Dieses neben mir sitzende Geschöpf, dieses kleinere, unscheinbarere, weniger deutliche, das nicht einmal eine Frau, sondern nur der Beginn einer Frau war, dies Provisorium, das existierte, um aufzuhören, das zu sein, was es ist – das sich selber tötete.

»Karol liebt Sie!«

»Er? Er liebt weder mich noch sonst eine . . . Ihm geht es nur um . . . na, darum, mit jemandem zu schlafen . . .« Und hier sagte sie etwas, was ihr Vergnügen machte, sie drückte sich folgendermaßen aus: »Das ist doch ein Milchbart, und dazu, wissen Sie . . . na, man spricht besser nicht davon!« Das war offensichtlich eine Anspielung auf Karols nicht sehr klare Vergangenheit, aber trotz allem schien mir darin auch ein wohlwollender Ton mitzuklingen – so, als ob sich darin der Schimmer einer »organischen« Sympathie verberge, einer ein bißchen kameradschaftlichen – nein, sie hatte das nicht mit Abscheu gesagt, sondern eher, als ob ihr das bis zu einem gewissen Grade angenehm wäre . . . und sogar irgendwie vertraulich hatte sie das gesagt . . . Es sah so aus, als beurteile sie Karol als Verlobte Wacławs streng, aber als halte sie gleichzeitig auch zu ihm in diesem stürmischen, ihnen allen gemeinsamen, im Zeichen des Krieges geborenen Schicksal. Sofort klammerte ich mich daran und schlug die Note dieser Vertraulichkeit an, sagte ihr nachlässig und kameradschaftlich, daß sie ebenfalls so manchen kennengelernt habe und bestimmt keine Heilige sei, nun, also könne sie auch mit ihm schlafen, warum nicht? Sie nahm das glatt hin, viel glatter, als ich erwartet hatte, und wohl gar mit einem gewissen Eifer, mit einer sonderbaren Gehorsamkeit. Sie war sogleich einig mit mir, daß sie »natürlich könnte«, und das um so mehr, als dies bereits mit einem von der AK geschehen sei, der im Haus genächtigt hatte, im vorigen Jahr. »Natürlich sagen Sie den Eltern nichts davon.« Warum aber führte mich das Mädchen so leicht in ihre Angelegenheiten ein? Und das unmittelbar nach ihrer Verlobung mit Wacław? Ich fragte, ob die Eltern nichts vermuteten (in Verbindung mit diesem von der AK), worauf sie erwiderte: »Vermuten tun sie es schon, denn sie haben uns sogar erwischt. Aber *eigentlich* vermuten sie nichts ...«

»Eigentlich« – ein geniales Wort. Mit seiner Hilfe kann man alles sagen. Ein genial verdunkelndes Wort. Wir fuhren jetzt den Weg nach Brzustowa hinunter, inmitten von Linden – sonnenerfüllter Schatten, die Pferde bremsen, die Geschirre schieben sich ihnen auf den Nacken, der Sand knirscht unter den Rädern.

»Gut! Also eben! Also warum! Wenn mit jenem von der AK, warum dann nicht mit diesem?«

»Nein.«

Die Leichtigkeit, mit der Frauen »nein« sagen. Diese Fähigkeit der Absage. Dieses »nein«, das bei ihnen stets in Bereitschaft ist – und wenn sie es in sich finden, sind sie ohne Mitleid. Aber ... sollte sie in Wacław verliebt sein? Kam diese Zurückhaltung daher? Ich sagte etwas in der Art: daß es für Wacław ein Schlag wäre, wenn er von ihrer »Vergangenheit« erfahren würde – er, der sie so verehre und ja so religiös sei, solche Grundsätze habe. Ich äußerte die Hoffnung, daß ihm das niemals gesagt werden möge, ja, daß es besser sei, sie würde ihm das ersparen ... ihm, der an ihr vollständiges geistiges Einvernehmen glaube ... Sie unterbrach mich verletzt: »Und Sie, denken Sie etwa, daß ich keine Moral habe?«

»Er hat eine katholische Moral.«

»Ich ebenfalls. Ich bin ja Katholikin.«

»Wieso? Gehen Sie zum Abendmahl?«

»Natürlich!«

»Glauben Sie an Gott? So wörtlich, auf katholische Art?«

»Wenn ich nicht glauben würde, würde ich nicht zur Beichte und zur Kommunion gehen. Denken Sie das nicht! Mir entsprechen die Grundsätze meines künftigen Mannes sehr. Und seine Mutter ist fast auch meine Mutter. Sie werden sehen, was das für eine Frau ist! Für mich ist es eine Ehre, daß ich in eine solche Familie eingehe.« Und nach kurzem Schweigen fügte sie hinzu, mit den Zügeln auf die Pferde schlagend: »Wenigstens, wenn ich ihn heirate, werde ich's nicht mehr mit andern treiben.«

Sand. Der Weg. Bergan.

Das Ordinäre ihrer letzten Worte – wozu? »Werde ich's nicht mehr mit andern treiben.« Sie hätte sich vornehmer ausdrücken können. Doch die Aussage dieses Satzes war zweifach ... Er enthielt den Wunsch nach Reinheit, nach Würde – und gleichzeitig war das unwürdig, degradierend in der Formulierung selber ... und wiederum erregend ... mich erregend ... denn das brachte sie Karol wieder näher. Und noch einmal, wie vorher mit Karol, überkam mich ein flüchtiger Unmut darüber, daß man von ihnen nichts erfahren kann, da alles, was sie sagen, was sie denken, was sie fühlen, nur ein Spiel der Erregungen ist, ein fortwährendes Einander-Reizen, ein Anfachen narzißtischer Selbstergötzung – und daß sie als erste ihrer Verführung zum Opfer fallen. Dieses Mädchen? Dieses Mädchen, das nichts anderes war als eine Verführung zu sich selber, eine Anziehung, ein einziges, großes Sich-Selbstgefallen, eine unaufhörliche, geschmeidige, weiche, gierige Koketterie – wenn sie so neben mir saß, in ihrem Mäntelchen, mit ihren kleinen, zu kleinen Händchen. »Wenn ich ihn heirate, werde ich's nicht mehr mit andern treiben.« Das klang streng und war ein Sich-an-die-Kandare-Nehmen – für Wacław, durch Wacław – aber es war ein ebenso vertrauliches und wie verführerisches Bekenntnis der eigenen Schwäche. Sie war also erregend sogar in der Tugend ... Aber in der Ferne vor uns der Wagen, der sich auf die Anhöhe emporarbeitete, und auf dem Bock, neben dem Kutscher, Karol ... Karol ... Karol ... Auf dem Bock. Auf der Anhöhe. In der Ferne. Ich weiß nicht, ob es das war, daß er sich »in der Ferne« zeigte – oder das, daß er sich »auf der Anhöhe« zeigte ... In dieser Anordnung, in diesem »Dargereichtsein« Karols, in diesem seinem Erscheinen steckte etwas, was mich wild machte, und, wütend, wies ich mit dem Finger auf ihn und sagte:

»Aber Regenwürmer zertreten Sie gern mit ihm!«

»Was haben Sie immerfort mit diesem Regenwurm? Er hatte auf ihn getreten, da habe ich ihn zertreten.«

»Ihr habt genau gesehen, daß der Wurm Qualen leidet!«

»Worum geht es Ihnen?«

Wieder war nichts zu erfahren. Sie saß neben mir. Nach einer Weile kam mir der Gedanke, man müsse das sein lassen, sich zurückziehen . . . Meine Situation, das war ein Baden in ihrer Erotik – aber das war ja unmöglich! Ich mußte mich so schnell wie möglich mit etwas anderem befassen, mit etwas Passenderem – mich mit ernsteren Dingen befassen! War es denn so schwierig, zum normalen, mir doch so gut bekannten Zustand zurückzukehren, in dem etwas ganz anderes interessant und wichtig erscheint und solcher Schabernack mit der Jugend zu etwas Verachtungswürdigem wird? Aber wenn der Mensch erregt ist, liebt er die eigene Erregung, erregt sich an ihr, und alles außerhalb davon ist für ihn kein Leben mehr! Noch einmal mit dem Finger, der kompromittierend war, auf Karol weisend, erklärte ich mit Nachdruck, um sie an die Wand zu drücken, ihr das Bekenntnis zu entreißen:

»Sie sind nicht für sich da. Sie sind für jemanden da. Aber in diesem Falle sind Sie für ihn da. Zu ihm gehören Sie!«

»Ich? Zu ihm? Was Ihnen nur immer einfällt . . .«

Sie lachte auf. Dies fortwährende Lachen der beiden, dies unaufhörliche – ihres und seines – dies verdunkelnde! Es war zum Verzweifeln!

Sie stieß ihn von sich . . . lachend . . . Stieß ihn durch ein Lachen von sich. Dieses Lachen war kurz, hörte gleich wieder auf, war kaum eine Andeutung von Lachen – aber in diesem kurzen Augenblick erblickte ich durch ihr Lachen hindurch sein Lachen. Der gleiche lachende Mund und die Zähne darin. Das war »hübsch« . . . Leider, leider war das »hübsch«. Beide waren sie »hübsch«. Darum wollte sie nicht!

VII

Ruda. Wir stiegen vor der Eingangsterrasse aus beiden Wagen, Wacław erschien und lief zu seiner künftigen Frau, um sie an der Schwelle seines Hauses zu begrüßen – und uns empfing er mit einer gewinnenden, sehr ruhigen Höflichkeit. Im Vorzimmer küßten wir der älteren Dame die Hand, einer vertrockneten, zierlichen, die nach Kräutern und Medikamenten duftete und uns geflissentlich, emsig die Finger drückte. Das Haus war voll – gestern war unerwartet eine Familie aus der Gegend von Lemberg eingetroffen, die man im ersten Stock untergebracht hatte, im Salon standen Betten, das Stubenmädchen lief umher, Kinder spielten auf dem Fußboden inmitten von Bündeln und Koffern. Angesichts dessen sagten wir, daß wir zur Nacht nach Powórna zurückkehren würden – doch Amelia wollte darauf nicht eingehen und bat: »Tut mir das nicht an«, alle würden doch irgendwie unterkommen. Auch andere Gesichtspunkte sprachen für eine baldige Rückkehr nach Hause, Wacław vertraute uns Männern nämlich an, daß auch zwei Leute von der AK angekommen seien, die um ein Nachtlager gebeten hätten, und daß, wie aus ihren knappen Andeutungen zu entnehmen sei, sich irgendeine Aktion auf dem hiesigen Terrain vorbereite. Das alles schuf eine ziemlich nervöse Stimmung – aber wir nahmen in den Sesseln des dämmerigen, mehrfenstrigen Salons Platz, und es begann ein Gespräch, Amelia aber wandte sich höflich an Friedrich und mich, indem sie uns nach unseren Schicksalen und Erlebnissen fragte. Ihr übermäßig alter und trockener Kopf erhob sich über ihrem Hals wie ein Stern, und sie war bestimmt jemand Außergewöhnliches, und überhaupt erwies sich die Luft dieses Ortes als überaus kräftig, nein, diese Lobgesänge ihr zu Ehren waren nicht übertrieben gewesen, wir hatten es nicht mit einer braven, ländlichen Kirchenältesten in provinziellem Maßstab zu tun, sondern mit einer Person, deren Atmosphäre sich mit übermäßiger Kraft aufzwang. Es ist schwer zu sagen, worauf das beruhte. Eine Achtung des menschlichen Wesens, ähnlich wie bei Wacław, aber wohl tiefergehend. Eine Höflichkeit, die einem verfeinerten Gefühl für Wert entsprang. Eine Empfindsamkeit, fast vergeistigt, verzückt, wenn auch von außergewöhnlicher Einfachheit. Und eine eigentümliche Rechtschaffenheit. Das war jedoch in der Tiefe unerhört kategorisch, hier herrschte irgendeine höhere Vernunft, eine absolute, die jeden Zweifel durchschnitt, und für uns, für mich und wohl auch für Friedrich, wurde dies Haus von einer so bestimmten Moralität plötzlich zu einer wundervollen Ruhestätte, zu einer Oase. Denn hier regierte ein metaphysischer oder außerkörperlicher Grundsatz, es herrschte, kurz gesagt, der katholische Gott, vom Körper befreit und zu würdevoll, um mit Karol hinter Henia herzujagen. Es war also so, als ob die Hand einer vernünftigen Mutter uns einen Klaps gegeben hätte und wir zur Ordnung gerufen worden wären, und alles kehrte zu seinem eigentlichen Ausmaß zurück. Henia mit Karol, Henia plus Karol wurden zu dem, was sie waren, zur gewöhnlichen Jugend – und Henia mit Wacław gewannen an Bedeutung, aber nur in Hinsicht auf Liebe und Ehe. Wir aber, wir Älteren, gewannen die Berechtigung unseres Älterseins zurück, und unversehens wurden wir in ihm so stark verankert, daß keine Rede sein konnte von irgendeiner Bedrohung von dort, von unten. Mit einem Wort, es wiederholte sich jene »Ernüchterung«, die Wacław uns bereits nach Podwórna mitgebracht hatte, aber in noch höherem Grade. Der beklemmende Druck junger Knie auf unserer Brust ließ nach.

Friedrich lebte auf. Unter ihren verfluchten, zertretenden Füßen hervorgeholt, glaubte er gleichsam an sich – und er atmete auf – sogleich erstrahlte er auch in seinem ganzen Glanz. Das, was er sagte, war keineswegs ausgezeichnet, sondern gewöhnlich, und er sagte es nur, um das Gespräch in Gang zu halten, jedoch gewann jede Bagatelle an Gewicht, mit seiner Persönlichkeit geladen, mit seinem Erleben, seinem Bewußtsein. Das gewöhnlichste Wort, zum Beispiel »Fenster« oder »Brot« oder »danke«, nahm einen völlig anderen Geschmack an auf diesen Lippen, die so sehr »wußten, was sie sagten«. Er sagte, daß »man kleine Annehmlichkeiten liebe«, was ebenfalls bedeutsam wurde, wenn auch wie eine diskrete Maskierung der Bedeutsamkeit. Erfühlbar wurde in höchstem Grade sein eigenartiger »Modus«, diese Art zu sein, die eine Frucht seiner Entwicklung und seiner Erlebnisse war – dies wurde plötzlich auf das konkreteste gegenwärtig – und übrigens, wenn ein Mensch soviel bedeutet, wie er sich selber an Bedeutung zumißt, hatte man es in diesem Falle mit einem Riesen zu tun, mit einer Ungeheuerlichkeit, denn es war schwer, darüber hinwegzusehen, welch eine unerhörte Erscheinung er seinem eigenen Empfinden nach war – unerhört nicht im Maßstab gesellschaftlicher Werte, sondern als Dasein, als Existenz. Und diese seine einsame Größe wurde von Wacław und seiner Mutter mit offenen Armen aufgenommen, als ob Hochachtung das größte Vergnügen für sie wäre. Sogar Henia, doch die Hauptperson in diesem Hause, rückte in den Hintergrund, und alles begann sich um Friedrich zu drehen.

»Gehen wir«, sagte Amelia, »ich werde Ihnen die Aussicht von der Veranda auf den Fluß zeigen, bevor das Mittagessen serviert wird.«

Sie war so von ihm absorbiert, daß sie sich nur an ihn wandte, Henia vergessend und uns ... Wir gingen mit ihr auf die Veranda hinaus, von wo in der Tat der Boden in lebhaftem Gefälle in die Glätte eines kaum sichtbaren und wie toten Wasserbandes entwich. Das war recht schön. Aber Friedrich sagte unwillkürlich:

»Eine Tonne.«

Und er wurde verwirrt ... Denn, anstatt die Landschaft zu bewundern, bemerkte er etwas so Nebensächliches wie diese Tonne, die sich durch nichts auszeichnete, unter einen Baum geworfen, abseits. Er wußte nicht, wie er darauf gekommen war, und wußte nicht, wie wieder davon wegkommen. Und Amelia wiederholte:

»Eine Tonne.«

Sie sekundierte ihm still, aber sehr eindringlich, wie bestätigend und zustimmend, in einem bereitwilligen und plötzlichen Einvernehmen mit ihm – als ob ihr solche zufälligen Initiationen in irgendeiner zufälligen Sache, das unerwartete Festgenageltsein an einen beliebigen Gegenstand, der zum wichtigsten wird eben durch die Macht dieses Festgenageltseins, nicht fremd wären ... oh, diese beiden hatten viel Gemeinsames! Zum Mittagessen nahm außer uns auch jene Flüchtlingsfamilie mit den Kindern Platz – aber diese große Anzahl von Personen bei Tisch, dieses Gedränge und die herumlaufenden Kinder und das improvisierte Essen wirkten nicht gut ... Anstrengend war dieses Mittagessen. Und fortwährend wurde »die Situation« durchgekaut, die allgemeine, in Verbindung mit dem deutschen Rückzug, wie die lokale, ich aber verlor mich in dieser Sprache der ländlichen, hiesigen Gespräche, die anders waren als die Warschauer, ich verstand nur so ungefähr, aber ich fragte nicht, ich wollte nach nichts fragen, ich wußte, daß es nicht der Mühe wert war, und schließlich war es nicht angezeigt, was sollte mir das, irgendwann würde ich es sowieso erfahren, in diesem Lärm trank ich und sah nur, daß Amelia, die unermüdlich aus den Höhen ihres vertrockneten Köpfchens alle beaufsichtigte, sich ständig mit einer besonderen Aufmerksamkeit an Friedrich richtete, mit außergewöhnlicher Konzentration, ja, mit Spannung – sie schien in ihn verliebt ... Liebe? Es war das eher dieselbe Magie seines, wie es schien, unerschöpflichen Bewußtseins, die auch ich mehrmals erfahren hatte. So durchdringend, so unwiderruflich war er bewußt! Und Amelia, sicherlich durch so manche Meditation und so manche geistige Anstrengung geschärft, hatte sofort gerochen, mit wem sie es zu tun hatte. Es war jemand, der furchtbar konzentriert war, der sich durch nichts täuschen oder vom Äußersten abhalten ließ – welcher Art es auch sein mochte – jemand von äußerstem Ernst, im Vergleich zu dem alle anderen geradezu kindlich waren. Da sie Friedrich entdeckt hatte, begehrte sie mit aller Leidenschaft zu wissen, wie sich dieser Gast ihr gegenüber verhalten werde – ob er sie annehmen oder zurückstoßen werde zusammen mit der Wahrheit, die sie in sich gehegt hatte.

Sie dachte sich, daß er nicht gläubig war – das fühlte man aus einer gewissen Vorsicht, aus der Distanz, die sie bewahrte. Sie wußte, daß zwischen ihnen dieser Abgrund bestand, und trotzdem erwartete sie gerade von ihm Anerkennung und Bestätigung. Jene anderen, die, denen sie bisher begegnet war, waren gläubig, aber sie reichten nicht genügend in die Tiefe – dieser aber, nicht gläubig, war dennoch bodenlos tief, und deswegen konnte er ihre Tiefe nicht nicht anerkennen, er war »endgültig«, also mußte er auch ihre Endgültigkeit begreifen – »wußte« er doch, »verstand« und »fühlte« er doch. Amelia ging es darum, ihre Endgültigkeit an seiner Endgültigkeit zu erproben, ich nehme an, sie war wie ein provinzieller Künstler, der sein Werk zum erstenmal einem Kenner vorstellen möchte – dieses Werk aber war sie selber, es war ihr Leben, für das sie Anerkennung verlangte. Doch, wie gesagt, war sie nicht imstande, dies zu äußern, wahrscheinlich hätte sie sich nicht einmal dazu aufschwingen können, wenn der Atheismus kein Hindernis gewesen wäre. Nichtsdestoweniger wurde sie von der Gegenwart dieser fremden Tiefe in allen ihren Tiefen erweckt, und sie bemühte sich, ihm wenigstens durch ihre Anspannung und Bereitschaft zu verstehen zu geben, wie sehr ihr an ihm gelegen war, und was sie von ihm erhoffte.

Was Friedrich anbetrifft, so benahm er sich wie immer einwandfrei und sehr taktvoll. Jedoch die Niedertracht, dieselbe wie damals beim Harken, als er sich zur Niederlage bekannte, begann sich allmählich unter Amelias Einfluß in ihm abzuzeichnen. Es war die Niedertracht der Machtlosigkeit. Alles das erinnerte sehr an eine Kopulation, eine geistige, selbstverständlich. Amelia verlangte, daß er, wenn nicht ihren Gott, so ihren Glauben anerkannte, doch dieser Mensch war eines solchen Aktes nicht fähig, er war verdammt zu dem ewigen Terror dessen, was ist, in seiner Kälte durch nichts erwärmt – er war, wie er war – und er betrachtete Amelia nur, um festzustellen, daß sie war, wie sie war. Dies wurde, und gerade in den Strahlen ihrer Wärme, leichenhaft kraftlos. Und sein Atheismus wuchs unter dem Einfluß ihres Theismus, sie waren bereits in diese fatale Gegensätzlichkeit verwickelt. Und seine Körperlichkeit wuchs ebenfalls unter dem Einfluß ihrer Vergeistigung, und seine Hand, zum Beispiel, wurde sehr, sehr, sehr zur Hand (was, ich weiß nicht warum, mich an jenen Regenwurm erinnerte). Ich fing auch seinen Blick auf, mit dem er Amelia entkleidete, ganz wie ein Don Juan ein kleines Mädchen, und der sich deutlich überlegte, wie sie wohl nackt aussehen könne – nicht aus irgendwelchen erotischen Neigungen heraus selbstverständlich, sondern einfach, um besser zu wissen, mit wem er sprach. Unter diesem Blick zog sie sich zusammen und verfiel plötzlich in Schweigen – sie hatte verstanden, daß sie für ihn nur das war, was sie für ihn war, nichts weiter.

Das spielte sich auf der Veranda ab, schon nach dem Mittagessen. Sie erhob sich aus dem Sessel und wandte sich an ihn:

»Bitte reichen Sie mir den Arm. Gehen wir ein wenig spazieren.«

Sie stützte sich auf seinen Arm. Vielleicht wollte sie auf diese Weise, durch physischen Kontakt, ihn an sich gewöhnen und diese seine Körperlichkeit überwinden! Sie gingen zu zweit, dicht beisammen, wie ein Liebespaar, wir aber gingen zu sechst hinterher wie in einem Brautzug – aber das sah ja tatsächlich nach einer Romanze aus, hatten wir denn nicht unlängst Henia und Wacław so begleitet?

Eine Romanze, aber eine tragische. Ich nehme an, daß Amelia einen unliebsamen kleinen Schauer empfand, als sie diesen seinen entkleidenden Blick auffing – denn niemals war jemand so an sie herangetreten, denn Achtung und Liebe der Umgebung waren seit den frühesten Jahren ihr Anteil gewesen. Was also wußte er, und welches war dieses sein Wissen – um sie so behandeln zu können? Sie war absolut sicher, daß die Aufrichtigkeit ihres geistigen Bemühens, die ihr die Sympathie der Menschen erworben hatte, nicht in Zweifel gezogen werden könne, also fürchtete sie eigentlich nicht um sich, sie fürchtete um die Welt – denn hier stellte sich ihrer Weltanschauung eine andere entgegen, eine nicht minder ernsthafte, ebenfalls diktiert durch einen Rückzug auf endgültige Stellungen . . .

Diese beiden Ernsthaftigkeiten schritten nebeneinander, Arm in Arm, über eine weite Wiese, und die Sonne senkte sich bereits und wurde riesig, rot, lange Schatten schossen aus uns hervor. Henia ging mit Wacław. Hippolyt mit Maria. Ich abseits. Und Karol. Jenes Paar vor uns, in seinem Dialog versunken. Aber der Dialog drückte nichts aus. Sie sprachen von . . . Venedig. In einem bestimmten Augenblick blieb sie stehen.

»Bitte schauen Sie ringsum. Wie schön!«

Er antwortete:

»Ja, zweifellos. Sehr schön.«

Er hatte das gesagt, um sie zu bestätigen.

Sie zuckte in plötzlicher Ungeduld. Die Antwort war unwesentlich – um eine eigentliche Antwort zu vermeiden – obwohl sorgfältig und sogar mit Gefühl erteilt – aber mit dem Gefühl eines Schauspielers. Sie aber verlangte eine ungelogene Begeisterung für den Abend, der ein Werk Gottes war, und wollte, daß er den Schöpfer wenigstens in seinem Werk verehre. Ihre Reinheit war in diesem Verlangen enthalten.

»Aber bitte, schauen Sie wirklich hin, sagen Sie es wirklich. Ist das nicht sehr schön?«

Diesmal, zur Ordnung gerufen, konzentrierte er sich, strengte sich deutlich an und sagte tatsächlich, so ehrlich er konnte, sogar mit einer gewissen Rührung:

»Aber sehr, es ist unzweifelhaft schön, ja, herrlich!«

Mehr konnte sie nicht verlangen. Es war ersichtlich, daß er sich Mühe gab, sie zufriedenzustellen. Aber diese seine fatale Eigenschaft: wenn er etwas sagte, schien es, als sage er das, um nicht etwas anderes zu sagen . . . Was? Amelia beschloß, mit offenen Karten zu spielen, und ohne sich von der Stelle zu rühren, stellte sie fest: »Sie sind Atheist.«

Ehe er sich in einer so delikaten Sache äußerte, warf er einen Blick nach rechts und nach links, als prüfe er die Welt. Er sagte . . . weil er mußte, weil er nichts anderes zu sagen hatte, weil diese Antwort bereits durch die Frage diktiert war:

»Ich bin Atheist.«

Aber wieder sagte er das, um nicht *etwas anderes* zu sagen! Das fühlte man! Sie verstummte, als ob man ihr die Möglichkeit zu einer Polemik abgeschnitten hätte. Wenn er wirklich nicht gläubig gewesen wäre, hätte sie mit ihm kämpfen können, und dann hätte sie die tiefste »Endgültigkeit« ihrer eigenen Vernunftgründe aufgezeigt, ja, sie hätte mit ihm von gleich zu gleich gekämpft. Doch ihm dienten die Worte nur zur Verheimlichung . . . von etwas anderem. Wovon? Wovon? Wenn er weder gläubig noch nichtgläubig war, was war er dann? Es tat sich eine Gegend des Unbestimmten auf, dieser sonderbaren »Andersartigkeit«, in der sie sich verlor, betäubt und aus dem Spiel gestoßen.

Sie kehrte zum Haus um, und wir alle hinter ihr her, kilometerlange Schatten werfend, die, sich auf die Wiese bettend, unbekannte, ferne Stellen erreichten, irgendwo am Rande des Stoppelfeldes. Ein wunderbarer Abend. Sie war – ich hätte schwören mögen – in großen Ängsten. Sie ging und achtete nicht mehr auf Friedrich, der sie jedoch artig begleitete – wie ein Hündchen. Sie war aus dem Spiel gestoßen . . .

ähnlich jemandem, dem man die Waffe aus der Hand geschlagen hat. Man hatte ihren Glauben nicht angegriffen – sie brauchte ihn nicht zu verteidigen – Gott wurde überflüssig angesichts eines Atheismus, der nur ein Wandschirm war – und sie fühlte sich allein, ohne Gott, nur auf sich selbst angewiesen gegenüber jenem Dasein, das sich auf irgendeinen unbekannten Grundsatz stützte, der sich ihr entzog. Und das eben – daß er sich ihr entzog – war für sie eine Kompromittierung. Das zeigte, daß dem katholischen Geist auf ebenem Weg eine Begegnung mit etwas zustoßen konnte, das er nicht kannte, das er nicht vorhersah, das er nicht beherrschte. Plötzlich war sie von jemandem auf eine ihr unbekannte Art erfaßt worden – und wurde sich selber zu etwas Unbegreiflichem in Friedrich!

Auf dieser Wiese, an jenem Abend, zog sich unser Spaziergang hin wie eine Schlange. Ein wenig hinter uns, schräg zur linken Seite, ging Henia mit Wacław, beide sehr artig, zivilisiert, in ihren Familien verankert, er – der Sohn seiner Mutter, sie – die Tochter ihrer Eltern; und der Körper des Advokaten fühlte sich nicht schlecht mit der Sechzehnjährigen, indem er insgesamt zwei Mütter und einen Vater bei sich hatte. Und Karol ging allein, abseits, die Hände in den Taschen, er langweilte sich oder vielleicht langweilte er sich nicht einmal, nur, daß er die Füße auf dieses Gras setzte, den linken, dann den rechten, dann den linken, dann den rechten, dann den linken, dann den rechten, dann den linken, in der weit-wiesengrünen Untätigkeit bei sinkender, untergehender Sonne, die wärmte, während ein Lüftchen kühlte – und so setzte und setzte er die Füße, bald hier, bald da, und manchmal verlangsamte er die Schritte, manchmal beschleunigte er sie, und schließlich kam er auf gleiche Höhe mit Friedrich (der mit Amelia ging). Und einige Zeit gingen sie nebeneinander. Karol sagte:

»Sie könnten mir eine alte Jacke geben.«

»Wozu denn?«

»Ich brauche eine. Zum Handel.«

»Was heißt, du brauchst eine?«

»Ich brauche eine!« wiederholte Karol aufdringlich und lachte.

»So kauf dir eine«, entgegnete Friedrich.

»Ich habe keinen Zaster.«

»Ich auch nicht.«

»Sie könnten mir eine Jacke geben!«

Amelia beschleunigte ihren Schritt – Friedrich auch – und Karol auch.

»Sie könnten mir eine Jacke geben!«

»Sie könnten ihm eine Jacke geben!«

Das war Henia. Sie hatte sich hinzugesellt. Der Verlobte blieb etwas weiter zurück. Sie ging mit Karol, ihre Stimme, ihre Bewegungen waren so wie seine.

»Sie könnten ihm eine Jacke geben!«

»Sie könnten mir eine Jacke geben!«

Friedrich blieb stehen, hob die Arme komisch empor:

»Laßt mich leben, Kinder!« Amelia ging immer schneller davon, ohne sich nach ihnen umzusehen, wodurch sie wie eine Verfolgte aussah. In der Tat – warum wandte sie nicht wenigstens einmal den Kopf, dieser Fehler bewirkte, daß sie jetzt wie auf der Flucht vor halbwüchsigen Rangen war (während ihr Sohn im Hintergrund blieb). Doch es war die Frage, vor wem sie flüchtete: vor ihnen, oder vor ihm, vor Friedrich? Oder auch vor ihm und ihnen? Es schien unwahrscheinlich, daß sie etwas von den Dingen gerochen hatte, die zwischen den Halbwüchsigen im Gange waren, nein, dafür hatte sie keine Nase, und für sie waren sie zu untergeordnet – denn Henia hatte für sie nur eine Bedeutung zusammen mit Waclaw, als seine künftige Ehefrau, aber Henia mit Karol, das waren Kinder, das war Jugend. Wenn sie also flüchtete, dann vor Friedrich, vor der Vertraulichkeit, die sich Karol mit ihm erlaubte – eine für sie unbegreifliche – die hier plötzlich geboren wurde, neben ihr, die sie traf ... Denn dieser von einem Jungen angefallene Mann vernichtete und verlor mit ihm den Ernst, den er in sich ihr gegenüber geschaffen hatte ... Und diese Vertraulichkeit wurde durch die Stimme der Verlobten ihres Sohnes verstärkt! Und die Flucht Amelias war ein Bekenntnis, daß sie dies bemerkt, zur Kenntnis genommen hatte!

Als sie sich entfernt hatte, hörten die beiden auf, Friedrich wegen der Jacke zu bedrängen. Darum, weil sie sich entfernt hatte? Oder darum, weil sich ihre Spaßhaftigkeit erschöpft hatte? Ich brauche nicht hinzuzufügen, daß Friedrich, obwohl durch diesen jungen Überfall erschüttert und ganz so aussehend wie jemand, der knapp einer Bande in der Vorstadt zu nächtlicher Stunde entgangen ist, die größten Vorsichtsmaßregeln ergriff, damit nicht zufällig irgendein »Wolf aus dem Walde«, dieser Wolf, den er nicht kannte und den er immer so fürchtete, gerufen werde. Sogleich, nachdem er sich Hippolyt und Maria angeschlossen hatte, machte er sich an das »Überschwatzen« dieser Ungehörigkeiten und rief sogar Wacław an, um sich mit ihm einem gewöhnlichen, entspannenden Gespräch hinzugeben. Und den Rest des Abends war er still wie ein Mäuschen, schaute sie nicht einmal an, Henia und Karol, Karol und Henia, und strebte nach Entladung und Beruhigung. Er fürchtete sicherlich jene Erweckung der Tiefe, die sich Amelia mit ihm erlaubt hatte. Er fürchtete dies, eben in der Kombination mit der seichten und jungen Leichtigkeit, Leichtsinnigkeit, er fühlte, daß diese beiden Dimensionen nicht zusammen existieren können, also befürchtete er einen Ausbruch und ein Eindringen von ... was? Von was? Ja, ja, er fürchtete dieses explosive Gemisch, er fürchtete dieses A (d. h. »Amelia«) multipliziert mit (H + K). Also, die Ohren zurückgelegt, den Schwanz eingezogen, und stille, pst! Und er ging sogar so weit, daß er beim Abendessen (das im Familienkreis stattfand, da den Flüchtlingen aus der Lemberger Gegend das Essen oben gereicht wurde) einen Toast auf das Wohl der Verlobten ausbrachte, ihnen von ganzem Herzen alles Gute wünschend. Er hätte kaum korrekter sein können. Leider machte sich auch hier dieser Mechanismus bemerkbar, dank dem Friedrich um so tiefer zu versinken gewohnt war, je mehr er sich zurückzog – aber in diesem Falle geschah das auf eine besonders gewaltsame, sogar dramatische Art. Schon sein Sich-Erheben, das plötzliche Auftauchen seiner Person unter uns Sitzenden, rief eine unerwünschte Panik hervor, und Maria konnte sich eines nervösen »Ach« nicht enthalten – denn man wußte nicht, was er sagen würde, was er sagen könnte. Die ersten Sätze jedoch fielen beruhigend aus, waren konventionell, mit Humor gewürzt – die Serviette schwenkend dankte er dafür, daß man ihm sein Junggesellentum durch eine so rührende Verlobung versüße, und mit einigen eleganten Wendungen charakterisierte er auf eine sympathische Art die Verlobten . . . und erst im weiteren Verlauf der Rede begann hinter dem, was er sagte, das anzuwachsen, was er nicht sagte – ach, ewig dieselbe Geschichte! . . . Und schließlich, zum Entsetzen des Redners selber, stellte sich heraus, daß die Rede nur dazu diente, unsere Aufmerksamkeit von der wirklichen Rede abzulenken, die im Schweigen stattfand, außerhalb der Worte, und die das ausdrückte, was die Worte nicht umfaßten. Durch die wohlgesetzten Phrasen hindurch kam sein eigentliches Wesen zu Wort, nichts vermochte dieses Gesicht zu verwischen, diese Augen, die irgendeine unerbittliche Tatsache ausdrückten – und er, fühlend, daß er schrecklich wurde, also gefährlich für sich selber, stand kopf, um angenehm zu sein, und ließ eine versöhnliche Rhetorik fließen in erzmoralischem, erzkatholischem Geiste, von der »Familie als Zelle der Gesellschaft« und von »ehrwürdigen Traditionen«. Gleichzeitig aber schlug er Amelia und allen ins Gesicht mit seinem Gesicht, das aller Illusionen bar und unabwendbar gegenwärtig war. Die Kraft seiner »Sprache« war tatsächlich unerhört. Es war die vernichtendste Rede, die ich je gehört hatte. Und man konnte sehen, wie die Kraft, diese beiläufige, diese Kraft am Rande, den Redner mitriß wie ein Pferd.

Er schloß mit Glückwünschen. Er sagte etwas in der Art:

»Meine Herrschaften, Sie haben Glück verdient, also werden Sie glücklich sein.«

Was bedeutete:

»Ich rede, um zu reden.«

Amelia sagte eilig:

»Wir sind Ihnen sehr, sehr dankbar!«

Das Anstoßen mit den Gläsern verwischte die Schaurigkeit. Amelia, unendlich höflich, konzentrierte sich auf ihre Pflichten als Dame des Hauses: »... vielleicht wünscht noch jemand Fleisch ... noch etwas Schnaps vielleicht ...« Alle fingen an zu sprechen, einfach, um die eigene Stimme zu hören, und in dem Lärm wurde es behaglicher. Man reichte Käsekuchen. Gegen Ende des Abendessens erhob sich Amelia und ging zur Anrichte, wir aber, schon warm geworden durch den Schnaps, scherzten, erzählten dem Fräulein, was und wie man bei ähnlichen Gelegenheiten vor dem Kriege zu essen pflegte und welche Leckerbissen ihr entgangen seien. Karol lachte gutmütig und aufrichtig, sein Gläschen zuschiebend. Ich bemerkte, daß Amelia, die von der Anrichte zurückgekommen war, sich auf ihren Stuhl irgendwie sonderbar hinsetzte – sie stand erst neben dem Stuhl, und nach einer Weile, wie auf einen Befehl, setzte sie sich hin – doch ich hatte keine Zeit, mir Gedanken darüber zu machen, denn sie fiel vom Stuhl zu Boden. Alle sprangen auf. Auf dem Boden sahen wir einen roten Fleck. Aus der Küche ertönte Frauengeschrei, und dann donnerte ein Schuß draußen, und jemand, wahrscheinlich Hippolyt, warf eine Jacke über die Lampe. Finsternis und wieder ein Schuß. Heftiges Verschließen der Türen, Amelia wurde auf ein Sofa getragen, fieberhafte Tätigkeit in der Finsternis ... da begann die Jacke auf der Lampe zu glimmen, sie wurde ausgetreten, irgendwie wurde es auf einmal still und ruhig, es folgte ein Lauschen, und mir drückte Wacław eine Doppelflinte in die Hand und stieß mich ins benachbarte Zimmer zum Fenster hin: »Passen Sie auf!« Ich erblickte die stille Garten- und Mondnacht, und ein halbvertrocknetes Blatt an einem Zweig, der zum Fenster hereinsah, wand sich alle Augenblicke mit silbernem Bäuchlein. Ich drückte die Waffe in der Hand und schaute hinaus, ob etwas auftauchen würde von dort, aus der Stelle, wo die Feuchtigkeit verschlungener Baumstümpfe begann. Aber in dem Dickicht bewegte sich nur ein Spatz. Bis endlich irgendeine Tür krachte, jemand laut etwas rief, wieder wurde irgend etwas gesprochen, und ich begriff, daß die Panik vorbei war.

Maria erschien neben mir. »Verstehen Sie etwas von Medizin? Kommen Sie. Sie stirbt. Sie hat Messerstiche ... Verstehen Sie etwas von Medizin?«

Amelia lag auf dem Sofa, den Kopf auf einem Kissen, und das Zimmer war voll – diese Flüchtlingsfamilie, Dienstboten ... Die Bewegungslosigkeit dieser Leute ärgerte mich, von ihnen wehte eine Impotenz ... dieselbe, die sich oft bei Friedrich zeigte ... Sie traten von Amelia zurück und ließen sie, damit sie mit ihrem Sterben fertig wird. Sie assistierten nur noch. Amelias Profil ragte bewegungslos wie eine Felsspitze, und in der Nähe Wacław, Friedrich, Hippolyt – stehend ... Ob sie lange sterben wird? Auf dem Fußboden eine Waschschüssel mit Watte und Blut. Aber Amelias Körper war nicht der einzige, der in diesem Zimmer lag, dort, auf dem Fußboden in der Ecke, lag ein anderer ... Und ich wußte nicht, was das soll, wo er herkam, ich konnte übrigens nicht unterscheiden, wer dort lag, und zugleich empfand ich einen unklaren Eindruck, daß dies erotisch war ... daß etwas Erotisches sich eingestellt hatte ... Karol? Wo war Karol? Den Arm auf einen Stuhl gestützt, stand er, wie alle, Henia aber kniete, die Hände auf einem Sessel. Und alle waren zu Amelia hingewandt, in dem Maß, daß ich jenen anderen Körper nicht näher betrachten konnte, jenen überzähligen und unvorhergesehenen. Niemand bewegte sich. Aber sie sahen ihr gespannt zu, und man las in ihnen die Frage, wie sie sterben werde – denn man mußte von ihr einen würdevolleren Tod als den gewöhnlichen erwarten, und dies erhofften sich von ihr ihr Sohn und die Hippolyts und Henia und sogar Friedrich, der kein Auge von ihr wandte. Es war paradox, denn sie verlangten eine Tat von einer Person, die nicht imstande war, sich zu bewegen, erstarrt in Ohnmacht, und dennoch war sie als einzige hier zu einer Handlung berufen. Sie wußte das. Auf einmal lief Maria hinaus und kam mit einem Kruzifix zurück, und das war wie ein Aufruf zur Aktion an die Adresse der Sterbenden, und uns fiel die Last der Erwartung vom Herzen – jetzt wußten wir, daß es gleich anfängt. Maria stellte sich mit dem Kreuz in der Hand an das Sofa.

Da geschah etwas trotz all seiner Subtilität so Skandalöses, daß es an einen Schlag grenzte . . . Die Sterbende, kaum daß sie das Kreuz mit dem Blick berührt hatte, wandte die Augen seitwärts zu Friedrich hin und verband sich durch einen Blick mit ihm – also das war nicht zu glauben, niemandem wäre die Möglichkeit einer solchen Übergehung des Kreuzes in den Sinn gekommen, das in den Händen Marias zu etwas Überflüssigem wurde – und eben diese Übergehung gab dem auf Friedrich gehefteten Blick Amelias so großes Gewicht. Sie ließ ihn nicht aus den Augen. Der unglückliche Friedrich, ertappt von einem sterbenden, also einem gefährlichen Blick, wurde steif, und blaß stand er beinahe in Habtachtstellung – sie sahen einander an. Maria hielt weiterhin das Kreuz, doch die Minuten gingen dahin, und es blieb ungenützt – dieses traurige, unbeschäftigte Kruzifix. Sollte also etwa für diese Heilige, in der Stunde des Todes, Friedrich wichtiger geworden sein als Christus? War sie also wirklich in ihn verliebt? Aber dies war keine Liebe, hier ging es um etwas noch Persönlicheres, diese Frau sah in ihm einen Richter – sie konnte sich nicht damit abfinden, daß sie sterben werde, ohne ihn für sich überzeugt zu haben, ohne bewiesen zu haben, daß sie nicht weniger »endgültig« als er sei, ebenso fundamental, grundsätzlich als Erscheinung, nicht weniger wichtig. So sehr rechnete sie mit seiner Meinung. Dies aber, daß sie sich nicht an Christus um diese Anerkennung und um die Bestätigung ihrer Existenz wandte, sondern an ihn, an einen Sterblichen, nur, daß er mit einem ungewöhnlichen Bewußtsein begabt war, war eine erstaunliche Häresie in ihr, ein Sich-Lossagen vom Absoluten zugunsten des Lebens, ein Bekenntnis, daß nicht Gott, sondern der Mensch Richter über den Menschen sein soll. Damals verstand ich dies vielleicht nicht so klar, und dennoch überlief mich ein Schauer, als sie sich so durch einen Blick mit einem menschlichen Wesen verband, während Gott in den Händen Marias einfach unbeachtet blieb.

Ihr Sterben, das eigentlich gar nicht vorwärtsging, wurde unter dem Druck unserer Konzentration und Erwartung mit jedem Augenblick angespannter – wir waren es, die es mit unserer Spannung beluden. Und ich kannte Friedrich gut genug, um zu befürchten, daß er, da er etwas so Spezielles wie den menschlichen Tod vor sich hatte, imstande war, dies nicht auszuhalten und irgend etwas Ungehöriges zu machen ... Aber er stand da wie in Habtachtstellung, wie in der Kirche, und das einzige, was man ihm hätte vorwerfen können, war, daß sich von Zeit zu Zeit und unwillkürlich seine Augen von Amelia abwandten, um in die Tiefe des Zimmers zu tauchen, dorthin, wo dieser zweite Körper lag, der für mich geheimnisvolle, den ich übrigens von meinem Platz aus nicht gut sehen konnte; aber die immer häufigeren Ausfälle von Friedrichs Augen bewirkten, daß ich schließlich beschloß, dies anzuschauen ... und ich trat näher zu jener Ecke hin. Wie war ich erschrocken oder auch erschüttert, als ich (einen Jungen) erblickte, dessen Schlankheit eine Wiederholung der Schlankheit (Karols) war, der dalag und lebendig war und, was noch mehr ist, eine Verkörperung goldener blonder Schönheit war, mit dunklen und riesengroßen Augen, und seine Dunkelheit, sein brauner Teint ertrank in der Wildheit der auf dem Fußboden zusammengekrümmten Arme und nackten Beine!

Ein wilder, raubtierhafter Blonder, barfüßig, vom Lande, doch Schönheit atmend – ein herrlicher, schmutziger Götze, der hier auf dem Fußboden seine herben Verführungen spielen ließ. Dieser Körper? Dieser Körper? Was hatte dieser Körper hier zu bedeuten? Warum lag er da? So oder so . . . das war eine Wiederholung Karols, aber um einige Nuancen niedriger . . . und plötzlich nahm im Zimmer die Jugend zu, nicht nur quantitativ (denn zwei sind etwas anderes als drei), sondern sie wurde auch in der Qualität anders, wilder und niedriger. Und sofort, wie durch eine Reperkussion, belebte sich der Körper Karols, verstärkt, potenziert, und Henia, obwohl fromm und kniend, stürzte mit ihrer ganzen Weiße in die Sphäre sündigen und geheimnisvollen Einvernehmens mit diesen beiden. Gleichzeitig erlag das Sterben Amelias einer Verseuchung, wurde irgendwie verdächtig – was denn nur verband sie mit diesem ländlichen jungen Schönling, warum hatte sich jener (Junge) ihr zugesellt in ihrer Todesstunde? Ich begriff, daß dieser Tod sich unter zweideutigen Umständen abspielte, unter viel zweideutigeren, als es scheinen mochte . . .

Friedrich, der in Vergeßlichkeit eine Hand in die Hosentasche gesteckt hatte, zog sie sofort wieder heraus und ließ die Hände an den Seiten hängen.

Wacław kniete. Maria hielt unermüdlich das Kreuz, denn sie konnte nichts anderes machen – es beiseite zu legen war eine Unmöglichkeit.

Der Finger Amelias zuckte, erhob sich und begann zu winken . . . er winkte und winkte . . . Friedrich winkte er, der langsam und vorsichtig herankam. Sie winkte noch zu seinem Kopf hin, bis er sich über sie beugte, und da sagte sie unerwartet laut:

»Bitte, gehen Sie nicht weg. Sie werden sehen. Ich will, daß Sie sehen. Alles. Bis zu Ende.«

Friedrich verneigte sich und trat zur Seite.

Da erst versenkte sie ihren Blick in das Kreuz und betete wohl, aus dem Zittern zu schließen, das manchmal auf ihren Lippen erschien – und zum Schluß war es, wie es sein sollte, das Kreuz, ihr Gebet, unsere Konzentration – und dies dauerte unendlich lange, und das Dahinfließen der Zeit war das einzige Maß für die Inbrunst dieser endlosen Gebete, die sich nicht vom Kreuz zu lösen vermochten. Und diese unbewegliche, fast schon tote und dennoch vibrierende Konzentration, wachsend in der Zeit, heiligte sie; während Wacław, die Hippolyts, Henia, die Dienstboten ihr auf den Knien Gesellschaft leisteten. Friedrich kniete ebenfalls nieder. Aber vergebens. Denn trotz allem, und obwohl sie derart in das Kreuz versunken war, behielt ihr Verlangen die Macht, daß er das sehen solle. Wozu wollte sie das? Um ihn mit der letzten Anstrengung vor dem Tode zu bekehren? Um ihm zu zeigen, wie man auf katholische Art stirbt? Was sie auch wollte, hier war Friedrich und nicht Christus die letzte Instanz, wenn sie zu Christus betete, so für Friedrich, und es half nichts, daß er auf die Knie fiel, er, nicht Christus, wurde zum höchsten Richter und Gott, denn für ihn geschah dieses Sterben. Was für eine peinliche Situation – und es wunderte mich nicht, daß er das Gesicht in den Händen verbarg. Um so mehr, als die Minuten vergingen und wir wußten, daß mit jeder Minute ihr Leben dahinfloh – aber sie zog das Gebet eben deswegen in die Länge, damit sie sich wie eine Saite spannte, bis zum Äußersten. Und wieder schob sich ihr Finger hervor und begann zu winken, diesmal dem Sohn. Wacław trat heran, Henia mit dem Arm umfassend. Der Finger richtete sich direkt auf die beiden, und sie sagte eilig:

»Schwört mir sofort, jetzt . . . Liebe und Treue. Schnell.«

Sie senkten die Köpfe zu ihren Händen hin, Henia begann zu weinen. Doch schon erhob sich der Finger wieder und winkte, jetzt in jene Richtung – wo die Ecke war, wo der in der Ecke war . . . Eine Bewegung entstand. Man hob ihn auf – und ich sah, daß er verwundet war, am Schenkel, glaube ich – sie trugen ihn vor sie hin. Sie bewegte die Lippen, und ich dachte, endlich werde ich erfahren, was das ist, warum er hier ist mit ihr, dieser (Junge), und ebenfalls blutend, was zwischen ihnen ist . . . Doch plötzlich verschluckte sie sich, einmal, zweimal und wurde weiß. Maria hob das Kreuz empor. Amelia starrte auf Friedrich und starb.

Zweiter Teil

VIII

Friedrich erhob sich von den Knien und trat in die Mitte des Zimmers: »Erweist ihr die Ehre!« rief er, »huldigt ihr!« Aus einer Vase nahm er Rosen und warf sie vor das Sofa, danach streckte er Wacław die Hand hin. »Eine Seele, der Engelschöre würdig! Wir können nur die Stirne senken!« Diese Worte wären auf den Lippen eines jeden von uns Theater gewesen, von den Gesten ganz zu schweigen, doch er durchbohrte uns mit ihnen gebieterisch wie ein König, dem das Pathos erlaubt ist – der eine andere Natürlichkeit einführt, eine höhere als die durchschnittliche. Ein Herrscher-König und ein Meister des Zeremoniells! Wacław, von der Souveränität dieses Pathos hingerissen, erhob sich von den Knien und drückte ihm heiß die Hand. Es schien, als ziele diese Intervention Friedrichs darauf, alle jene sonderbaren Ungehörigkeiten zu verwischen, die dieses Ableben verdunkelten, und ihm seinen vollen Glanz wiederzugeben. Er tat einige Schritte nach links, dann nach rechts – und es war dies irgendein Sich-hin-und-her-Werfen – und trat zu dem daliegenden (Jungen).

»Auf die Knie!« befahl er, »auf die Knie!«

Dieser Befehl war einerseits eine natürliche Fortsetzung des vorhergehenden Befehls; aber andrerseits war er eine Ungeschicklichkeit, denn er galt einem Verwundeten, der sich nicht bewegen konnte; und die Ungeschicklichkeit wuchs, als Wacław, Hippolyt und Karol, durch seine Autorität terrorisiert, hinzustürzten, um (den Jungen) in die verlangte Stellung zu bringen. Ja, das war schon übertrieben! Als aber Karols Hände (den Jungen) unter die Arme faßten, krümmte sich Friedrich, verstummte und verlöschte.

Ich war betäubt, erschöpft . . . so viele Eindrücke . . . aber ich kannte ihn ja . . . und ich wußte, daß er wieder irgendein Spiel mit uns und sich begonnen hatte . . . in der durch die Leiche geschaffenen Spannung entwickelte sich irgendeine

Aktion, die zu einem in seiner Phantasie enthaltenen Ziel strebte. Alles das war beabsichtigt, obwohl die Absicht vielleicht auch ihm unfaßbar war, vielleicht müßte man sagen, daß ihm nur die Einleitung zu einer Absicht bekannt war – aber ich hätte mich gewundert, wenn es hier um eine Amelia dargebrachte Huldigung gegangen wäre, nein, hier ging es darum, diesen Daliegenden unter uns einzuführen in seinem ganzen drastischen und kompromittierenden Sinne, ihn »hervorzuholen«, ihn herauszustellen und ihn mit Henia und Karol zu »verbinden«. Welche Verbindung aber konnte zwischen ihnen entstehen? Sicherlich, diese goldene Wildheit eignete sich für unser Paar schon allein deshalb, weil sie ebenfalls sechzehnjährig war, doch ansonsten sah ich keine Verbindung, und ich denke, daß auch Friedrich keine sah – aber er handelte blindlings, indem er sich von dem gleichen undeutlichen Gefühl leiten ließ wie ich, daß er, dieser Daliegende, die beiden potenziere – dämonisiere . . . Und daher bahnte Friedrich dem Daliegenden den Weg zu ihnen.

Erst am folgenden Tage (der von den Vorbereitungen zum Begräbnis ausgefüllt war) erfuhr ich Näheres über den Verlauf des fatalen Vorfalls, der in höchstem Maße verwickelt, sonderbar und unheimlich war. Die Rekonstruktion dieser Tatsachen war nicht leicht, es gab viele verzweifelte Lücken darin – um so mehr, als die einzigen Zeugen, eben dieser Józek, Józiek Skuziak, sowie die alte Magd Waleria, sich im Chaos ihrer mißratenen und ungebildeten Köpfe verloren. Alles wies darauf hin, daß Amelia, nachdem sie in die Anrichte gegangen war, Geräusche auf der Treppe vernommen hatte, die zur Küche führte, und auf diesen Józek gestoßen war, der sich ins Haus geschlichen hatte, um etwas zu stibitzen. Als er ihre Schritte hörte, stürzte er durch die erste beste Tür und geriet in das Dienstbotenzimmer, wo Waleria aus tiefem Schlaf erwachte und ein Streichholz anzündete. Der weitere Verlauf der Vorgänge war vor allem aus deren hervorgestotterten Berichten bekannt: »Als ich das Streichholz angezündet und gesehen hab, daß jemand dasteht, war ich so starr vor Schreck, daß ich mich nicht mehr rühren konnte, und das Streichholz ist mir in den Fingern ausgegangen, den ganzen Finger hab ich mir verbrannt! Und die Gnädige steht ihm gegenüber an der Türe, und auch sie rührt sich nicht. Mir ging das Streichholz aus. Nichts war zu sehen, das Fenster war verhängt, ich lieg und guck, ich seh nichts, es ist dunkel, wenn wenigstens der Fußboden geknarrt hätt, aber nichts, nichts, als wenn sie nicht dagewesen wären, ich lieg da, schon empfehl ich mich dem lieben Herrgott, nichts, es ist still – da guck ich auf den Fußboden, denn dort hat der Rest vom Streichholz geglüht, aber man hat nichts gesehen, er ging aus – nichts, wenn nur wenigstens jemand geatmet hätte – nichts. Auf einmal . . . (ihre Rede stockte, als sei sie auf ihr in den Weg geworfene Klötze gestoßen) . . . auf einmal . . . so irgendwie . . . stürzt die Gnädige! Auf ihn drauf! . . . So irgendwie ihm vor die Füße . . . sie hat sich wohl auf ihn geworfen . . . Da sind sie umgefallen! . . . Ich weiß nicht, was – Gott behüt, wenn wenigstens einer geflucht hätt – aber nichts, nichts, sie rangen nur miteinander auf dem Fußboden, ich wollt helfen, aber woher, mir war ganz schlecht, da hör ich, wie ein Messer ins Fleisch dringt, einmal, ein zweites Mal, wieder hör ich ein Messer ins Fleisch – und dann sind beide zur Tür hinaus – und das war alles! Da bin ich vollends unmächtig geworden! Unmächtig!«

»Das ist unmöglich!« kommentierte Wacław heftig ihre Erzählung. »So kann es nicht gewesen sein! Ich kann nicht glauben, daß meine Mutter . . . sich so benommen hat! Dies Weib hat etwas verdreht und verwurstelt in seiner Dummheit, ach, da ist mir das Gegacker einer Henne lieber«, schrie er, »das Gegacker einer Henne!«

Er rieb sich die Stirn.

Aber die Aussagen Skuziaks stimmten mit dem überein, was Waleria gesagt hatte: die Gnädige hätte sich als erste auf ihn gestürzt und ihn »umgeworfen«, denn sie hätte sich ihm

»vor die Füße« geworfen. Mit einem Messer. Und er zeigte nicht nur die zerschundene Seite und den Schenkel, sondern auch deutliche Bißspuren am Nacken und an den Armen. »Sie hat gebissen«, sagte er. »Das Messer habe ich ihr aus der Hand gerissen, da hat sie sich aufgespießt, und da bin ich zur Seite gesprungen und ausgerissen, aber der Kämmerer hat nach mir geschossen, da ist mir das Bein weich geworden, und ich hab mich hingesetzt ... Da haben sie mich erwischt.«

Nun, daß Amelia »sich aufgespießt« hatte, das glaubte niemand. »Eine Lüge«, sagte Friedrich. »Und was die Bisse anbetrifft – mein Gott, im Kampf ums Leben, in dem krampfhaften Ringen mit einem bewaffneten Banditen (denn er hatte das Messer, nicht sie) ... na, das waren die Nerven ... Man braucht sich da nicht wundern. Der Instinkt, wissen Sie, der Instinkt der Selbsterhaltung ...« So sprach er. Trotzdem war all das zumindest sonderbar ... und anstößig ... Amelia, sich herumbeißend mit ... Und was das Messer anbelangt, so war die Sache nicht klar, denn, wie es sich herausstellte, war es das Messer Walerias, ein langes und scharfes Küchenmesser, das sie zum Brotschneiden benützte. Dieses Messer aber hatte auf dem Tischchen neben dem Bett gelegen, dort eben, wo Amelia gestanden hatte. Woraus hervorginge, daß sie das Messer im Dunkeln ertastet hatte, und dann stürzte sie sich mit ihm auf ...

Der Mörder Amelias war barfüßig und hatte dunkle Füße, und in ihm schillerten zwei etwas vulgäre Farben – das Gold der Locken, die in die schwarzen Augen fielen, in denen eine Düsterkeit wie in Waldtümpeln war. Diese Farben aber steigerten sich durch den edlen, reinen Glanz der Zähne von einem Weiß, das ihn verband mit ...

Also was? Also wie? Also ginge daraus hervor, daß Amelia, als sie sich in dem dunklen Zimmer mit diesem (Jungen) in der Zange sich immer mehr anspannender Erwartung befand, es nicht ausgehalten hatte und ... und ... das Messer ertastet hatte. Und als sie es ertastet hatte, war sie wild geworden. Sie war vorgestürzt, um ihn zu töten, und als sie zusammen hingefallen waren, biß sie wie eine Wahnsinnige, wohin es gerade kam. Sie? Mit ihrer Heiligkeit? In ihrem Alter? Sie, die Vorbildliche, mit ihrem moralischen Gesetz? War dies nicht eher eine in den dunklen Köpfen der Köchin und des Bauernburschen geborene Phantasie, eine wilde Legende nach ihrem Maße, entstanden durch eine Verdrehung dessen, was sich im Dunkeln abgespielt hatte und eigentlich unfaßbar war? Die Dunkelheit des Zimmers war verdoppelt worden durch die Dunkelheit ihrer Einbildungskraft – und Wacław, von diesen Dunkelheiten umzingelt, die ihm den Boden unter den Füßen nahmen, wußte nicht, was anfangen, dies tötete die Mutter mehr als dieses Messer, vergiftete und verunstaltete sie für ihn – er wußte nicht, wie er sie für sich retten sollte, aus dieser Raserei, die sich auf dem sechzehnjährigen Körper mit ihren Zähnen eingezeichnet hatte, mit diesem Messer, mit dem sie ihn gestochen hatte. Solch ein Tod zerriß ihr Leben für ihn in Fetzen. Friedrich bemühte sich, so gut er konnte, ihm zuzureden: »Man kann sich nicht auf ihre Aussagen verlassen«, sagte er. »Vor allem haben sie nichts gesehen, denn es war dunkel. Zweitens sieht das ja Ihrer Mutter überhaupt nicht ähnlich, das paßt nicht zu ihr – und wir können nur eines sagen, dies aber mit absoluter Gewißheit, daß es so, wie sie das sagen, nicht gewesen sein kann, es muß irgendwie anders gewesen sein in dieser Dunkelheit, die ihnen ebenso unzugänglich ist wie uns . . . Das ist eine Tatsache, das unterliegt gar keinem Zweifel . . . obwohl, natürlich, wenn in der Dunkelheit, so . . .« (»So was? So was?« fragte Wacław, als er Friedrich schwanken sah) . . . »so . . . na, die Dunkelheit, wissen Sie . . . die Dunkelheit ist etwas . . . das hinausstößt aus . . . Man muß bedenken, daß der Mensch in einer Welt lebt. Im Dunkeln verschwindet die Welt. Wissen Sie, es gibt nichts ringsumher, man ist mit sich allein. Selbstverständlich wissen Sie das. Natürlich sind wir gewohnt, daß es jedesmal, wenn wir die Lampe löschen, dunkel wird, jedoch schließt das nicht aus, daß in gewissen Fällen die Dunkelheit völlig blind machen kann, verstehen Sie . . . aber Amelia wäre ja auch in einer solchen Dunkelheit Amelia geblieben, nicht wahr? Obgleich in diesem Falle die Dunkelheit etwas enthielt, etwas . . .« (»Was?« fragte Wacław, »so sagen Sie's doch!«) . . . »Nichts, nichts, das ist idiotisch, Unsinn . . .« (»Was denn?«) . . . »Aber nichts – nur daß . . . dieser junge Bursche, einer vom Lande, ein Analphabet vielleicht . . .« (»Was heißt das schon, daß er ein Analphabet ist?«) . . . »Nichts, nichts, ich will nur sagen, daß in diesem Falle die Dunkelheit Jugend in sich enthielt . . . sie enthielt einen barfüßigen Burschen . . . und an einem jungen Menschen ist es leichter etwas Derartiges zu begehen als an . . . das heißt, daß wenn es jemand Gewichtigeres gewesen wäre, dann . . .« (»Was dann?!«) . . . »Ich will damit sagen, daß es mit einem jungen Menschen leichter ist, ja, leichter – und im Dunkeln – daß es leichter ist, etwas Derartiges an einem jungen Menschen zu begehen als an einem älteren, und . . .«

»Fragen Sie mich nicht aus!« rief er und war wirklich erschrocken, denn es war ihm sogar Schweiß auf die Stirne getreten. »Das ist nur so . . . theoretisch . . . Aber Ihre Mutter . . . ach nein, das ist absurd, unmöglich, Nonsens! Nicht wahr, Karol? Was, Karol?«

Warum wandte er sich an Karol? Wenn er in Ängsten war, warum haute er auch ihn noch an? Aber er gehörte zu denen, die den Wolf aus dem Walde rufen, weil sie ihn nicht herausrufen wollen – durch die anziehende Furcht selber, durch die vergrößernde, die schaffende. Und nachdem er ihn einmal herausgerufen hatte, brachte er es nicht mehr über sich, ihn nicht zu necken, ihn nicht wild zu machen. Sein Bewußtsein war deswegen so quälend und unberechenbar, weil er selber es nicht als Licht, sondern nur als Dunkelheit empfand – es war für ihn ein ebenso blindes Element wie der Instinkt, er traute ihm nicht, er fühlte sich in seiner Gewalt, aber er wußte nicht, wohin es ihn führt. Und er war ein schlechter Psychologe, denn er besaß zuviel Intelligenz und Einbildungskraft – in seiner erweiterten Sicht des Menschen konnte alles Platz finden – also konnte er sich auch Amelia in jeder Situation vorstellen. Nachmittags fuhr Wacław weg, um »die Sache mit der Polizei zu regeln«, das heißt ihren Nachforschungseifer durch ein größeres Bestechungsgeld zu kühlen – wenn die Behörden sich daranmachen würden, wäre es ungewiß, womit das enden würde. Die Beerdigung fand am nächsten Morgen statt – abgekürzt, sogar deutlich beschleunigt. Tags darauf brachen wir auf, zurück nach Powórna, und mit uns Wacław, das Haus der Obhut Gottes überlassend. Das wunderte mich nicht – ich verstand, daß er sich jetzt nicht von Henia trennen wollte. Als erster kam der Wagen, in dem die Damen, Hippolyt und Wacław fuhren, und dahinter ein leichterer Wagen, von Karol kutschiert, darin ich mit Friedrich und noch jemand: Józiek.

Wir nahmen ihn mit, weil wir nicht wußten, was wir mit ihm machen sollten. Ihn laufenlassen? Er war ein Mörder. Und übrigens hätte ihn Wacław um nichts in der Welt laufenlassen, war doch dieser Tod unerledigt, man konnte dies doch nicht so belassen . . . und vor allem nährte er die Hoffnung, dennoch aus ihm eine andere Version des Todes herauszuholen, eine anständigere und weniger skandalöse. Daher lag auf dem Boden des Wagens, auf Stroh gebettet, vor dem Vordersitz der minderjährige blonde Totschläger, und Karol, der kutschierte, hatte ihn vor den Füßen – und so, schräg dasitzend, stützte er die Füße auf den Kotflügel. Friedrich und ich hinten. Der Wagen fuhr auf und ab über die erstarrten Wogen der Erde, die Gegend öffnete und schloß sich, die Pferde trabten im heißen Duft des Getreides und im Staub. Friedrich aber, hinten sitzend, hatte diese beiden zusammen vor sich, eben in dieser und keiner anderen Kombination – und wir vier auf diesem Wagen, der sich von einer

Anhöhe zur anderen wälzte, stellten ebenfalls nicht die schlechteste Kombination dar, eine bedeutsame Formel, eine sonderbare Zusammenstellung ... und je länger wir schweigend dahinfuhren, desto aufdringlicher wurde die Figur, die wir bildeten. Maßlos war die Bescheidenheit Karols, seine aus dem Geleis gebrachte Jungenhaftigkeit war unter den so tragischen Schlägen der Geschehnisse wohl heruntergekommen, und er war so still wie möglich und auch brav, anschmiegsam ... und er hatte sogar an eine schwarze Krawatte gedacht. Und dennoch diese beiden, dicht vor Friedrich und vor mir, einen halben Meter vor uns, auf dem vorderen Wagensitz. Wir fuhren. Die Pferde trabten. Friedrichs Gesicht war notwendigerweise ihnen zugewandt – was also sah er in ihnen? Diese beiden gleichaltrigen Gestalten waren gleichsam eine einzige Gestalt, so sehr vereinigte sie die brüderliche Gemeinsamkeit des Alters. Aber Karol ragte über dem Liegenden, mit den Zügeln, der Peitsche, mit beschuhten Füßen, mit hoch emporgezogenen Hosen – und es war zwischen ihnen weder Sympathie noch Einvernehmen. Eher die Schärfe eines Jungen gegenüber einem anderen Jungen, eine unwillige Schärfe und sogar eine feindliche Brutalität, die sie gegeneinander hegten, irgendwo dort, zwischen einander. Und es war zu sehen, daß Karol zu uns gehörte, zu Friedrich und mir, daß er mit uns war, mit Menschen seiner Klasse gegen diesen Kameraden aus dem Volke, den er bewachte. Aber wir hatten sie vor uns, und das während vieler Stunden des sandigen Wegs (der sich zeitweilig zu einem breiten Landweg weitete, um sich bald darauf in kalkige Wände einzugraben), sie waren zu zweit vor uns, und irgendwie wirkte dies, schuf etwas, fixierte sie in etwas ... Dort aber, ein Stück weiter, zeigte sich auf der Anhöhe der Wagen, in dem sie fuhr – die Verlobte. Dieser Wagen zeigte sich und verschwand wieder, aber er ließ nicht zu, daß man ihn vergaß, manchmal war er lange Zeit nicht da, und wieder wuchs er hervor – und die schrägen Quadrate der Felder und die

Bänder der Wiesen, auf unsere Fahrt gefädelt, wickelten sich auf und ab – und in dieser Geometrie, in dieser in Perspektiven ertränkten, langweiligen, trabenden, langsamen, hing das Gesicht Friedrichs, dessen Profil dicht an meinem war. Was dachte er? Was dachte er? Wir fuhren hinter dem Wagen her, wir verfolgten den Wagen. Karol, der diesen anderen vor den Füßen hatte, mit den dunklen Augen, den Kornblumen-Goldenen, Barfüßigen und Ungewaschenen, erfuhr gleichsam eine chemische Veränderung; zwar eilte er hinter dem Wagen her wie ein Stern hinter einem anderen, aber schon mit einem Kameraden – auf kameradschaftliche Art – von ihm von unten her erfaßt, beinahe wie in Fesseln, und als Junge mit jenem Jungen in solchem Maße vereinigt, daß, wenn sie angefangen hätten, miteinander Kirschen oder Äpfel zu essen, mich das gar nicht gewundert hätte. Wir fuhren. Die Pferde trabten. Ja, das war es, was Friedrich sich sicherlich vorstellte – oder vielleicht stellte er sich vor, daß ich mir das so vorstellte – sein Profil dicht an meinem, und ich wußte nicht, in wem von uns dies den Anfang genommen hatte. Indessen wir uns viele Stunden lang durch die Landschaft geschoben hatten und in Powórna angelangt waren, waren diese beiden Kumpel schon »zusammen gegenüber Henia«, vereint in ihrer Beziehung zu ihr, darin bestärkt durch das stundenlange Fahren hinter ihr und vor uns.

Wir brachten den Gefangenen in einer leeren Speisekammer unter, deren Fenster vergittert war. Seine Wunden waren oberflächlich – er hätte ausreißen können. Bis zur Bewußtlosigkeit müde, fielen wir auf die Betten, die Nacht und den Morgen verbrachte ich in schwerem Schlaf, und am nächsten Tag sprangen um mich herum unfaßbare Eindrücke, aufdringlich wie eine Fliege, die um die Nase kreist. Ich konnte die summende und immerfort entfliehende Fliege nicht fassen – was war das für eine Fliege? Schon vor dem Mittagessen hatte mich das befallen, als ich Hippolyt wegen irgendeiner Einzelheit in Verbindung mit den noch frischen Erlebnissen ansprach, und in seiner Antwort war eine fast unmerkliche Änderung des Tons zu hören – nicht daß er mich mit Barschheit traktiert hätte, aber es war da eine Überheblichkeit oder auch Geringschätzung, oder ein Stolz, so, als ob er das schon satt hätte, oder als ob er wichtigere Sorgen hätte. Wichtigere Sorgen als diesen Mord? Und dann hörte ich auch aus der Stimme Wacławs etwas heraus – was weiß ich – etwas Trockenes und wohl auch etwas von Stolz Gezeichnetes. Waren sie stolz? Warum stolz? Eine ebenso subtile wie grelle Veränderung des Tones, denn wie konnte Wacław die Nase hoch tragen zwei Tage nach diesem Tode? – und meine empfindlich gewordenen Nerven diktierten mir plötzlich den Verdacht, daß irgendwo an unserem Himmel ein neues Druckzentrum entstanden war und ein anderer Wind wehte – aber was für einer? Etwas war anders geworden. Etwas hatte gleichsam die Richtung geändert. Erst gegen Abend nahmen diese Befürchtungen eine deutlichere Gestalt an, nämlich als ich Hippolyt erblickte, der durch das Eßzimmer ging und dabei sagte und dann auch noch flüsterte: »Ein Skandal, mein Herr, ein Skandal!« Dann setzte er sich plötzlich auf einen Stuhl, mißmutig . . . und erhob sich, ließ anspannen und fuhr davon. Jetzt wußte ich schon, daß etwas Neues hereinbrach, aber ich wollte nicht fragen, und abends nur, als ich sah, daß Friedrich und Wacław auf dem Vorplatz im Kreise herumgingen im Gespräch, gesellte ich mich zu ihnen in der Hoffnung, vielleicht zu erfahren, was in der Luft lag. Nichts dergleichen. Wieder besprachen sie den Tod von vorgestern – und in demselben Ton wie früher – es war das ein vertrauliches Gespräch, mit gedämpfter Stimme geführt. Friedrich, mit gesenktem Kopf, den Blick auf die eigenen Schuhe geheftet, bohrte wieder in diesem Mord, überlegte, erwägte, analysierte, suchte . . . bis Wacław, gequält, sich zu wehren begann, bat, daß man ihm einen Augenblick Ruhe vergönnen möge, sogar zu verstehen gab, daß dies eine Taktlosigkeit sei! »Was?« sagte Friedrich, »wie soll ich das verstehen?« – Wacław flehte um Erbarmen. Das sei noch zu frisch, er habe sich noch nicht daran gewöhnen können, könne es nicht fassen, er wisse es, als wüßte er es nicht, das sei zu plötzlich gewesen, zu entsetzlich! Und da stieß Friedrich wie ein Adler auf seine Seele.

Ein vielleicht etwas hochfliegender Vergleich. Aber es war deutlich zu sehen, daß er zustieß – und daß er aus der Höhe zustieß. In dem, was er sagte, war weder Trost noch Mitleid, ganz im Gegenteil, es enthielt das Verlangen, der Sohn solle den Kelch des mütterlichen Ablebens bis zur Neige leeren. Ebenso, wie die Katholiken Minute um Minute das Golgatha Christi durchleben. Er verwahrte sich dagegen, Katholik zu sein. Er habe nicht einmal sogenannte moralische Grundsätze. Er sei nicht tugendhaft. »Warum also, werden Sie fragen«, so sagte er, »in wessen Namen verlange ich von Ihnen, daß Sie dies bis zum Äußersten ausschöpfen? Ich antworte, einzig und allein im Namen der Entwicklung. Was ist der Mensch? Wer kann das wissen. Der Mensch ist ein Rätsel« (und diese Banalität erschien ihm auf den Lippen wie eine schamhafte und sarkastische Sache, wie ein Schmerz – ein engelhafter und teuflischer Abgrund, abgründiger als ein Spiegel). »Aber wir müssen« (dieses »müssen« war vertraulich und dramatisch), »müssen immer voller durchleben. Dies, wissen Sie, ist unvermeidlich. Das ist eine Notwendigkeit unserer Entwicklung. Wir sind zur Entwicklung verurteilt. Dieses Gesetz erfüllt sich in der Geschichte der Menschheit wie in der Geschichte des einzelnen Menschen. Bitte schauen Sie sich ein Kind an. Ein Kind fängt erst an, ein Kind *ist* nicht – ein Kind ist ein Kind, oder eine Einleitung, eine Initiation . . . Und ein Jüngling (er spie das Wort fast aus) . . . was weiß er? Was kann er erfühlen . . . er . . . dieser Embryo? Aber wir?«

»Wir?« rief er, »wir?!«

Und er bemerkte nebenbei: »Ich habe mich mit Ihrer Mutter sofort und tief verstanden. Nicht darum, weil sie eine

Katholikin war. Darum, weil sie einem inneren Zwang des Ernstes untergeben war . . . wissen Sie . . . sie war so gar nicht leichtsinnig . . .«

Er schaute ihm in die Augen – was Wacław wohl noch nie passiert war und ihn stark verwirrte – er wagte jedoch nicht, den Blick abzuwenden.

»Sie drang . . . bis zum Kern.«

»Was soll ich machen?« schrie Wacław, die Arme emporstreckend, »was soll ich machen?!«

Hätte er mit irgend jemand anderem gesprochen, so hätte er sich weder erlaubt, so zu schreien, noch die Arme so emporzustrecken. Friedrich nahm ihn am Arm und schritt vorwärts, und mit dem Finger der anderen Hand wies er vor sich hin. »Ihrer Aufgabe gewachsen sein!« sagte er. »Machen Sie, was Sie wollen. Aber das müßte nicht minder gewissenhaft in seiner . . . in seiner Ernsthaftigkeit sein.«

Ernsthaftigkeit als höchstes und unerbittliches Postulat der Reife – kein Nachlassen – nichts, was einen Augenblick die Spannung des Blicks hätte schwächen können, der hartnäckig nach dem Kern suchte . . . Wacław vermochte sich nicht gegen diese Strenge zu wehren – denn das war Strenge. Wäre sie nicht gewesen, hätte er die Ernsthaftigkeit dieses Verhaltens in Zweifel ziehen können, die Aufrichtigkeit dieser Gestikulation, die irgendein Sich-hin-und-her-Werfen war . . . aber jenes Theater fand im Namen einer strengen Aufforderung zur Inangriffnahme und Erfüllung der höchsten Pflicht des vollen Bewußtseins statt – das machte es in Wacławs Augen unabweisbar. Sein Katholizismus konnte sich nicht mit der Wildheit des Atheismus abfinden – für den Gläubigen ist der Atheismus wild – und die Welt Friedrichs war für ihn ein Chaos, des Herrschers beraubt, also auch des Gesetzes, bevölkert einzig von der grenzenlosen Willkür des Menschen . . . Und dennoch vermochte der Katholik nicht, den moralischen Auftrag nicht zu achten, wenn er auch auf so wilden Lippen erschien. Und dabei fürchtete Wacław, der

Tod der Mutter könne im Sand verlaufen – daß er seinem Drama nicht gewachsen sei und auch nicht seiner Liebe und Ehre – und mehr noch als vor der Gottlosigkeit Friedrichs hatte er Angst vor seiner eigenen Mittelmäßigkeit, vor dem, was ihn zu einem anständigen Advokaten machte »mit einem Zahnbürstchen«. Also drängte es ihn zu der entschlossenen Überlegenheit Friedrichs, in der er eine Stütze suchte, ach, ganz gleich wie, ganz gleich mit wem, aber nur diesen Tod erfahren. Ihn überleben! Alles aus ihm herausholen! Dazu war ihm der wilde, aber auf den Kern fixierte Blick notwendig und diese eigenartige, diese fürchterliche Verbissenheit im Erleben.

»Aber was soll ich mit diesem Skuziak machen«, rief er. »Ich frage mich – wer soll ihn richten? Wer ihn verurteilen? Haben wir das Recht, ihn gefangenzuhalten? Gut, der Polizei haben wir ihn nicht übergeben, das ist unmöglich – aber wir können ihn doch nicht ewig in dieser Speisekammer halten!«

Er schnitt diese Frage am nächsten Tag mit Hippolyt an, aber er erreichte bei ihm nur eine geringschätzige Handbewegung: »Was soll man sich da aufregen, sich den Kopf zerbrechen! Ihn in der Speisekammer halten, der Polizei übergeben, oder ihm eine Tracht Prügel geben und ihn laufenlassen, soll er laufen! Ist doch ganz egal!« Und als Wacław versuchte, ihm klarzumachen, daß er immerhin der Mörder seiner Mutter sei, regte er sich auf: »Was heißt da Mörder! Ein Scheißer und kein Mörder! Macht, was ihr wollt, laßt mich in Frieden, ich habe was anderes im Kopf!« Er wollte einfach nichts davon hören, man hatte den Eindruck, der ganze Mord sei ihm nur von einem Ende her wichtig – das die Leiche Amelias war – und unwichtig vom anderen Ende her – das der Mörder war. Und übrigens war er deutlich von irgendeiner Sorge in Anspruch genommen. Friedrich, der am Ofen stand, kam plötzlich etwas in den Sinn, er machte eine Bewegung, als ob er etwas sagen wollte, doch er flüsterte nur: »Ohooo ...« Er sagte es nicht laut. Er flüsterte. Und weil wir nicht auf ein Flüstern gefaßt waren, klang es lauter, als wenn Friedrich mit voller Stimme gesprochen hätte – und flüsternd stand er da mit seinem Flüstern, während wir erwarteten, daß er mehr sagen werde. Er sagte nichts. Da fragte Wacław, der schon gelernt hatte, die geringsten Veränderungen an Friedrich zu verfolgen: »Was ist denn? Worum geht es Ihnen?« Der Angesprochene schaute sich im Zimmer um.

»Na ja, mit *so einem* ist eigentlich alles ganz egal . . . man kann machen, was man will . . . was man nur will . . .«

»Mit was für einem?« schrie Hippolyt in unbegreiflichem Zorn. »Mit was für einem?«

Friedrich rechtfertigte sich etwas verwirrt.

»Mit so einem, na, das ist doch klar, mit was für einem! Mit ihm – ist alles egal. Was man will. Wozu man Lust hat.«

»Halt, einen Moment! Dasselbe haben Sie von meiner Mutter gesagt«, mischte sich plötzlich Wacław ein, »daß meine Mutter ihn eben hätte . . . mit dem Messer . . . weil . . .« Er begann zu stottern. Darauf Friedrich, bereits mit deutlicher Beschämung: »Nichts, nichts, ich habe nur so . . . Sprechen wir nicht davon!«

Was für ein Schauspieler! Die Nähte seines Spiels waren deutlich zu sehen, er verbarg sie nicht. Aber es war ebenfalls sichtbar, wieviel ihn das kostete, wie er *wirklich* erblaßte und in den Netzen seines Spiels zitterte. Für mich wenigstens war es klar, daß er diesem Mord und diesem Mörder einen möglichst drastischen Charakter zu geben bemüht war – doch vielleicht war er nicht bemüht, vielleicht war das eine Notwendigkeit, die stärker war als er, der er voll Blässe und Angst unterlag. Gewiß, es war ein Spiel – aber dieses Spiel schuf ihn und schuf auch die Situation. Am Ende fühlten sich alle irgendwie unbehaglich. Hippolyt drehte sich um und ging hinaus, Wacław verstummte. Aber diese von dem Spieler erteilten Hiebe erreichten sie trotz allem, und Józio in der Speisekammer wurde zu einer immer größeren Schwierigkeit, überhaupt war die ganze Atmosphäre wie durch eine besondere, aber unverständliche Absicht vergiftet (ich wußte, wen sie betraf, wen sie zum Ziel hatte ...). Jeden Abend mußte man Józek die Wunden waschen, und dies hatte Friedrich übernommen, der sich einigermaßen auf die Behandlung eines Kranken verstand – mit Hilfe von Karol. Und Henialein hielt die Lampe. Dies war wiederum eine ebenso bedeutsame wie kompromittierende Prozedur, wenn sie sich zu dritt über ihn beugten, wobei jeder von ihnen etwas in der Hand hatte, was jenes Beugen begründete, Friedrich also die Watte, Karol die Schüssel und die Flasche mit Spiritus, und Henia die Lampe; aber dieses zu dritt über seinen verwundeten Schenkel Gebeugtsein entriß sich irgendwie diesen Gegenständen, die sie hielten, und war nur noch einzig und allein ein über ihn Gebeugtsein. Und die Lampe leuchtete. Dann schloß sich Wacław mit ihm ein und fragte ihn aus – versöhnlich oder unter Drohungen – aber die Unterlegenheit des Jungen und seine Dunkelheit zusammen mit seiner Ländlichkeit waren wie ein Automat, und er wiederholte immer dasselbe, daß sie sich auf ihn gestürzt, ihn gebissen habe, und er – was sollte er machen? Und mehr und mehr an die Fragen gewohnt, begann er sich in seinen Antworten zu Hause zu fühlen.

»Die Gnädige hat mich gebissen. Da sind doch die Spuren.«

Wenn Wacław von diesen Verhören zurückkam, entkräftet wie nach einer Krankheit, setzte sich Henia zu ihm und war mit ihm still und treu ... ihm Gesellschaft leistend ... Karol aber deckte den Tisch oder schaute sich alte Illustrationen an ... Und wenn ich Henia anschaute, bemüht, sie »mit Karol« zu sehen, rieb ich mir die Augen, ohne die Erregungen erkennen zu können, die schon nicht mehr erregten – und verleugnete meinen eigenen Wahn. Nichts war zwischen ihnen, nichts, nichts! Sie war nur mit Waclaw! Dafür aber, mit diesem, wie gierig! Welch ein Appetit! Welch ein schreckliches Verlangen! Wie gierig sie sich an ihn heranmachte, ganz wie ein Mann an ein Fräulein! Verzeihung, ich habe nichts Schlechtes im Sinn, ich will nur damit sagen, daß sie sich mit einer unbändigen Lüsternheit an seinen Geist heranmachte – daß sie sein Gewissen begehrte, daß seine Ehre, sein Verantwortungsgefühl, seine Würde und alle damit verbundenen Leiden der Gegenstand ihres Verlangens waren, daß sie auf jegliches Ältersein in ihm Appetit hatte, so daß es sogar schien, als sei seine Glatze für sie noch verführerischer als sein Schnurrbärtchen! Doch all dies natürlich in der ihr eigenen Passivität – sie absorbierte nur sein Ältersein, an ihn geschmiegt und ihm Gesellschaft leistend. Und sie ergab sich der Zärtlichkeit der männlichen Hand, der nervösen und subtilisierten, der schon erwachsenen, sie – die ebenfalls den Ernst suchte angesichts des dramatischen Todes, dem ihre frühe körperliche Unerfahrenheit nicht gewachsen war, die sich an fremde Erwachsenheit klammerte! Die Verfluchte! Denn anstatt mit Karol herrlich zu sein (was sie gekonnt hätte), zog sie es vor, sich mit dem Advokaten herumzutreiben und zu stümpern, und suchte seine verhätschelten Häßlichkeiten! Der Advokat hingegen war ihr dankbar und streichelte sie still. Und die Lampe leuchtete. So gingen einige Tage dahin. Eines Nachmittags teilte uns Hippolyt mit, daß eine neue Person erwartet werde, Herr Siemian, der zu Besuch käme . . . Und er flüsterte, seinen Fingernagel betrachtend: »Er kommt zu Besuch.«

Und er schloß die Augen.

Wir nahmen das zur Kenntnis, ohne unnötige Fragen zu stellen. Die mißmutige Resignation in seiner Stimme versuchte nicht zu verbergen, daß hinter dem »Besuch« ein Netz lauerte, das uns alle einhüllte, indem es uns miteinander verband, doch uns zugleich einander fremd machte – die Konspiration. Ein jeder konnte nur soviel sagen, wie ihm erlaubt war – der Rest war schmerzliches, bedrückendes Schweigen und Vermutungen. Aber jedenfalls kam eine fühlbare Bedrohung auf, die bereits seit einigen Tagen die Einheitlichkeit unserer Empfindungen nach den tragischen Geschehnissen in Ruda störte, und die Last, diese Last, die uns bedrückte, verlagerte sich aus der nahen Vergangenheit auf die unmittelbare, gefährliche Zukunft. Abends, im Regen, einem jener feinen, böigen und schneidenden Regen, die sich in einen scheußlichen Landregen für die ganze Nacht verwandeln, kam ein Kabriolett vorgefahren, und durch die zufällig offenstehende Tür des Vorzimmers erblickte ich undeutlich einen hochgewachsenen Herrn in einem Mantel, den Hut in der Hand, wie er, Hippolyt folgend, der eine Lampe hielt, zur Treppe schritt, die nach oben führte, wo man eine Unterkunft für ihn vorbereitet hatte. Es entstand ein plötzlicher Luftzug, der Hippolyt fast die Lampe aus der Hand gerissen hätte, die Tür krachte zu. Ich erkannte ihn. Ja, diesen Menschen kannte ich schon vom Sehen, obwohl er mich nicht kannte – und plötzlich fühlte ich mich in diesem Haus wie in einer Falle. Zufällig war mir bekannt, daß dieser Jemand jetzt ein hohes Tier in der Untergrundbewegung war, ein Anführer, der so manche halsbrecherische, kühne Tat auf dem Kerbholz hatte und von den Deutschen gesucht wurde . . . Ja, das war er, und wenn er es war, so war sein Eintritt ins Haus der Eintritt der Unberechenbarkeit, denn wir waren ja seiner Gnade und Ungnade ausgeliefert, die Kühnheit war nicht nur seine persönliche Angelegenheit – indem er sich einer Gefahr aussetzte, setzte er ihr auch uns aus, er konnte uns mit hineinziehen, darin verwickeln – und wenn er irgend etwas verlangen sollte, konnten wir es ihm ja nicht abschlagen. Denn wir waren durch das Volk gebunden, wir waren Gefährten und Brüder – nur war diese Brüderlichkeit eiskalt, hier war ein jeder ein Werkzeug eines jeden, und einem jeden war es gestattet, sich dessen mit größter Rücksichtslosigkeit zu bedienen für das gemeinsame Ziel.

Dieser Mensch also, so nah und so gefährlich fremd, war an mir vorbeigegangen wie eine im Traum erscheinende Bedrohung, und seitdem sträubte sich alles und blieb im

Verborgenen. Ich kannte das Risiko, das er mit hereinbrachte, und dennoch konnte ich mich des schlechten Geschmacks nicht erwehren, den diese ganze Szenerie verursachte – Aktion, Untergrund, Anführer, Konspiration – wie aus einem schlechten Roman, wie eine späte Verkörperung eines armseligen Jugendtraums – und es wäre mir wirklich lieber gewesen, wenn uns alles andere als gerade dies in die Quere gekommen wäre, in diesem Augenblick war mir das Volk und alle mit ihm verbundene Romantik eine unerträgliche Mixtur, wie absichtlich, zum Trotz ausgedacht! Doch man konnte nicht meckern und ablehnen, womit uns das Schicksal bedachte. Ich lernte den »Anführer« kennen, als er zum Abendessen herunterkam. Er sah nach einem Offizier aus, der er übrigens war – ein Kavallerieoffizier, aus Ostpolen, wohl aus der Ukraine, über die Vierzig, mit einem vom rasierten Bartwuchs dunklen und hageren Gesicht, elegant und sogar charmant. Er begrüßte alle – man merkte, daß er nicht zum erstenmal hierherkam – den Damen küßte er die Hand. »Ach ja, ich weiß schon – was für ein Unglück! Und die Herren sind aus Warschau? . . .« Von Zeit zu Zeit schloß er die Augen und war wie jemand, der schon lange Zeit im Zug fährt und fährt . . . Man wies ihm einen Platz weiter unten am Tisch an, offenbar war er in der Eigenschaft eines Technikers hier, oder als Beamter zur Kontrolle der Kühe oder zur Planung der Aussaat – eine hinsichtlich der Dienstboten nötige Vorsicht. Was uns anbetrifft, die wir bei Tisch saßen, so war sogleich zu sehen, daß alle mehr oder weniger informiert waren – obwohl das Gespräch sich schläfrig und blaß dahinschleppte. Aber am anderen Ende des Tisches gingen sonderbare Dinge vor sich, nämlich mit Karol, ja, mit unserem (jungen) Karol, der durch die Anwesenheit des Ankömmlings in angespannten, willigen Gehorsam und eifrige Bereitschaft versetzt wurde – und, sich vor Treue verschluckend, geschärft, fand er sich plötzlich in der Nähe des Todes, ein Partisan, ein Soldat, ein Verschwörer, dem die mörderische, doch stille Kraft um die Hände und Schultern irrte, bereit wie ein Hund auf Anruf und gehorsam leistungsfähig, technisch geschult. Nicht er allein, übrigens. Und ich weiß nicht, ob das durch ihn geschah, aber diese ganze, vor einem Augenblick so ärgerliche, romantische Schäbigkeit erfuhr eine plötzliche Gesundung, und wir alle gelangten zu Wahrheit und Kraft in der Vereinigung und waren an diesem Tisch wie eine Abteilung, die auf einen Befehl wartet, bereits in die Eventualität des Handelns und des Kampfes versetzt. Konspiration, Aktion, Feind ... dies wurde zu einer stärkeren Wahrheit als das tägliche Leben und brach herein wie ein erfrischender Wind, verschwunden war die schmerzliche Andersartigkeit Henias und Karols, alle fühlten wir uns als Gefährten. Und dennoch war diese Verbrüderung nicht rein! Nein ... sie war auch qualvoll und sogar ekelhaft! Denn, bei Gott, waren wir, die Älteren, nicht schon ein wenig komisch und etwas abscheulich in jenem Kampf – ähnlich, wie es mit der Liebe in vorgeschrittenem Alter zu sein pflegt – paßte denn das zu uns, zu der Aufgedunsenheit Hipps, zu der Magerkeit Friedrichs, zu der Erschöpftheit Marias? Diese Abteilung, die wir bildeten, war eine Abteilung von Reservisten, und unsere Vereinigung war eine Vereinigung im Zerfall – Melancholie, Unlust, Abscheu, Ekel schwebten über unserer Verbrüderung im Kampf und Feuereifer. Zeitweilig erschien es mir wunderbar, daß Verbrüderung, daß Feuereifer trotzdem möglich waren. Und zeitweilig hätte ich Karol und Henia zurufen mögen: ach, bleibt für euch, laßt euch nicht ein mit uns, meidet unseren Schmutz, unsere Farce! Doch sie beide (denn auch sie) suchten unsere Nähe – und bedrängten uns – und wollten mit uns – und gaben sich uns hin, standen zu Diensten, bereit mit uns, für uns, an Stelle von uns, auf einen Wink des Anführers! So ging dies während des ganzen Abendessens. So empfand ich dies. Empfand dies ich so, oder Friedrich?

Wer weiß, und vielleicht ist eines der dunkelsten Geheimnisse der Menschheit – und der schwierigsten – eben das, welches ein solches »Sich-Vereinigen« der Alter betrifft, die Art und Weise, wie die Jugend plötzlich dem Alter zugänglich wird, und *vice versa*. Der Schlüssel zu diesem Rätsel war in diesem Falle der Offizier, der als solcher schon auf den Soldaten und auf den jungen Menschen eingestellt war ... und dies wurde noch stärker sichtbar, als nach dem Abendessen Friedrich Siemian vorschlug, den Mörder in der Speisekammer in Augenschein zu nehmen. Was mich anbelangt, so glaubte ich nicht an die Zufälligkeit dieses Vorschlags, ich wußte, daß der Aufenthalt Józeks, des jungen Mörders, in der Speisekammer bedrängend zu werden begann und lästig geworden war, seit Karol sich dem Offizier hingegeben hatte. Wir gingen dorthin – Siemian, Friedrich, ich, Henia sowie Karol mit der Lampe. In dem vergitterten Zimmerchen lag er auf dem Stroh – schlafend und zusammengekrümmt – und als wir um ihn herumstanden, bewegte er sich und verdeckte im Schlaf die Augen mit der Hand, kindlich. Karol beleuchtete ihn mit der Lampe. Siemian gab mit der Hand ein Zeichen, daß man ihn nicht wecken solle. Er schaute ihn sich an als den Mörder Amelias, und dennoch beleuchtete Karol ihn mit der Lampe nicht als einen Mörder – sondern eher, als zeige er ihn dem Anführer – nicht so sehr als jungen Mörder, als vielmehr als jungen Soldaten – als zeige er ihn wie einen Kameraden. Und er beleuchtete ihn fast wie einen Rekruten, als ginge es um eine Rekrutierung ... und Henia stand dicht hinter ihm und sah zu, wie er ihn beleuchtete. Es frappierte mich als etwas Besonderes, als etwas sogar über die Maßen Beachtenswertes, daß da ein Soldat einem Offizier einen Soldaten beleuchtete – was unter ihnen, den Soldaten, kameradschaftlich und brüderlich war, aber auch grausam, aber auch als Beute preisgebend. Und noch bedeutungsvoller schien mir, daß ein Junger einem Älteren einen Jungen beleuchtete – obwohl ich nicht genau begriff, was das bedeutete ...

In dieser Speisekammer mit ihrem vergitterten Fenster erfolgte eine stumme Explosion dieser drei um die Lampe herum in ihrem Lichte – sie explodierten still mit einem unbekannten, diskreten, bereitwilligen Inhalt. Siemian umfaßte sie unmerklich mit einem Blick, nur einen Augenblick lang, aber das genügte mir, um zu erkennen, daß ihm dies nicht so ganz fremd war.

IX

Habe ich schon erwähnt, daß vier kleine Inselchen, abgeteilt durch von Entengrütze grüne Kanäle, eine Verlängerung des Teiches bildeten? Über die Kanäle hatte man kleine Brücken geschlagen. Ein kleiner Weg ganz am Rande des Gartens, der sich durch das Gestrüpp von Haseln, Jasmin und Lebensbäumen wand, erlaubte, diesen von stehenden Gewässern nassen Archipelag zu Lande zu umgehen. Auf dem Wege dorthin schien es mir, daß eines der Inselchen nicht so war wie die anderen . . . warum? . . . Ein flüchtiger Eindruck, aber der Garten war bereits zu sehr in das Spiel mit hineingezogen, als daß ich ihn hätte außer acht lassen können. Jedoch . . . nichts. Das Dickicht dieses Inselchens mit den Federbüschen der Bäume – tot. Es war ein schwüler Tag und Vesperzeit, der Kanal war fast ausgetrocknet und glänzte mit einer Schlammkruste mit grünen Wasseraugen – Schilfrohr umwucherte die Ränder. Alles Unheimliche mußte unter unseren Bedingungen einer unverzüglichen Inspektion unterzogen werden, ich drang also zum anderen Ufer durch. Das Inselchen atmete Hitze, dichtes und hohes Gras hatte sich hier breitgemacht, reich an Ameisen, und, in der Höhe, Baumkronen von eigenem, verschlossenem Dasein. Ich kroch durch das Gestrüpp und . . . Gleich. Gleich! Eine Überraschung!

Dort war eine Bank. Auf der Bank sie, sitzend, aber mit unerhörten Beinen – denn ein Bein war mit Strumpf und

Schuh bekleidet, und das andere war entblößt bis übers Knie ... und das wäre nicht so unwahrscheinlich gewesen, wenn nicht er, liegend, vor ihr liegend, auf dem Gras, ebenfalls ein Bein entblößt gehabt hätte, das eine Hosenbein bis übers Knie aufgekrempelt. Unweit sein Schuh, darin eine Socke. Sie hatte das Gesicht und die Augen zur Seite gekehrt. Er sah nicht zu ihr hin, den Kopf auf dem Gras vom Arm umgeben. Nein, nein, das alles wäre vielleicht nicht skandalös gewesen, wenn es nicht so unvereinbar mit ihrem natürlichen Rhythmus gewesen wäre, erstarrt, in sonderbarer Unbeweglichkeit, wie nicht von ihnen ... Und diese so unheimlich entblößten Beine, nur je eines von jedem Paar, in ihrer Körperlichkeit leuchtend in der schwülen Feuchtigkeit, vom Platschen der Frösche unterbrochen! Er mit einem nackten Bein und sie mit einem nackten Bein. Vielleicht waren sie im Wasser gewatet ... nein, es war etwas mehr darin, das ließ sich nicht erklären ... er mit einem nackten Bein und sie mit einem nackten Bein. Ihr Bein machte eine kleine Bewegung, sie streckte es aus. Sie stützte ihren Fuß auf seinen Fuß. Nichts weiter.

Ich schaute. Mir zeigte sich plötzlich meine ganze Dummheit. Ach, ach! Wie hatte ich so naiv sein können – mit Friedrich – zu glauben, daß »nichts zwischen ihnen« sei ... mich durch den Anschein täuschen zu lassen! Da, hier hatte ich ihn vor mir, den wie mit einer Axt zuschlagenden Gegenbeweis. Also hier pflegten sie sich zu treffen, auf dieser Insel ... Ein riesiger erlösender Schrei, ein sättigender, drang stumm aus diesem Ort – und ihre Berührung währte ohne jede Bewegung, ohne jeden Laut, ohne einen Blick sogar (denn sie schauten einander nicht an). Er mit einem nackten Bein und sie mit einem nackten Bein.

Gut ... Aber ... So konnte das nicht sein. Darin war irgendeine Künstlichkeit, etwas Unbegreifliches, etwas Perverses ... woher diese Leblosigkeit, diese wie verhexte? Woher diese Kühle in ihrem Entbranntsein? Während des

Bruchteils einer Sekunde befiel mich der völlig wahnsinnige Gedanke, daß *dies so sein müsse*, daß *dies sich gerade so zwischen ihnen abspielen müsse*, daß es so wirklicher sei, als wenn . . . Ungereimtes Zeug! Und gleich befiel mich ein anderer Gedanke, nämlich der, daß sich darin irgendein Spaß, eine Komödie verbarg, daß sie durch irgendein Wunder erfahren hatten, daß ich hier vorbeikommen werde, und daß sie dies absichtlich taten – für mich. Denn dies war doch wie für mich, genau nach dem Maß meines Traums von ihnen, meiner Schande! Für mich, für mich, für mich! Und unter dem Sporn dieses Gedankens – daß dies für mich sei – drängte ich mich durch das Gesträuch hindurch, schon auf nichts mehr achtend. Und da vervollständigte sich das Bild. Friedrich saß unter einer Kiefer auf einem Nadelhaufen. Das war – für ihn!

Ich hielt inne . . . Er, als er mich erblickte, sagte zu ihnen: »Man wird das noch einmal wiederholen müssen.«

Und da, obwohl ich noch nichts verstand, wehte es von ihnen her mit der Kühle junger Zügellosigkeit. Verderbtheit. Sie rührten sich nicht – ihre junge Frische war entsetzlich kalt.

Friedrich trat zu mir heran, charmant.

»Ah! Wie geht es Ihnen, lieber Witold!« (Diese Begrüßung war unnötig, vor einer Stunde hatten wir uns getrennt.) »Was sagen Sie zu dieser Pantomime?« (Er wies mit einer eleganten Geste in ihre Richtung.) »Sie spielen nicht schlecht, was, ha, ha, ha!« (Dies Lachen war ebenfalls unnötig – aber laut.) »In der Not frißt der Teufel Fliegen! Ich weiß nicht, ob Ihnen meine kleine Schwäche für die Regiekunst bekannt ist? Ich war auch eine Zeitlang Schauspieler, ich weiß nicht, ob Sie von diesem Detail meiner Biographie wissen?«

Er nahm mich am Arm und führte mich im Kreise über den Rasen mit einer möglichst theatralischen Gestikulation. Jene sahen uns wortlos zu. »Ich habe eine gewisse Idee . . . für ein Drehbuch . . . für ein Filmdrehbuch . . . Aber manche Szenen sind etwas riskant, sie bedürfen einer Bearbeitung, man muß mit lebendem Material experimentieren.«

»Genug für heute. Ihr könnt euch ankleiden.«

Ohne sich nach ihnen umzuschauen, führte er mich fort über die Brücken, laut und lebhaft von seinen verschiedenen Einfällen erzählend. Seiner Meinung nach war die bisherige Methode, Stücke oder Drehbücher »in Loslösung vom Schauspieler« zu schreiben, vollkommen veraltet. Man müsse bei den Schauspielern beginnen, indem man sie auf irgendeine Weise »zusammenstellte«, und durch diese Zusammenstellungen die Handlung des Stückes aufbauen. Denn das Stück »muß nur das herausbringen, was potentiell schon in den Schauspielern enthalten ist als in lebendigen Menschen, die ihre eigene Skala von Möglichkeiten haben«. Ein Schauspieler »darf nicht einen imaginären szenischen Helden verkörpern, indem er jemanden vortäuscht, der er nicht ist – ganz im Gegenteil, die szenische Gestalt muß ihm angepaßt sein, nach seinen Maßen zugeschnitten wie ein Anzug«. – »Ich versuche«, sagte er lachend, »etwas in dieser Art mit diesen Kindern zu erreichen, ich habe ihnen ein kleines Geschenk dafür versprochen, denn das ist schließlich eine Arbeit! Ha, was, der Mensch langweilt sich ja auf diesem öden Lande, man muß sich mit etwas beschäftigen, und wenn auch nur der Gesundheit wegen, Witold, der Gesundheit wegen! Ich möchte mich natürlich lieber nicht damit produzieren, denn – was weiß ich – vielleicht ist das etwas zu gewagt für den braven Hipp und seine Frau, ich möchte keinen Klatsch riskieren! . . .« So sprach er laut, damit es weithin vernehmbar sei, und ich, der ich neben ihm herging und zu Boden sah und den glühenden Floh dieser Entdeckung im Ohr hatte, hörte kaum zu. Der Schlaumeier! Der Kombinierer! Der Fuchs! Solche Wunderdinge trieb er mit ihnen – solch ein Spiel hatte er sich ausgedacht! . . . Und alles stürzte hinab, in Zynismus und Perversion hinabgestoßen, und das Feuer dieser Depravation fraß mich, und ich wand mich geradezu in den Qualen der Eifersucht! Und der glühende Glanz der Phantasie beleuchtete mir diese kühle Ausschweifung, diese unschuldig teuflische – besonders ihre, ihre – denn es war doch verblüffend, daß diese treue Verlobte in die Büsche zu solchen Sitzungen ging . . . im Austausch gegen ein versprochenes »kleines Geschenk« . . .

»Sicherlich, ein interessantes theatralisches Experiment, natürlich«, antwortete ich, »ja, ja, ein interessantes Experiment!« Und so schnell wie möglich verließ ich ihn, um weiter darüber nachdenken zu können – denn das Zügellose war ja nicht nur auf ihrer Seite, und wie sich zeigte, war Friedrich erfolgreicher tätig gewesen, als ich dachte – und es war ihm sogar gelungen, derart unmittelbar zu ihnen vorzudringen! Er tat das Seine, ohne Unterlaß. Und hinter meinem Rücken, auf eigene Rechnung! Die pathetische Rhetorik, die sich mit Wacław infolge von Amelias Tod entwickelt hatte, hinderte ihn nicht daran – er handelte – und es war die Frage, wie weit er auf diesem Wege gekommen war? Und wohin er noch kommen konnte? Insofern es sich um ihn handelte, wurde dies Problem der Grenze brennend – besonders, da er auch mich mit hineingezogen hatte. Ich war erschrocken. Wieder war es Abend – und dies kaum bemerkbare Sich-Verflüchtigen des Lichtes, das Sich-Vertiefen und Sich-Sättigen der dunkleren Farben sowie das Sich-Verstärken der Löcher und Winkel, die die Soße der Nacht ausfüllte . . . Die Sonne war schon hinter den Bäumen. Es fiel mir ein, daß ich ein Buch auf der Terrasse vergessen hatte, also ging ich es holen . . . und in dem Buch fand ich einen Briefumschlag ohne Anschrift, in ihm ein undeutlich mit Bleistift bekritzeltes Papier:

»Ich schreibe, um mich zu verständigen. Ich will in dem Meinigen nicht ganz allein sein, nicht Einzelgänger, nicht solo sein. Wenn man allein ist, kann man keine Sicherheit haben, ob man zum Beispiel nicht verrückt geworden ist. Zu zweit – ist das was anderes. Zwei geben Sicherheit und objektive Garantie. Zu zweit gibt es keine Verrücktheit!

Davor habe ich keine Angst. Denn ich weiß, daß ich nicht verrückt werden könnte. Auch wenn ich wollte. Das ist ausgeschlossen bei mir, ich bin ein Antiverrückter. Ich will mich gegen eine andere Sache sichern, eine vielleicht ernstere, nämlich gegen eine gewisse Anomalie möchte ich sagen, eine gewisse Vervielfachung von Möglichkeiten, die eintritt, wenn der Mensch sich entfernt und von dem einzigen, erlaubten Wege abweicht . . . Verstehen Sie? Ich habe keine Zeit zu einer klaren Präzisierung. Wenn ich von der Erde aus einen Ausflug auf irgendeinen anderen Planeten machen würde, oder auch nur auf den Mond, würde ich auch lieber mit jemandem zusammen sein – auf alle Fälle, damit meine Menschlichkeit etwas hätte, worin sie sich betrachten könnte.

Ich werde weiterhin schreiben, informierend. Streng vertraulich – inoffiziell – geheim auch vor uns, das heißt, das Papier verbrennen und mit niemandem sprechen, nicht einmal mit mir. Als ob nie etwas gewesen wäre . . . Wozu reizen – jemanden, oder sich? Am besten ohne Aufsehen.

Es ist sogar gut, daß Sie das auf der Insel gesehen haben. Was zwei sehen, sieht nicht nur einer. Doch zum Teufel die ganze Arbeit, anstatt daß sie das erregt und zusammengebracht hätte, taten sie es kalt wie Schauspieler . . . für mich nur, auf meinen Wunsch, und wenn sie sich an jemandem erregen, so an mir, nicht an sich! Welch ein Pech! Welch ein Pech! Sie wissen, wie es ist, denn Sie haben es gesehen. Aber das macht nichts. Wir werden sie schließlich entzünden.

Sie haben es gesehen, aber jetzt ist es nötig, daß Sie Wacław hinlocken. Soll er das sehen! *Bitte sagen Sie ihm so: 1. Als Sie spazierengingen, hätten Sie zufällig ihr Rendezvous auf der Insel bemerkt; 2. erachten Sie es als Ihre Pflicht, ihm dieses zu hinterbringen; 3. wüßten sie nicht, daß Sie es gesehen haben. Und morgen führen Sie ihn hin zu dem Spektakel, es geht darum, daß* er die beiden sehen soll, ohne mich zu sehen, *ich werde alles bis ins einzelne überlegen und aufschreiben, Sie werden Instruktionen erhalten. Unbedingt! Das ist wichtig! Gleich morgen! Er muß es wissen, muß es sehen!*

Sie fragen, welchen Plan ich habe? Gar keinen. Ich gehe der Linie der Spannungen nach, verstehen Sie? Ich gehe der Linie der Erregungen nach. Mir ist jetzt daran gelegen, daß er sie sieht, und auch sie sollen wissen, daß sie gesehen worden sind. Man muß sie in ihrem Verrat fixieren! Dann werden wir sehen, was weiter wird.

Bitte erledigen Sie das. Bitte nicht zurückschreiben. Die Briefe werde ich auf der Mauer am Tor unter einen Ziegelstein legen. Bitte die Briefe verbrennen.

Und dieser andere, diese Nr. 2, dieser Józiek, was mit ihm machen, wie, in welcher Kombination ihn mit ihnen kombinieren, damit das alles richtig spielt, spielt, er paßt ja wie angegossen, ich zerbreche mir den Kopf, ich weiß nichts, aber langsam wird sich die Schlinge zuziehen, sich alles verflechten, nur vorwärts, nur weiter! Bitte alles genau ausführen.«

Dieser Brief verbrühte mich! Ich begann im Zimmer umherzugehen, und schließlich ging ich mit ihm aufs Feld hinaus – wo mich die Schläfrigkeit der sich aufblähenden Erde begrüßte, die Flanken der Anhöhen auf dem Hintergrund des auseinanderstiebenden Himmels und der wachsende vornächtliche Druck aller Dinge. Eine Landschaft, die ich schon ausgezeichnet kannte, von der ich wußte, daß ich sie hier antreffen werde – aber der Brief stieß mich aus den Landschaften hinaus, oh, der Brief stieß mich hinaus, und ich meditierte, was machen, was machen? Was machen? Wacław, Wacław – aber dies würde ich um alles in der Welt nicht machen, das eignete sich überhaupt nicht dazu, gemacht zu werden – und es war erschreckend, daß der Nebel phantastischer Begierde sich in einer Tatsache materialisierte, in einer konkreten Tatsache, die ich in der Tasche hatte, in einem bestimmten Verlangen! Ob Friedrich etwa doch verrückt geworden war? Brauchte er mich nicht nur dazu, daß sich sein Wahnsinn durch mich legitimieren konnte? Wahrlich, das war der letzte Moment, um mit ihm zu brechen – und vor mir hatte ich eine sehr einfache Lösung, denn ich konnte mich ja mit Wacław und mit Hippolyt verständigen . . . und schon sah ich mich mit ihnen sprechen: »Hört, eine peinliche Geschichte . . . Ich fürchte, daß Friedrich . . . an irgendwelchen psychischen Störungen leidet . . . ich beobachte ihn seit längerer Zeit . . . na, nach all diesen verdammten Erlebnissen ist er nicht der erste und nicht der letzte . . . aber jedenfalls muß man darauf achten, ich habe den Eindruck, es ist irgendeine Manie, eine erotische Manie, und ich glaube gar in puncto Henia und Karol . . .« So würde ich sprechen. Und jedes dieser Worte würde ihn aus dem Bereich gesunder Menschen hinauswerfen, ihn zu einem Verrückten machen – und das alles könnte hinter seinem Rücken geschehen, ihn zu einem Objekt unserer diskreten Obhut und diskreten Aufsicht verwandeln. Er würde nichts davon wissen – nicht wissend, könnte er sich nicht wehren – aus einem Dämon würde ein Verrückter werden – das wäre alles. Ich aber würde das Gleichgewicht wiedererlangen. Es war noch nicht zu spät. Noch hatte ich nichts getan, was mich kompromittiert hätte, dieser Brief war die erste Verkörperung meiner Mittäterschaft mit ihm . . . darum begann er so auf mir zu lasten. Und daher mußte man sich entschließen – und als ich nach Hause zurückging, als die Bäume zu Flecken verschwammen, eingehüllt in eine Unbestimmtheit, deren einziger Inhalt Dämmerung war, trug ich meinen Entschluß bei mir, ihn unschädlich zu machen und ihn in die Sphäre gewöhnlichen Irrsinns hinauszuwerfen. Doch ein Ziegel schimmerte weißlich am Tor – und ich schaute nach – und dort wartete schon ein neuer Brief auf mich.

»Der Regenwurm! Sie wissen das! Sie haben das verstanden! Sie haben das damals sicher gespürt wie ich!

Dieser Regenwurm ist Wacław! Sie haben sich auf dem Regenwurm vereinigt. Sie werden sich auf Wacław vereinigen. Wacław zertretend.

Sie wollen nicht miteinander? Sie wollen nicht? Sie werden sehen, aus Wacław machen wir bald ein Bett für sie, auf dem sie sich paaren werden.

Man muß unbedingt Wacław in das hineinpacken, es muß sein

1. daß er das sieht. Fortsetzung folgt.«

Ich brachte den Brief nach oben auf mein Zimmer, dort erst las ich ihn. Es war demütigend, daß mir sein Inhalt so klar war – als hätte ich ihn mir selber geschrieben. Ja, Wacław sollte der gemeinsam zertretene Regenwurm sein, sollte die Sünde liefern, sie sündig machen, in die entflammende Nacht hineinstoßen. Was eigentlich, was stand dem entgegen, warum WOLLTEN SIE NICHT miteinander? Ach, ich wußte – und doch wußte ich nicht – es war bekannt, aber unfaßbar – als ob es dem erwachsenen Gedanken jung entschlüpfe ... aber jedenfalls war das irgendeine Enthaltsamkeit, irgendeine Moral, irgendein Gesetz, ja, ein inneres Verbot, dem sie gehorchten ... also irrte Friedrich sich wohl nicht, wenn er meinte, daß wenn sie zu zweit Wacław zertrampeln würden, wenn sie auf Wacław zügellos würden, sie eben dies auftauen würde! Wenn sie für Wacław zu Geliebten würden ... würden sie auch für sich zu Geliebten. Und für uns, die schon zu alten, war dies die einzige Möglichkeit einer erotischen Annäherung an sie ... Sie in diesen Verrat hineinstoßen! Wenn sie sich zusammen mit uns darin finden würden, entstünde eine Vermischung und Vereinigung! Ich verstand das! Und ich wußte auch, daß die Sünde sie nicht entstellen würde, im Gegenteil, diese Jugend und Frische würden mächtiger sein, wenn sie schwarz wurden, hinabgezogen von unseren überreifen Händen in die Verderbtheit und mit uns verbunden. Ja! Das wußte ich! Genug der anschmiegsamen und gewöhnlich anmutigen Jugend – hier ging es um das Erschaffen einer anderen Jugend, einer tragisch von uns Älteren durchdrungenen.

Enthusiasmus. Versetzte mich das denn nicht in Enthusiasmus? Aber ja, aber ohne Frage! Ich, der ich bereits jenseits der Schönheit war, ausgeschlossen aus dem schimmernden Netz der Bezauberung – und nicht bezaubernd, nicht mehr gewinnend, der Natur gleichgültig . . . ha, noch war ich zur Begeisterung fähig, aber ich wußte, daß meine Begeisterung schon niemals mehr begeisternd sein werde . . . also nahm ich am Leben teil wie ein geprügelter und räudiger Hund . . . Wenn sich aber in diesem Alter eine Gelegenheit bietet, sich am Blühen zu reiben, in die Jugend einzugehen, sei es auch auf Kosten von Depravation, und wenn es sich erweist, daß Häßlichkeit verwertbar sein kann, durch Schönheit absorbiert . . . Eine Versuchung, die Widerstände vernichtet, einfach unwiderstehlich ist! Enthusiasmus, ja, Wahnsinn sogar, ein würgender – doch andrerseits . . . Aber dennoch! Aber wie denn! Nein! Zu irrsinnig! So etwas macht man nicht! Es ist zu persönlich – zu privat und eigenartig – und ohne Präzedenzen! Und diesen Weg einschlagen, diesen dämonischen, besonderen, mit ihm, mit einem Wesen, vor dem ich Angst hatte, weil ich es als ein extremes Wesen empfand, weil ich wußte, daß es zu weit führen mußte!

Und, ganz wie Mephistopheles, Wacław die Liebe vernichten? Nein, du nichtswürdige und dumme Phantasie! Nicht für mich! Nicht um alles in der Welt! Also was? Sich zurückziehen, zu Hippolyt gehen, zu Wacław, einen klinischen Kasus daraus machen, den Teufel in einen Verrückten verwandeln, die Hölle in ein Krankenhaus . . . und schon wollte ich gehen, um wie mit einer Zange diese Zügellosigkeit zu packen, die grassierte. Grassierte? Wo? Was machte er in diesem Augenblick? Daß er in diesem Augenblick etwas machte, wovon ich nichts wußte, riß mich hoch wie eine Sprungfeder, ich ging hinaus, die Hunde sprangen um mich herum – niemand, nur das Haus, aus dem ich aufgetaucht war – vergegenwärtigte sich vor mir zur Existenz und stand daneben wie eine Sache. Die Küchenfenster erhellt. Im ersten Stock das Fenster Siemians (ich hatte ihn vergessen). Ich, vor dem Haus, plötzlich durchbohrt von der Distanz des Sternengewölbes und verloren inmitten von Bäumen. Ich zögerte, wurde schwankend, und dort war das Tor, an ihm der Ziegelstein, und ich ging zu ihm hin, als erfülle ich eine Pflicht, ich ging, und als ich schon nahe war, schaute ich mich um . . . ob er nicht irgendwo in den Büschen lauerte. Unter dem Ziegelstein – ein neuer Brief. Wie war er ins Schreiben geraten!

»Verstehen Sie richtig klar?

Ich habe schon etwas durchschaut.

1. EIN RÄTSEL: *warum sie nicht miteinander? . . . Was? Wissen Sie? Ich weiß. Das wäre allzu* VOLL *für sie. Allzu* GÄNZLICH. NICHTVOLLHEIT – VOLLHEIT, *dies ist der Schlüssel!*

Du großer Gott! Du bist Vollheit! Aber dies ist herrlicher als Du, und ich sage mich hiermit los von Dir.

2. EIN RÄTSEL: *warum suchen sie unsere Nähe? Warum flirten sie mit uns?*

Weil sie zwischen einander durch uns wollen. Durch uns. Und auch – durch Wacław. Durch uns, Witold, mein Lieber, durch uns, durch uns. Sie müssen durch uns. Deswegen kokettieren sie mit uns!

Haben Sie jemals so etwas gesehen? Daß sie uns dazu brauchen?

3. Wissen Sie, was bedrohlich ist? Daß ich auf dem Höhepunkt meiner geistig-intellektuellen Entwicklung bin, mich aber in leichten, unvollständigen Händen befinde, in erst heranwachsenden. Mein Gott! Sie wachsen noch! Leicht, leicht, oberflächlich führen sie mich in etwas, das ich werde ausschöpfen *müssen,* gänzlich, *gedanklich und gefühlsmäßig. Sie werden mir leicht-leichtsinnig den Kelch reichen, den ich bis zur Neige werde leeren müssen . . .*

Immer habe ich gewußt, daß mich so etwas erwartet. Ich bin Christus, auf einem sechzehnjährigen Kreuz ausgebreitet. Adieu! Auf Wiedersehen auf Golgatha. Adieu!«

Wie war er ins Schreiben geraten! Wieder saß ich bei der

Lampe oben im Zimmer: ihn verraten? Ausliefern? Doch in diesem Fall hätte ich auch mich verraten und ausliefern müssen!

Auch mich!

Nicht nur das Seinige war all dies. Das war auch das Meinige. Aus mir selber einen Verrückten machen? In mir selber die einzige Gelegenheit des Eintritts verraten . . . des Eintritts in was? In was? In was?! Was war das? Man rief mich von unten zum Abendessen. Als ich mich in dieser alltäglichen Zusammensetzung befand, die wir bei Tisch bildeten, kehrten alle uns umringenden Angelegenheiten wieder, der Krieg und die Deutschen, das Land und die Sorgen, und trafen mich . . . aber sie trafen mich wie aus irgendeiner Fremdheit . . . und waren schon nicht mehr meine.

Friedrich saß auch hier, auf seinem Platz – und diskutierte, Käsepasteten essend, über die Lage an den Fronten. Und er wandte sich mehrmals an mich und fragte nach meiner Meinung.

X

Die Einweihung Wacławs fand genau nach dem Programm statt. Sie wurde durch nichts Unvorhergesehenes kompliziert und verlief ruhig und glatt.

Ich sagte, ich »möchte ihm etwas zeigen«. Ich führte ihn an den Kanal zu der bestimmten Stelle, von wo aus man durch eine Lücke in den Bäumen die Szene betrachten konnte. An dieser Stelle des Kanals stand das Wasser ziemlich hoch – eine notwendige Vorsicht, damit er nicht auf die Insel vordringen und die Gegenwart Friedrichs entdecken konnte.

Ich zeigte es.

Die Szene, die Friedrich ihm zu Ehren ausgedacht hatte, war folgende: Karol unter einem Baum, sie dicht hinter ihm; beide, mit emporgerissenen Köpfen, starr auf etwas auf dem Baum schauend, vielleicht auf einen Vogel. Und er hob den Arm. Sie hob den Arm.

Ihre Hände, hoch über den Köpfen, verflochten sich »unwillkürlich«. Und als sie sich verflochten hatten, unterlagen sie einem Zug nach unten, einem raschen und heftigen. Beide, mit geneigten Köpfen, schauten eine Weile ihre Hände an. Und unvermutet fielen sie hin, man wußte eigentlich nicht, wer wen umgeworfen hatte, es sah aus, als hätten die Hände sie umgeworfen.

Sie fielen hin, und einen Moment lagen sie beisammen, doch sogleich sprangen sie auf ... Und wieder standen sie da, als wüßten sie nicht, was sie anfangen sollten. Langsam ging sie davon, er ihr nach, und sie verschwanden hinter den Büschen.

Eine in ihrer scheinbaren Einfachheit durchdachte Szene. In dieser Szene erfuhr die Einfachheit jener Vereinigung der Hände eine unerwartete Erschütterung – dieses Sich-auf-die-Erde-Werfen – die Natürlichkeit unterlag einer fast konvulsiven Komplikation, einer so gewaltsamen Abweichung von der Norm, daß sie eine Sekunde lang wie Marionetten in der Gewalt des Elementes schienen. Doch das war nur ein Moment, und ihr Sich-Erheben, ihr ruhiges Davongehen ließ vermuten, daß sie bereits daran gewöhnt waren ... Als ob ihnen das nicht zum erstenmal widerfahren wäre. Als ob sie das kannten.

Ausdünstungen des Kanals. Schwüle. Feuchtigkeit. Unbewegliche Frösche. Es war fünf Uhr, der Garten war ermattet. Hitze.

»Warum haben Sie mich hierhergeführt?«

Er stellte diese Frage, als wir zum Haus zurückgingen.

Ich antwortete:

»Ich hielt es für meine Pflicht.«

Er überlegte.

»Ich danke Ihnen.«

Als wir schon nahe am Haus waren, sagte er:

»Ich glaube nicht, daß dies ... von größerer Bedeutung ist ... Aber jedenfalls bin ich Ihnen dankbar, daß Sie mich aufmerksam gemacht haben . . . Ich werde mit Henia sprechen.«

Nichts weiter. Er ging auf sein Zimmer. Ich blieb allein, enttäuscht, wie das immer ist, wenn etwas sich verwirklicht – denn die Verwirklichung ist stets trübe, nicht deutlich genug, ohne die Größe und Reinheit der Absicht. Nach der Erfüllung der Aufgabe war ich plötzlich arbeitslos geworden – was mit mir anfangen? – leer geworden durch die Tatsache, die ich geboren hatte. Es dunkelte. Wieder dunkelte es. Ich ging aufs Feld hinaus und den Rain entlang, mit gesenktem Kopf, nur um zu gehen, unter den Füßen hatte ich die gewöhnliche, stille und brave Erde. Als ich zurückkehrte, schaute ich unter dem Ziegelstein nach, aber nichts wartete auf mich, nur der Ziegelstein, dunkel von Feuchtigkeit, kühl. Ich schritt den Weg über den Vorplatz zum Haus hin und blieb stehen, unfähig, dort hineinzugehen, in den Bereich der sich darin abspielenden Angelegenheit. Doch im gleichen Augenblick überfiel mich die Hitze ihrer Verflechtungen, ihres frühen und erwachten Blutes, ihr Geflecht, ihre Umarmung mit einer solchen Glut, daß ich die Tür einrannte und ins Haus stürzte, um weiter zu verwirklichen! Ich brach ein! Doch hier erwartete mich eine dieser plötzlichen Wendungen, die einen manchmal überraschen . . .

Hippolyt, Friedrich und Wacław im Arbeitszimmer – riefen mich.

Ich hatte den Verdacht, daß diese Konferenz mit der Szene auf der Insel zusammenhing, und näherte mich vorsichtig . . . aber etwas warnte mich, daß dies etwas anderes sei. Hippolyt saß hinter dem Schreibtisch, mißmutig, und glotzte mich an. Wacław ging im Zimmer umher. Friedrich hatte sich in einem Sessel halb liegend ausgestreckt. Schweigen. Wacław sagte:

»Man muß es Witold sagen.«

»Sie wollen Siemian liquidieren«, erklärte Hippolyt wie beiläufig.

Noch verstand ich nicht. Sogleich folgte eine Erläuterung,

die mich in eine neue Situation versetzte – und wieder roch es nach der theatralischen Schablone patriotischer Konspiration – und von diesem Eindruck war wohl auch Hippolyt nicht frei, denn er begann barsch zu reden, sogar so, als ob das eine Gnade wäre. Und streng. Ich erfuhr, daß Siemian in der Nacht »aus Warschau gekommene Personen getroffen« habe, um Einzelheiten einer bestimmten Aktion festzulegen, die er in der Umgebung leiten sollte. Aber im Laufe dieses Gesprächs kam es zu »einem Spaß, mein Herr«, denn angeblich sollte Siemian gesagt haben, daß er weder diese Aktion noch irgendeine andere mehr leiten werde, sowie, daß er sich ein für allemal aus der Konspiration zurückziehe und »nach Hause zurückkehre«. Ein Spaß, wahrhaftig! Es entstand ein Tumult, sie begannen ihn zu bedrängen, zum Schluß stieß er, schon sehr nervös geworden, hervor, daß er getan habe, was er konnte, und nun nicht mehr könne – daß ihm »der Mut ausgegangen« sei – daß sich »sein Mut in Angst verwandelt« habe – und »laßt mich in Frieden, etwas ist in mir kaputtgegangen, mir ist bange geworden, ich weiß selber nicht wie« – daß er sich nicht mehr eigne, daß es ein Leichtsinn wäre, ihn unter diesen Umständen mit irgend etwas zu betrauen, daß er loyal darauf hinweise und um Entlassung bitte. Das war nun schon zuviel. In einem heftigen, nervösen Meinungsaustausch begann der anfangs unklare, dann immer schärfere Verdacht zu keimen, daß Siemian verrückt geworden oder zumindest mit seinen Nerven vollkommen am Ende sei – und da brach eine Woge von Panik los, weil ein gewisses anderes Geheimnis, das man ihm anvertraut hatte, nun nicht mehr sicher sei, und man keine Gewißheit mehr haben könne, daß er es nicht ausplaudern werde ... und dies nahm wegen gewisser Nebenumstände die Ausmaße einer Katastrophe, einer Niederlage an, fast eines Weltuntergangs, und so, in dieser Konzentration, diesem Druck, dieser Spannung, schoß schließlich der entsetzte und entsetzliche Beschluß des Tötens, der sofortigen Liquidation hervor.

Hipp berichtete, sie hätten Siemian sofort aus seinem Zimmer holen und erschießen wollen, aber er, Hippolyt, habe einen Aufschub bis zur nächsten Nacht erfleht, indem er erklärte, daß man die Sache aus Rücksicht auf unsere, der Hausbewohner, Sicherheit erst technisch ausarbeiten müsse. Sie waren mit dieser Aufschiebung einverstanden, jedoch nur um vierundzwanzig Stunden. Sie fürchteten, er könne riechen, was ihm drohe, und flüchten. Powórna war übrigens für ihre Absicht am besten geeignet, denn Siemian war unter größter Geheimhaltung hierhergekommen, und niemand würde ihn hier suchen. Man beschloß, daß sie heute nacht kommen sollten, um das zu »erledigen«.

Warum mußte diese Wahrheit unseres Kampfes mit dem Feind und Aggressor in einer so grellen Kostümierung erscheinen – und in welchem Grade war dies zum Rasendwerden demütigend! – wie aus einem Schmierentheater – obwohl darin doch Blut war, Tod war, und zwar ganz echter! Ich fragte, um besser zu verstehen – mich an die neue Lage zu gewöhnen: »Was macht er jetzt?« Hippolyt erteilte mir die Antwort: »Er ist oben. In seinem Zimmer. Er hat sich eingeschlossen. Hat um Pferde gebeten, besteht darauf, heimzufahren. Aber ich kann ihm doch keine Pferde geben.«

Und er flüsterte für sich selber:

»Ich kann ihm doch keine Pferde geben.«

Zweifellos, das konnte er nicht. Etwas anderes war es, daß man dies nicht so erledigen konnte – einen Menschen auslöschen ohne Urteil, ohne Formalität, ohne jedes Papier? Doch das war nicht unsere Sache. Wir sprachen wie Menschen, die ein Unglück getroffen hatte. Als ich aber fragte, was sie zu tun beabsichtigten, traf ich auf eine fast ordinäre Antwort: »Was wollen Sie? Darüber ist kein Wort zu verlieren! Es muß gemacht werden!« Der Ton Hippolyts enthüllte den schlagartigen Wechsel in unseren Beziehungen. Ich hatte aufgehört, Gast zu sein, ich war im Dienst, mit ihnen zusammen in eine Schärfe, eine Grausamkeit eingesetzt, die sich ebenso gegen uns wie gegen Siemian wandte. Womit hatte er sich denn uns gegenüber schuldig gemacht? Plötzlich, von heut auf morgen, sollte man ihn, den eigenen Kragen riskierend, abschlachten.

»Vorläufig bleibt nichts zu tun. Sie sollen nachts um halb eins wiederkommen. Den Wächter habe ich nach Ostrowiec fortgeschickt mit einem angeblich eiligen Auftrag, die Hunde bleiben an der Kette. Ich werde sie nur zu ihm nach oben führen, sollen sie machen, was sie wollen. Nur habe ich zur Bedingung gemacht, daß es ohne Lärm geschehen muß, denn das ganze Haus könnte sonst aufwachen. Was die Leiche anbetrifft, die wird beseitigt . . . ich habe das schon überlegt – im Schuppen. Und morgen wird einer von uns Siemian angeblich zur Bahnstation bringen, und basta. Wenn's nur in aller Stille ist, kann man das glatt erledigen, und kein Mensch wird davon wissen.«

Friedrich fragte: »In diesem alten Schuppen hinter der Wagenremise?«

Er fragte sachlich, wie ein Verschwörer, wie ein Vollstrecker – und trotz allem empfand ich eine Erleichterung, ihn so mobilisiert zu sehen – ganz wie einen zum Rekruten gepreßten Säufer. Konnte er nicht mehr trinken? Und auf einmal kam mir dieses neue Abenteuer wie etwas Gesundes und weit Anständigeres vor als unsere bisherigen Unternehmen. Aber diese Beruhigung währte nicht lange.

Gleich nach dem Abendessen (das in Abwesenheit Siemians eingenommen wurde, der schon seit einigen Tagen »unwohl« war – das Essen wurde ihm nach oben gebracht) ging ich auf alle Fälle zum Tor, und dort unter dem Ziegel schimmerte weiß ein Papier.

»Eine Komplikation. Das ist uns in die Quere gekommen. Man muß abwarten. Ruhig, pst!

Man muß sehen, wie und was. Wie die Ereignisse verlaufen. Wenn es Krawall gibt und man abhauen muß, wir zum Beispiel nach Warschau, sie woandershin, na, da ist nichts zu machen – dann fällt alles auseinander.

Man muß die alte Hu . . kennen. Sie wissen, wen ich meine? Sie, das heißt die Natur. Wenn Sie von der Seite her mit so etwas Unerwartetem zu drängen beginnt, soll man nicht protestieren, sich nicht sträuben, man muß sich gehorsam, schmiegsam anpassen, faire bonne mine . . . *aber innerlich nicht lockerlassen, nicht* unser *Ziel aus den Augen verlieren, so, daß Sie weiß, daß wir dennoch ein anderes, ein* eigenes *Ziel haben. Sie pflegt anfangs in Ihren Eingriffen s. resolut, entschlossen etc. zu sein, doch nachher, als höre es auf, Sie zu interessieren, läßt Sie nach, und dann kann man heimlich zur* eigenen *Arbeit zurückkehren und dann sogar auf Ihre Nachsicht rechnen . . . Achtung! Regulieren Sie Ihr Verhalten nach meinem. Damit es keinen Widerspruch gibt. Ich werde schreiben. Den Brief* unbedingt *verbrennen.«*

Dieser Brief . . . Dieser Brief, der noch mehr als der vorige der Brief eines Verrückten war – aber ich verstand ihn so ausgezeichnet, diesen Wahnsinn. Er war so leserlich für mich! Diese *Taktik*, die er in seinen Beziehungen zur Natur anwandte – sie war mir ja nicht fremd! Und es war klar, daß er sein Ziel nicht aus den Augen ließ, dies war geschrieben, um nicht nachzugeben, um zu betonen, daß man weiterhin seiner Absicht treu bleibt, dieser Brief, der Fügsamkeit vortäuschte, war gleichzeitig ein Aufruf zum Widerstand und zur Hartnäckigkeit. Und wer weiß, ob er an mich geschrieben war, oder an Sie – damit *Sie weiß*, daß wir nicht die Absicht haben, nachzugeben – er sprach durch mich mit Ihr. Ich bedachte, daß jedes Wort Friedrichs, ähnlich wie jede seiner Taten, sich nur dem Anschein nach auf den bezogen, an den sie gerichtet waren, in Wirklichkeit aber sein unermüdlicher Dialog mit den Mächten waren . . . ein listiger Dialog, wo die Lüge der Wahrheit diente, die Wahrheit – der Lüge. Ach, wie er in diesem Brief so tat, als schreibe er im geheimen vor Ihr – während er in Wirklichkeit schrieb, damit Sie es erfuhr! Und er rechnete darauf, daß diese List Sie entwaffnen werde – Sie vielleicht lächeln machen werde . . . Der Rest des Abends ging für uns in Erwartung dahin. Heimlich schauten wir auf die Uhren. Die Lampe erhellte kaum das Zimmer. Henia, wie jeden Abend, hatte sich an Wacław gekauert, er, wie gewöhnlich, hielt sie umarmt, ich aber entdeckte, daß »die Insel« ganz und gar nichts an seinen Gefühlen geändert hatte. Undurchdringlich saß er neben ihr, und ich zerbrach mir den Kopf darüber, inwieweit er mit Siemian erfüllt war, und inwieweit ihn die Bewegung und der Lärm Karols erreichen konnte, der dort in Kisten herumstöberte und aufräumte. Maria nähte (ebenso wie auch »die Kinder« war sie nicht zu dem Geheimnis zugelassen). Friedrich mit ausgestreckten Beinen, die Arme auf den Lehnen des Sessels. Hippolyt auf einem Stuhl, in Gedanken vertieft. Unsere Erregtheit war in Müdigkeit eingehüllt.

Durch Siemian abgesondert, durch diese unsere geheime Aufgabe, bildeten wir, die Männer, eine besondere Gruppe. Doch es geschah, daß Henia fragte: »Was stellst du mit diesen Sachen an, Karol?« »Laß mich in Frieden!« antwortete er. Ihre Stimmen erschollen *in blanco*, man konnte nicht wissen, was sie bedeuteten, und unklar war ihre Wirkung – wir taten nicht einen Mucks.

Gegen elf Uhr gingen sie schlafen, zusammen mit Maria, und wir, die Männer, fingen an, uns zu rühren. Hippolyt legte Schaufeln, einen Sack, Stricke zurecht, Friedrich überprüfte für alle Fälle die Waffen, ich und Waclaw unternahmen draußen eine Inspektion. Die Fenster des Hauses waren erloschen außer einem im ersten Stock – dem Siemians – aus dem durch die Gardine ein blasser Dunst von Licht und Furcht drang, von Furcht und Licht. Wie hatte das kommen können, daß sich sein Mut so plötzlich in Angst verwandelt hatte? Was war mit diesem Menschen geschehen, daß er so von heut auf morgen zusammengebrochen war? Sich aus einem Anführer in einen Feigling verwandeln? Na bitte, was für ein Abenteuer! Auf einmal schien mir das Haus von zwei verschiedenen Möglichkeiten des Wahnsinns erfüllt, mit Siemian im ersten Stock, mit Friedrich im Parterre (der sein Spiel mit der Natur trieb) . . . beide waren sie auf irgendeine Art an die Wand gedrückt, bis zum Äußersten gebracht. Als ich ins Haus zurückkehrte, hätte ich fast laut lachen müssen beim Anblick Hippolyts, der zwei Küchenmesser betrachtete und ihre Schneiden prüfte. Mein Gott! Dieser brave Dicke, der sich, in einen Mörder verwandelt, zum Abschlachten anschickte, war wie aus einer Farce – und plötzlich machte die Pfuscherei unserer in einen Mord gepackten und so ungeschickten Anständigkeit daraus eine von Amateuren gespielte Vorstellung, die mehr komisch als bedrohlich war. Übrigens geschah das *für alle Fälle*, es hatte keinen entscheidenden Charakter. Und gleichzeitig verletzte das Blitzen des Messers wie etwas Unwiderrufliches: schon waren die Würfel gefallen, schon war das Messer gezückt!

Józio! . . . und die Augen Friedrichs, auf das Messer starrend, erlaubten keinen Zweifel, daß er daran dachte: Józio . . . das Messer . . . Identisch mit jenem Messer, dem von Amelia, dasselbe fast, und hier, unter uns – ach, dieses Messer knüpfte an jenes Verbrechen an, rief es hervor, war irgendwie dessen Wiederholung *a priori* – schon hier, schon jetzt, in der Luft hängend – eine zumindest sonderbare Analogie, eine bezeichnende Wiederholung. Das Messer. Wacław schaute ihm ebenfalls gespannt zu – und so hatten diese beiden Gemüter, Friedrich und Wacław, dieses Messer ergriffen und arbeiteten schon an ihm. Sie waren jedoch im Dienst, in Aktion – sie verschlossen dies in sich – und weiter gaben wir uns den Vorbereitungen und der Erwartung hin.

Eine Arbeit, die gemacht werden mußte – aber wie waren wir schon ermüdet, angewidert von dem Melodrama der Geschichte, wie lechzten wir nach Auffrischung! Nach Mitternacht begab sich Hippolyt in aller Stille zu dem Treffen mit den Leuten von der AK. Wacław ging nach oben, um die Tür Siemians zu bewachen – ich blieb mit Friedrich unten, und niemals hatte mich unsere Zweisamkeit mit einer solchen Last bedrückt. Ich wußte, daß er etwas zu sagen hatte – doch das Sprechen war uns verboten – also schwieg er – und obwohl niemand da war und niemand lauschen konnte, verhielten wir uns wie fremde Menschen, und diese Vorsicht eben rief aus dem Nichts irgendeine dritte Gegenwart unbekannten Charakters hervor, etwas Unfaßbares und Unnachgiebiges. Und sein Gesicht – mir schon so nahe, das Gesicht des Komplizen – und doch wie vermauert vor mir . . . Einer neben dem anderen waren wir einer neben dem anderen, und nichts weiter, wir waren nur und waren, bis die schweren Schritte und das Schnaufen Hippolyts sich vernehmen ließen und seine Rückkehr verkündeten. Er war allein. Was war geschehen? Eine Komplikation! Etwas hatte versagt. Etwas hatte sich verdreht. Panik. Die, die sich hatten melden sollen, waren nicht gekommen. Jemand anderer war erschienen und war schon wieder weggefahren. Und was Siemian anbetreffe, sagte Hipp, so . . .

»Es bleibt nichts anderes übrig, wir werden das selber erledigen müssen. Sie können nicht, sie müssen sich aus dem Staub machen. So ist der Befehl.«

Was?! Doch aus Hippolyts Worten drang ein Zwang, ein Befehl auf uns ein, unter keinen Umständen durfte man ihn freilassen, zumal jetzt, davon hing das Los vieler Menschen ab, man konnte nichts riskieren, es ist ein Befehl, nein, kein schriftlicher, dazu war keine Zeit, überhaupt ist keine Zeit, kein Wort ist zu verlieren, es muß gemacht werden! Uns ist das aufgetragen worden! So sah dieser Befehl aus, brutal, panisch, geboren in Gegenden uns unbekannter Spannung. Ihn in Zweifel ziehen? Das würde die Verantwortung für alle Folgen auf uns übertragen, und diese konnten katastrophal sein, denn ohne Grund hätte man sich nicht solch drastischer Mittel bedient. Und Widerstand unsrerseits hätte wie Suchen nach Ausflüchten aussehen können – indessen wir voneinander völlige Bereitschaft verlangten. Also konnte niemand jemandem auch nur dem Anschein nach eine Schwäche erlauben, und wenn uns Hippolyt sofort zu Siemian geführt hätte, hätten wir das wahrscheinlich in einem Schwung erledigt. Aber diese unerwartete Komplikation gab uns einen Vorwand, die Aktion auf die nächste Nacht zu verschieben, denn man mußte doch die Rollen verteilen, Vorbereitungen, Sicherheitsmaßnahmen treffen ... und es wurde klar, daß, wenn man verschieben könne, man verschieben müsse ... also wurde ich beauftragt, Siemians Tür bis zum Tagesanbruch zu bewachen, wonach mich Wacław ablösen sollte, und wir sagten einander gute Nacht, denn trotzdem waren wir wohlerzogene Personen. Hippolyt entfernte sich ins Schlafzimmer und nahm die Lampe mit, und wir verweilten noch eine Zeitlang an der Treppe, die zum ersten Stock hinaufführte, da irgend jemandes Gestalt sich durch die dunkle Zimmerflucht bewegte. Wacław hatte eine Taschenlampe und ließ eine Lichtsäule erstrahlen. Karol. Im Hemd.

»Wo warst du? Was machst du nachts?« rief Wacław mit unterdrückter Stimme, sich nicht beherrschend.

»Ich war im Badezimmer.«

Das konnte wahr sein. Und sicherlich hätte Wacław nicht unerwarteterweise ein so durchdringendes Stöhnen ausgestoßen, wenn er nicht selber Karol durch das Licht seiner eigenen Taschenlampe hätte auftauchen lassen. Aber als er ihn hatte auftauchen lassen, stöhnte er laut, fast unanständig auf. Er überraschte uns mit diesem Stöhnen. Nicht minder überraschte der ungewöhnlich ordinäre und herausfordernde Ton Karols:

»Was wollen Sie von mir?«

Er war zu einer Schlägerei bereit. Der Verlobte machte augenblicklich die Taschenlampe aus. »Ich bitte vielmals um Entschuldigung«, vernahmen wir in der Finsternis. »Ich habe nur so gefragt.«

Und er ging rasch davon, im Dunkeln.

Ich brauchte mein Zimmer nicht zu verlassen, um Siemian zu bewachen – wir wohnten Wand an Wand. Es war still bei ihm, doch die Lampe hatte er nicht ausgemacht. Ich wollte mich lieber nicht hinlegen, aus Furcht, ich könnte einschlafen, ich setzte mich an den Tisch, und noch pulsierte mir der Rhythmus des rasenden Laufes der Geschehnisse im Kopf, mit dem ich mir keinen Rat wußte – denn über der materiellen Flut der Tatsachen schwebte eine mystische Sphäre von Akzenten und Bedeutungen wie Sonnenglanz über einem Wasserstrudel. Etwa eine Stunde saß ich so in den glitzernden Strom versonnen, da erblickte ich ein Papier, das mich, in den Türspalt hineingezwängt, erwartete.

»Apropos des letzten Zusammenstoßes W–K. Wie die Wut herausschoß! K. hätte ihn verprügelt!

Sie wissen schon, daß er sie gesehen hat. Darum.

Sie wissen es schon, weil ich es ihnen gesagt habe. Ich sagte ihnen, daß Sie mir gesagt hätten, Wacław habe Ihnen gesagt, daß er zufällig das auf der Insel gesehen hätte. Daß er sie (nicht mich) gesehen hätte, als er auf dem Pfad spazierenging, durch Zufall.

Wie man sich leicht denken kann, lachten sie, das heißt, sie lachten gemeinsam, *denn ich sagte es beiden zugleich, und da sie zusammen waren, mußten sie lachen . . . denn* zusammen *und dazu mir gegenüber! Nun sind sie bereits* FIXIERT *als die lachenden Peiniger Ws. Das heißt insofern, als sie zusammen sind, im Paar, als Paar – denn Sie haben ja gesehen beim Abendessen, sie, nur als sie, das heißt einzeln, bleibt ihrem Verlobten treu. Aber zu zweit lachen sie über ihn.*

Und jetzt das MESSER.

Dieses Messer schafft die Verbindung S (Siemian) – S^1 (Skuziak).

Woraus ferner folgt: (S S^1) – W. Durch A, durch die Ermordung Amelias.

Doch wiederum: W – (K H). Oder: (K H) – (S S^1).

Was für eine Chemie! Wie sich das alles verbindet! Das sind noch undeutliche Verbindungen, aber schon ist zu sehen, daß eine NEIGUNG *in dieser Richtung besteht . . . Und wenn man denkt, daß ich nicht wußte, was mit diesem Skuziak anfangen – und hier ist er nun selber mit diesem* MESSER *hineingekrochen. Aber vorsichtig. Um ihn nicht scheu zu machen! Man darf nichts forcieren . . . man darf sich nicht aufdrängen, schwimmen wir mit dem Strom, als wenn nichts wäre, nur jede Gelegenheit ausnützend, um* unserem *Ziel näherzukommen.*

Man muß mit Hipp zusammenarbeiten in der Untergrundaktion. Ohne zu verraten, daß unsere Untergrundaktion eine andere ist. Verhalten Sie sich so, als steckten Sie im nationalen Kampf, in der AK, in dem Dilemma Polen–Deutschland, als ginge es darum . . . während es uns in Wirklichkeit darum geht, daß HENIA MIT KAROL

Aber das darf man nicht zeigen. Das darf man niemanden merken lassen. Davon nicht einen Mucks. Niemandem. Nicht einmal sich selber. Das darf man nicht unterschieben – vorschlagen. Still! Das soll sich von selber machen . . .

Dazu ist Mut und Beharrlichkeit nötig, denn wir müssen in aller Stille auf dem Unsrigen bestehen, wenn es auch nach Schweinerei aussehen sollte. Die Schweinerei hört auf, Schweinerei zu sein, wenn wir auf ihr bestehen! Wir müssen vorwärtsdrängen, denn wenn wir nachlassen, wird uns die Schweinerei ertränken. Lassen Sie sich nicht hinausdrängen – kein Verrat! Es gibt kein Zurück. Ich grüße Sie. Meine Hochachtung. Verbrennen Sie das.«

»Verbrennen Sie das«, befahl er. Doch es war bereits geschrieben. »ES GEHT DARUM, DASS HENIA MIT KAROL« . . . An wen war das gerichtet? An mich? Oder an Sie, an die Natur?

Jemand klopfte an die Tür.

»Bitte.«

Es war Wacław.

»Darf ich Sie sprechen?«

Ich trat ihm meinen Stuhl ab, auf den er sich setzte. Ich setzte mich aufs Bett.

»Ich bitte sehr um Entschuldigung, ich weiß, Sie sind

müde. Aber eben vor einem Augenblick bin ich zur Überzeugung gelangt, daß ich kein Auge werde schließen können, bevor ich nicht mit Ihnen gesprochen habe. Anders als bisher. Aufrichtiger. Ich hoffe, Sie werden mir das nicht übelnehmen. Sie werden sich denken können, worum es geht. Um ... um das auf der Insel.«

»Nicht viel könnte ich Ihnen ...«

»Ich weiß. Ich weiß. Verzeihen Sie bitte, daß ich Sie unterbrochen habe. Ich weiß, daß Sie nichts wissen. Aber ich möchte wissen, was Sie denken. Ich kann mit meinen Gedanken nicht fertig werden. Was denken Sie darüber? Was – denken Sie?«

»Ich? Was kann ich davon denken? Ich habe Ihnen das nur gezeigt, weil ich es für meine ...«

»Natürlich. Ich bin Ihnen sehr verbunden. Ich weiß wirklich nicht, wie ich Ihnen danken soll. Aber ich möchte Ihren Standpunkt wissen. Vielleicht erkläre ich zunächst meinen Standpunkt. Meines Erachtens ist das nichts. Das ist nichts von Bedeutung – denn sie kennen einander schon von Kind auf und ... Das ist mehr Dummheit als ... In diesem Alter übrigens! Sicherlich war da in den früheren Jahren irgendwas zwischen ihnen ... vielleicht solche halb kindlichen, wissen Sie, Neckereien und Vertraulichkeiten, und das hat eine etwas spezifische Form angenommen – eine wunderliche, nicht? Und jetzt kommen sie manchmal darauf zurück. So eine beginnende, keimende Sinnlichkeit. Aber es kann auch eine gewisse optische Täuschung sein, denn wir schauten von weitem, hinter Sträuchern hervor. Ich kann an Henias Gefühlen nicht zweifeln. Ich habe kein Recht dazu. Ich habe keine Grundlage. Ich weiß, daß sie mich liebt. Wie könnte ich unsere Liebe überhaupt vergleichen mit solchen ... Kindereien. Solch unsinnigen!«

Körper! Er saß genau vor mir. Körper! Er war im Schlafrock – war mit seinem Körper, mit seinem korpulenten, verhätschelten, fettlichen und weißlichen, toilettenhaften und schlafrockigen! Er saß mit diesem Körper wie mit einem Koffer da, oder sogar mit einem Necessaire. Körper! Ich, durch den Körper wütend und dadurch körperlich, beobachtete ihn spöttisch und spottete seiner aus ganzer Lust, fast hätte ich dabei gepfiffen. Nicht eine Spur von Mitleid. Körper!

»Sie können mir glauben oder nicht, aber ich hätte mich wirklich nicht darüber aufregen können ... Nur daß ... eine Sache mich quält. Und ich weiß nicht, ob das nicht eine Täuschung ist ... Deswegen möchte ich fragen. Ich bitte im voraus um Verzeihung, wenn das etwas ... phantastisch sein sollte. Ich gestehe, ich weiß nicht einmal, wie ich das sagen soll. Das, was sie machten ... wissen Sie, so plötzlich fielen sie hin, dann standen sie auf ... sie müssen zugeben, daß das ... recht sonderbar gewesen ist. *So* macht man das nicht!«

Er schwieg und schluckte den Speichel hinunter und wurde beschämt, daß er schluckte.

»Diesen Eindruck haben Sie?«

»Das ging nicht normal zu. Wissen Sie, wenn sie sich geküßt hätten – aber auf gewöhnliche Art ... Wenn er, sagen wir, sie umgeworfen hätte ... auf gewöhnliche Art. Selbst wenn er sie auf gewöhnliche Art vor meinen Augen besessen hätte. Das alles hätte mich weniger aus ... der Fassung gebracht ... als diese ... Wunderlichkeit ... Wunderlichkeit dieser Bewegungen ...«

Er faßte meine Hand. Sah mir in die Augen. Ich erstarrte vor Ekel. Und ich begann ihn zu hassen.

»Bitte sagen Sie mir ehrlich, habe ich recht? Doch vielleicht habe ich das nicht so gesehen, wie man sollte? Vielleicht liegt die Wunderlichkeit an mir? Ich weiß es selber nicht. Bitte sagen Sie mir!«

Körper!

Indem ich meine leichtfertige, aber mitleidlose Bosheit sorgsam verbarg, sagte ich – eigentlich nichts – aber dies Nichts goß Öl aufs Feuer:

»Was ich? ... In der Tat ... Vielleicht bis zu einem gewissen Grad ...«

»Aber ich weiß nicht, welches Gewicht ich dem beimessen soll?! Ob das etwas – Wesentliches ist? Und inwieweit? Vor allem sagen Sie mir: Glauben Sie nicht, daß sie und er? ...«

»Was?«

»Verzeihen Sie! Ich denke an *Sex-Appeal*. Das, was wir *Sex-Appeal* nennen. Als ich die beiden zum erstenmal zusammen sah ... das war vor einem Jahr ... fiel es mir sofort in die Augen. *Sex-Appeal*. Anziehung. Geschlechtliche Anziehung. Er und sie. Aber damals dachte ich noch nicht ernsthaft an Henia. Und dann, als sie in mir das Gefühl erweckt hatte, trat jenes in den Hintergrund, angesichts meines Gefühls wurde es bedeutungslos, und ich beachtete es nicht mehr. Es war ja kindlich! Erst jetzt ...«

Er holte Atem.

»Jetzt fürchte ich, daß das vielleicht – schlimmer als alles ist, was ich imstande wäre mir vorzustellen.«

Er erhob sich.

»Sie warfen sich auf die Erde ... nicht so, wie sie sich hätten werfen sollen. Und gleich standen sie wieder auf – auch nicht so. Und gingen davon, auch nicht so ... Was ist das? Was soll das bedeuten? *So* macht man das nicht!«

Er setzte sich.

»Was? Wie? Worauf beruht das?«

Er sah mich an.

»Wie mir das die Phantasie verdreht! Sagen Sie! Sagen Sie endlich etwas! Lassen Sie mich nicht allein damit!« Er lächelte blaß. »Bitte verzeihen Sie mir.«

Also auch dieser suchte meine Gesellschaft und zog es vor, »nicht allein damit zu sein« – wahrlich, ich hatte Erfolg! Doch im Gegensatz zu Friedrich flehte er darum, ihm seinen Wahn nicht zu bestätigen, und mit Herzklopfen wartete er auf mein Verneinen, das alles in die Sphäre der Hirngespinste verwiesen hätte. Von mir hing es ab – ob ich ihn beruhigen sollte ... Körper! Wenn er doch nur als Seele zu mir gesprochen hätte! Aber der Körper! Und diese meine Leichtigkeit! Und dazu, um ihn für immer in die Hölle zu bringen, mußte ich mich nicht anstrengen, es genügte, wie vorhin, ein paar undeutliche Worte zu murmeln: »Ich muß gestehen ... Es kann sein ... Es fällt mir schwer zu sagen ... Vielleicht ...« So sagte ich.

Er erwiderte:

»Sie liebt mich, und ich weiß bestimmt, daß sie mich liebt, sie liebt mich!«

Er wehrte sich, trotz allem.

»Liebt? Ich zweifle nicht. Aber meinen Sie nicht, daß zwischen denen Liebe überflüssig ist? Der Liebe bedarf sie mit Ihnen, nicht mit ihm.«

Körper!

Lange Zeit sagte er nichts. Er saß still da. Ich saß ebenfalls und schwieg. Stille umfaßte uns. Friedrich? Schlief er? Und Siemian? Und Józek in der Speisekammer? Was tut er? Schläft er? Das Haus war wie mit vielen Pferden bespannt, von denen jedes in eine andere Richtung riß.

Er lächelte verlegen.

»Das ist tatsächlich peinlich«, sagte er. »Vor kurzem verlor ich die Mutter. Und jetzt ...«

Er überlegte.

»Ich weiß wirklich nicht, wie ich mich für diesen nächtlichen Überfall entschuldigen soll. Mit mir allein war es mir – unmöglich. Ich möchte Ihnen noch etwas sagen, wenn Sie erlauben. Mir liegt daran, daß das gesagt wird. Was ich sagen werde ist ... folgendes. Hören Sie zu. Mich selber wundert es manchmal, daß sie ... für mich etwas fühlt. Wenn es um mein Gefühl geht – so ist das etwas anderes. Ich fühle für sie das, was ich fühle, denn sie ist für die Liebe geschaffen, ist für die Liebe da, ist da, um geliebt zu werden. Was aber kann sie an mir lieben? Mein Gefühl, meine Liebe zu ihr? Nein, nicht nur; sie liebt auch *mich selber* – aber warum? Aber was liebt sie an mir? Sie sehen ja, wie ich bin. Ich habe keine Illusionen, ich gefalle mir nicht allzusehr, und ich weiß wirklich nicht, ich kann nicht verstehen, daß sie etwas an mir für sich ausersehen hat, und ich muß sogar gestehen, das ärgert mich, und wenn ich ihr etwas vorzuwerfen hätte, so eben, daß sie mich . . . so gnädig annimmt. Ob Sie mir wohl glauben können, daß in Augenblicken heißester Ekstase ich ihr eben diese Ekstase übelnehme, dies, daß sie sich mit mir ihr hingibt? Und niemals habe ich mich mit ihr ungezwungen fühlen können, immer war das für mich irgendeine Gnade, ein mir gemachtes Zugeständnis, ich mußte mich sogar zum Zynismus aufraffen, um diese »Vergünstigung« zu nützen, diese so gütige Einrichtung der Natur. Gut. Bei alldem aber – liebt sie mich. Das ist Tatsache. Unverdient oder verdient, Vergünstigung oder nicht, sie liebt mich.«

»Sie liebt Sie. Zweifellos.«

»Warten Sie! Ich weiß, was Sie sagen wollen: daß jenes außerhalb der Liebe ist, auf einem anderen Gebiet. Richtig! Infolgedessen eben ist diese Begebenheit, die mir begegnet ist . . . auf unmoralische Art barbarisch, außergewöhnlich ausgesucht in ihrer Bosheit – daß es schwer zu begreifen ist, durch welch ein teuflisches Wunder das geschehen konnte. Wenn sie mich mit einem anderen Mann betrügen würde . . .«

»Meine Verlobte treibt es mit irgendeinem anderen«, sagte er plötzlich in einem anderen Ton und sah mich an. »Was heißt das? Und wie kann ich mich wehren? Was soll ich machen?«

»Sie treibt es mit einem außerhalb . . .«, vervollständigte er, »und auf eine wunderliche Art . . . eine exklusive . . . nie gekannte . . . die mich trifft, mich durchdringt, wissen Sie, denn ich fühle diesen Geschmack heraus, ich erfasse dies . . . Ob Sie mir wohl glauben, daß ich auf Grund dieser kleinen Probe, die wir gesehen haben, in Gedanken *alles* rekonstruiert habe, was zwischen ihnen möglich ist, das Ganze ihres

Verkehrs. Und das ist so . . . erotisch genial, daß ich mir nicht vorstellen kann, wie sie darauf verfallen sind! Das ist wie aus einem Traum! Wer hat das ersonnen? Er oder sie? Wenn sie – dann ist sie eine Künstlerin!«

Nach einer Weile:

»Und wissen Sie, was mir scheint? Daß sie sich ihm nicht hingegeben hat. Und daß dies fürchterlicher ist, als wenn sie miteinander leben würden. Solch ein Gedanke, das ist reiner Wahnsinn, nicht wahr? Und dennoch! Denn, hätte sie sich ihm hingegeben, so könnte ich mich wehren, aber so . . . kann ich nicht . . . und es ist möglich, daß sie, indem sie sich ihm nicht hingibt, noch mehr sein ist. Denn alles zwischen ihnen geschieht anders, anders! Das ist anders! Das ist anders!«

Ha! Eines wußte er nicht. Daß das, was er auf der Insel gesehen hatte, *für* Friedrich und *durch* Friedrich geschah – es war eine Art Bastard, erzeugt durch die beiden und Friedrich. Und welch eine Genugtuung – ihn in Unwissenheit zu halten, ihn, der keine Ahnung davon hatte, daß ich, sein Vertrauter, auf jener Seite bin, mit dem Element, das ihn vernichtet. Obwohl das nicht mein Element war (weil zu jung). Obwohl ich sein Kamerad war, nicht ihrer – und indem ich ihn ruinierte, ruinierte ich eigentlich mich. Aber – eine wundervolle Leichtigkeit!

»Das kommt vom Krieg«, sagte er. »Das kommt vom Krieg. Aber warum muß ich Krieg führen mit Milchbärten? Einer hat mir die Mutter getötet, und der andere . . . Das ist zuviel, eine Spur zuviel. Das ist schon übertrieben. Wollen Sie wissen, wie ich mich verhalten werde?«

Da ich nichts erwiderte, wiederholte er mit Nachdruck:

»Wollen Sie wissen, wie ich vorgehen werde?«

»Ich höre. Sprechen Sie.«

»Ich werde keinen Fußbreit nachgeben.«

»Aha!«

»Ich werde nicht erlauben, sie zu verführen – noch mich.«

»Wie meinen Sie das?«

»Ich werde hart bleiben und auf der Hut sein. Ich liebe sie. Sie liebt mich. Nur das ist wichtig. Der Rest muß weichen, der Rest muß ohne Bedeutung sein, denn so will ich es. Ich bin fähig, das zu wollen. Wissen Sie, eigentlich glaube ich nicht an Gott. Meine Mutter ist gläubig gewesen, ich nicht. Aber ich will, daß Gott existiert. Ich will – und das ist wichtiger, als wenn ich von seiner Existenz nur überzeugt wäre. In diesem Fall bin ich ebenfalls fähig, zu wollen, und werde mein Recht behaupten, meine Moral. Ich werde Henia zur Ordnung rufen. Bisher habe ich nicht mit ihr gesprochen, aber gleich morgen werde ich mit ihr eine Aussprache haben und werde sie zur Ordnung rufen.«

»Was werden Sie ihr sagen?«

»Ich werde mich anständig benehmen und werde sie zur Anständigkeit zwingen. Ich werde mich achtungsvoll benehmen – ich werde sie achten und sie zwingen, mich zu achten. Ich werde sie so behandeln, daß sie mir ihr Gefühl und ihre Treue nicht wird versagen können. Ich glaube, daß Achtung und Ehrerbietung, wissen Sie – verpflichten. Und diesem Bengel gegenüber werde ich mich ebenfalls so verhalten, wie es nötig ist. Jetzt, letztens, hat er mich etwas aus dem Gleichgewicht gebracht – das wird nicht wieder passieren.«

»Sie wollen sich . . . gewichtig benehmen?«

»Sie nehmen mir das Wort aus dem Munde! Gewichtigkeit! Ich werde sie zur Gewichtigkeit zurückrufen!«

»Ja, aber ›Gewichtigkeit‹ kommt von ›Gewicht‹. Gewichtig ist der, der sich mit dem befaßt, was das Wichtigste ist. Was aber ist das Wichtigste? Für Sie kann eines das Wichtigste sein, für die beiden – etwas anderes. Ein jeder sucht sich das nach Gutdünken aus – und nach seinem Maß.«

»Wieso? Ich bin gewichtig, nicht die beiden. Wie können sie gewichtig sein, wenn das Kindereien sind, Dummheiten, Unsinn. Idiotie!«

»Und wenn – für sie – Kindereien wichtiger sind?«

»Was? Für sie muß das wichtiger sein, was für mich wichtig ist. Was wissen die schon? Ich weiß es besser! Ich werde sie zwingen! Sie werden nicht leugnen, daß ich wohl wichtiger bin als die beiden, meine Vernunftgründe müssen entscheidend sein.«

»Warten Sie. Ich dachte, Sie erachten sich für gewichtiger Ihrer Grundsätze wegen ... aber nun läuft es darauf hinaus, daß Ihre Grundsätze darum wichtiger sind, weil Sie selbst wichtiger sind. Persönlich. Als Person. Als der Ältere.«

»Wenn nicht so, dann eben anders!« rief er. »Das kommt aufs gleiche heraus! Entschuldigen Sie vielmals. Diese Vertraulichkeiten zu so später Stunde. Ich danke Ihnen vielmals.«

Er ging hinaus. Mir wurde es zum Lachen. Das war ein Spaß! Er hatte angebissen – und zappelte wie ein Fisch!

Welch einen Streich hatte ihm unser Pärchen gespielt!

Litt er? Litt er? Nun ja, er litt, aber das war ein angefettetes Leiden – ein mattes – kahlköpfiges ...

Die Anmut war auf der anderen Seite. Also war auch ich »auf der anderen Seite«. Alles, was von dorther kam, war entzückend und ... fähig, einen zu gewinnen ... einnehmend ... Körper.

Dieser Bulle, der so tat, als verteidige er die Moral, und in Wirklichkeit sich mit seinem eigenen Gewicht auf die beiden drängte! Er drängte mit sich auf sie. Er zwang diese seine Moral aus keinem anderen Grunde auf, als aus dem, daß sie »seine« war – schwerer, älter, mehr entwickelt ... die Moral eines Mannes. Er zwang sie mit Gewalt auf!

Das war mir ein Bulle! Ich konnte ihn nicht leiden. Nur daß ... war ich denn nicht selber wie er? Ich – ein Mann ... Daran dachte ich, als wieder an die Tür geklopft wurde. Ich war sicher, es sei Wacław, der zurückkam – aber es war Siemian! Ich mußte husten, ihm ins Gesicht – dies hatte ich nicht erwartet!

»Entschuldigen Sie, daß ich störe, doch ich hörte Stimmen

und wußte, daß Sie nicht schlafen. Dürfte ich um ein Glas Wasser bitten?«

Er trank langsam, mit kleinen Schlucken, ohne mich anzuschauen. Ohne Krawatte, mit aufgeknöpftem Hemd und zerknüllt – und die Haare waren pomadisiert, aber gesträubt, und alle Augenblicke fuhr er mit den Fingern hindurch. Er leerte das Glas, ging aber nicht hinaus. Er stand da und fuhr sich durch die Haare.

»Was für eine Arabeske!« murmelte er. »Es ist nicht zu glauben! . . .« Er stand weiter da, als sei ich nicht da. Absichtlich sagte ich nichts. Halblaut, nicht zu mir, sagte er:

»Ich brauche Hilfe.«

»Womit kann ich Ihnen dienen?«

»Sie wissen, daß ich vollkommen zusammengebrochen bin?« fragte er gleichgültig, als handle es sich nicht um ihn.

»Ich muß gestehen . . . Ich verstehe nicht . . .«

»Sie müßten aber *au courant* sein«, lachte er auf. »Sie wissen, wer ich bin. Und daß ich zusammengebrochen bin.«

Er fuhr sich durch die Haare und wartete auf meine Antwort. Er konnte ohne Ende warten, denn er verfiel in Nachdenken, oder war vielmehr auf irgendeinen Gedanken konzentriert, obwohl er nicht nachdachte. Ich beschloß zu erfahren, was er wollte – und erwiderte, ich sei allerdings *au courant* . . .

»Sie sind ein sympathischer Mensch . . . Ich konnte da nebenan nicht mehr länger . . . in der Abgeschiedenheit . . .« Er wies mit dem Finger auf sein Zimmer. »Wie soll ich mich da ausdrücken? Ich beschloß, mich an jemanden zu wenden. Ich beschloß, mich an Sie zu wenden. Vielleicht darum, weil Sie sympathisch sind, oder vielleicht darum, weil wir Wand an Wand . . . Länger kann ich nicht mehr allein sein. Ich kann nicht, und basta! Gestatten Sie, daß ich Platz nehme.«

Er setzte sich, und seine Bewegungen waren wie nach einer Krankheit – behutsam, als habe er keine Gewalt über die Glieder und müsse erst jede Bewegung bedenken. »Ich möchte um eine Information bitten«, sagte er, »ist hier etwas gegen mich im Gange?«

»Wieso?« fragte ich.

Er beschloß zu lachen und sagte dann:

»Sie werden entschuldigen, ich möchte offen ... doch zuerst muß ich erklären, in welcher Eigenschaft ich hier vor Ihnen erscheine. Ich werde ein wenig über mein Leben referieren müssen. Bitte hören Sie mich freundlichst an. Übrigens müssen Sie vieles von mir vom Hörensagen wissen. Sie haben von mir gehört als von einem mutigen Menschen, einem gefährlichen, kann man sagen ... Na ja ... Aber jetzt, unlängst, hat mich dies befallen ... Ich habe die Fassung verloren, wissen Sie. So eine Schwäche. Vor einer Woche. Ich saß, wissen Sie, bei der Lampe, und auf einmal kommt mir so eine Frage in den Sinn: warum ist dir bisher nichts schiefgegangen? Und wenn es morgen schiefgeht, und du fällst herein?«

»Das haben Sie ja öfters denken müssen.«

»Natürlich! Oft! Aber diesmal war das nicht alles – denn mir kam gleich noch ein anderer Gedanke, der, daß ich so nicht denken dürfe, denn das könnte mich eventuell weich machen, mich öffnen, weiß der Teufel, der Gefahr zugänglich machen. Ich dachte mir, es sei besser, nicht so zu denken. Aber sobald ich so gedacht hatte, konnte ich diesen Gedanken nicht mehr loswerden, und es hatte mich erwischt, und jetzt, ständig, ständig muß ich denken, daß etwas schiefgehen wird und ich nicht daran denken darf, weil es sonst schiefgehen wird, und so im Kreis herum. Oh, es hat mich erwischt!«

»Die Nerven.«

»Das sind nicht die Nerven. Wissen Sie, was? Das ist eine Verwandlung. Die Verwandlung des Muts in Angst. Dagegen ist nichts zu machen.«

Er zündete sich eine Zigarette an. Er zog den Rauch ein, blies ihn aus.

»Mein Herr, vor drei Wochen noch hatte ich ein Ziel vor mir, eine Aufgabe, hatte einen Kampf, dieses oder jenes

Objekt . . . Jetzt habe ich nichts. Alles ist an mir heruntergerutscht wie, mit Verlaub, die Hosen. Jetzt denke ich nur daran, daß mir nichts passiert. Und ich habe recht. Der, der um sich selber fürchtet, hat immer recht! Das Schlimmste ist, daß ich recht habe – erst jetzt habe ich recht! Aber was wollt ihr von mir? Ich sitze schon den fünften Tag hier. Ich bitte um Pferde – man gibt sie mir nicht. Ihr haltet mich wie in einem Gefängnis. Was wollt ihr mit mir machen? Ich winde mich in diesem Zimmer hier oben . . . Was wollt ihr denn?«

»Beruhigen Sie sich. Das sind die Nerven.«

»Wollt ihr mich erledigen?«

»Sie übertreiben.«

»So dumm bin ich nicht. Ich habe versagt . . . Es ist ein Unglück, daß ich mich in meiner Angst verplappert habe, jetzt wissen sie's. Solange ich mich nicht fürchtete, fürchteten sie mich nicht. Jetzt, da ich mich fürchte, bin ich gefährlich geworden. Ich verstehe das. Man kann kein Vertrauen in mich setzen. Aber ich wende mich an Sie als Menschen. Ich habe den Beschluß gefaßt: aufzustehen, zu Ihnen zu kommen und es rundheraus zu sagen. Das ist meine letzte Chance. Ich komme geradewegs zu Ihnen, denn ein Mensch in meiner Lage hat keinen anderen Ausweg. Hören Sie mich an, das ist ein Teufelskreis. Ihr fürchtet mich, weil ich euch fürchte, ich fürchte euch, weil ihr mich fürchtet. Ich kann nicht anders herauskommen als durch einen Sprung, und darum – pardauz – falle ich nachts bei Ihnen ein, obwohl wir uns nicht kennen . . . Sie sind ein intelligenter Mensch, ein Schriftsteller – verstehen Sie mich doch, reichen Sie mir die Hand, damit ich herauskomme.«

»Was soll ich tun?«

»Sie sollten mir erlauben, wegzufahren. Mich von ihnen loszumachen. Nur davon träume ich. Mich losmachen. Mich zurückziehen. Ich würde zu Fuß fortgehen – aber ihr wäret imstande, mich auf dem Felde irgendwo zu erwischen und . . . Überzeugen Sie sie, damit sie mir erlauben, wegzufahren, daß ich niemandem mehr etwas tun werde, daß ich es satt bin, daß ich nicht mehr kann. Ich möchte – ruhig sein. Ruhig. Haben wir uns einmal getrennt, wird es keine Schwierigkeiten geben. Mein Herr, tun Sie das, ich flehe Sie an, denn, wissen Sie, ich kann nicht mehr ... Oder helfen Sie mir zu fliehen. Ich wende mich an Sie, denn ich kann ja nicht allein sein gegen alle wie ein Geächteter – reichen Sie mir die Hand, lassen Sie mich nicht so zurück. Wir kennen uns nicht, aber ich habe Sie ausgesucht. Ich wende mich an Sie. Warum wollt ihr mich verfolgen, wenn ich bereits unschädlich geworden bin – und das für immer! Es ist zu Ende.«

Eine unerwartete Klippe in der Person dieses Menschen, der anfing zu zittern ... was sollte ich ihm sagen? Ich war noch voll von Wacław, und hier, vor mir, dieser sich erbrechende Mensch – genug, genug, genug! – der um Mitleid flehte. In einem flüchtigen Aufleuchten erblickte ich die ganze Fatalität des Problems: ich konnte ihn nicht wegstoßen, denn jetzt verstärkte sich sein Tod durch sein vor mir zitterndes Leben. Er war zu mir gekommen, war mir nah geworden und dadurch riesig, sein Leben und sein Tod türmten sich jetzt vor mir, himmelhoch. Und zugleich führte mich sein Erscheinen – mich aus Wacław hinausstoßend – dem Dienst wieder zu, unserer Aktion unter der Anführung Hippolyts, und er, Siemian, wurde nur zum Objekt unseres Tuns ... und als Objekt war er nach außen geworfen, aus uns ausgeschlossen, und ich konnte ihn weder anerkennen, noch mich mit ihm verständigen, noch sogar wirklich mit ihm sprechen – ich mußte Distanz wahren und, ihn nicht an mich heranlassend, Manöver anwenden, Politik ... also bäumte sich einen Augenblick mein Geist wie ein Pferd vor einem unüberwindlichen Hindernis ... weil er mich zur Menschlichkeit aufrief und sich mir näherte wie einem Menschen, mir aber nicht erlaubt war, in ihm den Menschen zu sehen. Was für eine Antwort sollte ich ihm geben? Eines war das Wichtigste – ihn nicht an mich heranzulassen, ihm nicht zu erlauben, mich zu durchdringen! »Mein Herr«, sagte ich, »es ist Krieg. Das Land ist okkupiert. Eine Desertion unter solchen Umständen, das ist ein Luxus, den wir uns nicht erlauben können. Einer muß den anderen bewachen. Das wissen Sie.«

»Das heißt, daß . . . Sie mit mir nicht . . . wirklich sprechen wollen?«

Er wartete eine Weile ab, als fände er Gefallen an dem Schweigen, das uns immer mehr voneinander trennte.

»Mein Herr«, sagte er, »sind Ihnen nie die Hosen heruntergerutscht?«

Wieder gab ich keine Antwort und vergrößerte die Distanz.

»Mein Herr«, sagte er geduldig, »von mir ist das alles abgeglitten – ich bin ohne all dies. Sprechen wir ohne Faxen. Wenn ich des Nachts zu Ihnen komme wie ein Unbekannter zu einem Unbekannten, so lassen Sie uns ohne all dies reden, wollen Sie?«

Er schwieg und wartete, was ich sagen würde. Ich sagte nichts.

»Es ist ganz gleich, was für eine Meinung Sie von mir haben«, fügte er apathisch hinzu. »Aber ich habe Sie ausgesucht – als meinen Retter oder meinen Mörder. Was ist Ihnen lieber?«

Da wandte ich ihm gegenüber eine deutliche Lüge an – ebenso deutlich für mich wie für ihn – und damit stieß ich ihn endgültig aus unserer Gruppe:

»Mir ist nichts bekannt, was Ihnen drohen könnte. Das ist übertrieben. Das sind die Nerven.«

Dies fällte ihn. Er erwiderte nichts – doch er rührte sich nicht, ging nicht fort, blieb . . . passiv. Als hätte ich ihn der Möglichkeit beraubt, fortzugehen. Und ich überlegte, daß das Stunden so bleiben könnte, er wird sich nicht rühren, wozu sollte er sich rühren – er wird bleiben . . . auf mir lastend. Ich wußte nicht, was ich mit ihm anfangen sollte –

und auch er konnte mir dabei nicht helfen, denn ich hatte ihn weggestoßen, hinausgeworfen, und ohne ihn befand ich mich ihm gegenüber – allein . . . Als ob ich ihn in der Hand hätte. Und zwischen mir und ihm war nichts außer Gleichgültigkeit, kalter Abneigung, Abscheu, er war mir fremd, war mir ekelhaft! Ein Hund, ein Pferd, ein Huhn, selbst ein Wurm waren mir sympathischer als dieser Mann, schon in den Jahren, verbraucht, dem seine ganze Geschichte auf dem Leib geschrieben stand – ein Mann verträgt keinen Mann! Nichts Abscheulicheres für einen Mann als ein anderer Mann – gemeint sind selbstverständlich Männer in fortgeschrittenem Alter, denen ihre Geschichte im Gesicht geschrieben steht. Er hatte nichts Anziehendes für mich, nein! Er war nicht imstande, mich für sich zu gewinnen. Er konnte sich keine Gunst erkaufen. Er konnte nicht gefallen! Er stieß mich ebenso durch sein geistiges Wesen ab, wie durch sein körperliches, wie Wacław, mehr noch – er stieß mich ab, wie ich ihn abstieß, und wir hätten einander auf die Hörner genommen wie zwei alte Auerochsen – und das, daß ich für ihn ebenso ekelhaft war in meiner Verbrauchtheit, potenzierte noch meinen Ekel. Wacław – und jetzt er – beide scheußlich! Und ich mit ihnen! Ein Mann kann einem Mann nur als Verzicht erträglich sein, wenn er auf sich zugunsten von etwas verzichtet – zugunsten der Ehre, der Tugend, des Volkes, des Kampfes . . . Aber ein Mann, der nur Mann ist – welch eine Ungeheuerlichkeit!

Er aber hatte mich ausgesucht. Er hatte sich an mich gewandt – und jetzt trat er nicht zurück. Er stand vor mir. Ich hüstelte, und dies Hüsteln sagte mir, daß die Situation immer schwieriger wurde. Sein Tod – obgleich abschreckend – war jetzt einen Schritt vor mir, wie etwas, dem man nicht ausweichen konnte.

Von einem nur träumte ich – daß er weggehen möge. Nachher würde ich es mir überlegen – erst sollte er weggehen. Warum hätte ich nicht sagen sollen, daß ich einverstanden sei und ihm helfen werde? Das wäre unverbindlich, denn immer hätte ich aus diesem Versprechen eine List und ein Manöver machen können – das heißt, wenn ich mich entschließen würde, ihn zu vernichten, und alles Hippolyt offenbaren würde – zumal es für die Ziele unserer Aktion, unserer Gruppe, sogar angezeigt wäre, sein Vertrauen zu gewinnen und ihn leiten zu können. Wenn ich beschließe, ihn zu vernichten . . . Was kann es schaden, einen Menschen zu belügen, den man vernichtet?

»Hören Sie zu. Vor allem – die Nerven behalten. Das ist das Wichtigste. Kommen Sie morgen zum Mittagessen herunter. Sagen Sie, das sei eine Nervenkrise gewesen, die bereits vorübergeht. Daß Sie zur Form zurückkehren. Tun Sie so, als sei Ihnen das vergangen. Ich meinerseits werde ebenfalls mit Hippolyt sprechen und mich bemühen, Ihnen diese Abfahrt irgendwie einzurichten. Und jetzt gehen Sie in Ihr Zimmer zurück, hier könnte jemand kommen . . .«

Indem ich dies sagte, hatte ich keine Ahnung, was ich sagte. Wahrheit oder Lüge? Hilfe oder Verrat? Das würde sich dann zeigen – und jetzt sollte er sich entfernen! Er erhob sich und richtete sich auf, ich entdeckte in ihm nicht die Spur einer Hoffnung, nichts an ihm rührte sich, er versuchte weder zu danken noch, sei es durch einen Blick, zu gefallen . . . denn er wußte im voraus, daß dies nicht gelingen werde, und daß ihm nichts blieb, als nur zu sein, so zu sein, wie er war, dieses sein undankbares, unangenehmes Sein zu sein – dessen Vernichtung doch noch ekelhafter wäre. Er erpreßte nur mit seinem Dasein . . . oh, was für ein Unterschied zu Karol!

Karol!

Nachdem er gegangen war, begann ich einen Brief an Friedrich. Es war ein Rapport – ich berichtete über diese beiden nächtlichen Besuche. Und das war ein Dokument, durch das ich mich ausdrücklich zur gemeinsamen Aktion meldete. Ich meldete mich schriftlich. Ich knüpfte einen Dialog an.

XI

Am nächsten Tag erschien Siemian zum Mittagessen.

Ich war spät aufgestanden und ging gerade hinunter, als man am Tisch Platz nahm – und da erschien Siemian, rasiert, pomadisiert und duftend, mit einem aus der Brusttasche hervorstehenden Taschentuch. Es war das Erscheinen eines Leichnams – töteten wir ihn doch ununterbrochen seit zwei Tagen. Indessen küßte der Leichnam der Hausfrau die Hand mit der Grazie eines Kavalleristen, und nachdem er alle begrüßt hatte, erklärte er, daß die Indisposition, die ihn befallen hatte, bereits vorüberzugehen beginne, und daß er sich munterer fühle – daß er es satt sei, oben allein zu versauern, »während hier die ganze Familie versammelt« sei. Hippolyt schob ihm eigenhändig einen Stuhl hin, rasch legte man ein Gedeck auf, unsere Aufmerksamkeit gegen ihn kehrte zurück wie unangetastet und er nahm Platz – ebenso überlegen und bedrückend wie am ersten Abend. Man reichte die Suppe. Er bat um einen Schnaps. Das mußte keine geringe Anstrengung sein – als Leichnam zu sprechen, als Leichnam zu essen, als Leichnam zu trinken – eine seiner allmächtigen Unlust gewaltsam entrissene Tätigkeit, entrissen einzig durch die Macht der Angst. »Noch nicht mit so rechtem Appetit, aber von diesem Süppchen werde ich kosten.« »Einen Schnaps würde ich gern noch heben, wenn Sie gestatten.«

Dieses Mittagessen ... verschwommen, doch mit verborgener Dynamik durchsetzt, reich an zügellosen Crescendos und von widersprüchlichen Bedeutungen durchdrungen, unklar wie ein in einen Text hineingeschriebener Text ... Wacław auf seinem Platz neben Henia – und er hatte sich wohl mit ihr ausgesprochen und sie »durch Achtung gewonnen«, denn beide erwiesen einander viel Aufmerksamkeit, alle Augenblicke bezeigten sie einander Höflichkeiten, sie wurde veredelt und er wurde veredelt – beide edel. Was

Friedrich anbetrifft – gesprächig wie immer, gesellig, aber deutlich in den Hintergrund gedrängt durch Siemian, der unmerklich die Herrschaft ergriffen hatte . . . ja, mehr noch als damals, als er zum erstenmal erschienen war, teilten sich uns der Gehorsam und die innere Spannung seinen Wünschen gegenüber mit, den allergeringsten, die bei ihm als Bitte begannen und bei uns als Befehl endeten. Ich, der ich im Bilde war, daß sein Elend sich aus Angst in die einstige, schon verlorene Herrschergewalt kleidete, schaute dem zu wie einer Farce! Anfangs war das noch getarnt, mit der Gutmütigkeit eines Offiziers aus Ostpolen, ein wenig der eines Kosaken, ein wenig der eines Raufbolds – im weiteren Verlauf aber begann die Düsterkeit ihm aus allen Poren hervorzukriechen, Düsterkeit und auch diese kalte, apathische Gleichgültigkeit, die ich schon gestern an ihm bemerkt hatte. Er wurde finster und häßlich. Und es mußte in ihm eine unerträgliche Verflechtung vor sich gehen, da er vor uns aus Angst die Gestalt des ehemaligen Siemian annahm, der er nicht mehr war, den er mehr als wir fürchtete, dem er nicht mehr gerecht zu werden vermochte – jenes »gefährlichen« Siemian, der dazu da war, zu befehlen, sich der Menschen zu bedienen, Menschen durch Menschen zu töten. »Ich möchte um dieses Zitrönchen bitten« – das klang bieder, nach der Art der Ostpolen, sogar ein wenig russisch, aber es hatte Krallen, war irgendwo in der Tiefe von einer Mißachtung der fremden Existenz gekennzeichnet, und er, der das fühlte, fürchtete sich, und sein Grauen wuchs auf seiner Angst. Friedrich, das wußte ich, mußte dieses gleichzeitige Anwachsen von Grauen und Entsetzen in einer Person in sich hineinsaugen. Aber das Spiel Siemians wäre nicht hemmungslos geworden, wenn Karol vom anderen Ende des Tisches sich nicht auf ihn eingespielt und die Herrschergewalt nicht mit seiner ganzen Person unterstützt hätte.

Karol aß Suppe, schmierte Butter aufs Brot – aber Siemian gewann augenblicklich die Macht über ihn wie beim ersten

Mal. Der Junge hatte wieder einen Herrn über sich. Seine Hände wurden soldatisch und geschickt. Dies ganze unausgewachsene Dasein untergab sich sogleich und glatt Siemian, untergab sich und gab sich hin – und wenn er aß, so um ihm zu dienen, wenn er Brot schmierte, so mit seiner Erlaubnis, und sein Kopf ordnete sich auf der Stelle unter mit seinen kurzgeschorenen Haaren, die sich nur über der Stirn leicht kräuselten. Durch nichts drückte er das aus – er war einfach so geworden – wie sich jemand ändert je nach der Beleuchtung. Siemian war sich vielleicht darüber nicht klar, doch stabilisierte sich zwischen ihm und dem Jungen sofort irgendein Verhältnis, und diese unwillige Wolke, mit (nur noch gespielter) Herrschergewalt geladen, begann Karol zu suchen und sich auf ihm zu türmen. Und dem assistierte Wacław, neben Henia sitzend, edel ... Wacław, gerecht, Liebe verlangend und Tugend ... er sah zu, wie sich der Anführer durch den Jungen verdunkelte – der Junge durch den Anführer.

Er mußte fühlen – Wacław – daß dies sich gegen jene Achtung wendete, die er verteidigte, die ihn verteidigte – denn zwischen dem Anführer und dem Jungen bildete sich nichts anderes als eben Mißachtung – Mißachtung vor allem des Todes. Denn ergab sich etwa der Junge dem Anführer nicht darum auf Tod und Leben, weil jener sich weder zu sterben noch zu töten fürchtete – das machte ihn ja zum Herrn über andere Menschen. Und solch einer Mißachtung des Todes und des Lebens folgten alle möglichen Entwertungen, ganze Ozeane von Devaluationen, und die jugendliche Fähigkeit zur Mißachtung verschmolz in eins mit der düsteren, herrischen Nonchalance des anderen – gegenseitig bestätigten sie einander, denn sie fürchteten weder Tod noch Schmerz, der eine, weil er ein Junge war, der andere, weil er Anführer war. Die Sache spitzte sich zu und wuchs riesenhaft an, denn künstlich hervorgerufene Erscheinungen sind schwerer zu zügeln – und Siemian machte ja nur noch aus Angst einen Anführer aus sich, um sich zu retten. Und dieser künstliche, doch durch den Grünschnabel zur Wahrheit verwandelte Anführer, würgte ihn, erstickte, terrorisierte ihn. Friedrich mußte (ich wußte es) diese gewaltige Potenzierung dieser drei Personen in sich hineinsaugen: die Siemians, Karols, Wacławs, die die Möglichkeit einer Explosion verkündete ... während sie, Henia, sich ruhig über ihren Teller neigte.

Siemian aß ... um zu beweisen, daß er schon essen könne wie alle ... und versuchte zu gefallen mit diesem seinem Steppencharme, der indessen durch seine Leichenkälte vergiftet war und an Karol sich sofort in Gewalt und Blut verwandelte. Friedrich saugte das in sich hinein. Aber da geschah es, daß Karol um ein Glas bat und Henia ihm eins reichte – und vielleicht wurde dieser Moment, in welchem das Glas von einer Hand zur anderen ging, ein wenig, nur ein ganz klein wenig verlängert – es konnte scheinen, daß das Wegziehen ihrer Hand um den Bruchteil einer Sekunde zu spät kam. Es konnte so sein. Ob es so war? Die Geringfügigkeit dieses Indizes traf Wacław wie eine Keule – er wurde aschfahl – und Friedrich ließ einen Blick über sie gleiten – einen oh wie gleichgültigen.

Man reichte das Kompott. Siemian verstummte. Er saß jetzt da, immer unangenehmer, als seien ihm seine Höflichkeiten ausgegangen, als hätte er schon endgültig darauf verzichtet, zu gefallen, und als hätten sich die Tore des Grauens sperrangelweit vor ihm geöffnet. Er war kalt. Henia begann mit der Gabel zu spielen, und es fügte sich so, daß Karol ebenfalls seine Gabel berührte – eigentlich war es nicht klar, ob er mit ihr spielte oder ob er sie nur berührte, und es konnte reiner Zufall sein, zumal er die Gabel unter der Hand hatte – indessen wurde Wacław wieder aschfahl – denn war das Zufall? Ach, natürlich konnte das Zufall sein – und war so geringfügig, daß es kaum merklich war. Doch war es auch nicht ausgeschlossen ... ja, vielleicht erlaubte ihnen eben diese Geringfügigkeit ein Spiel, ach, ein leichtes, ein ganz,

ganz leichtes, ein so mikroskopisches, daß (das Mädchen) sich ihm mit (dem Jungen) hingeben konnte, ohne ihre Tugend mit dem Verlobten anzutasten – war es doch völlig unfaßbar ... Und lockte sie denn diese Leichtigkeit nicht – dadurch, daß die allergeringste Bewegung der Hand Wacław traf wie ein Hieb – vielleicht konnten sie sich dieses Spiels nicht enthalten, das fast nichts war und zugleich – in Wacław – ein entsetzlicher Pogrom. Siemian aß das Kompott auf. Wenn Karol tatsächlich solch eine Neckerei mit Wacław trieb, ach, vielleicht eine für ihn selbst unmerkliche, so tastete das jedoch in keiner Weise seine Treue Siemian gegenüber an, denn er spielte wie ein zum Tode bereiter, also leichtsinniger Soldat. Und auch dies war von der sonderbaren Unzügelbarkeit gekennzeichnet, welche die Künstlichkeit verleiht – denn dieses Spielchen mit den Gabeln war ja nur eine Fortsetzung des Theaters auf der Insel, dieser Flirt zwischen ihnen war »theatralisch«. Ich befand mich daher, an diesem Tisch, zwischen zwei Mystifikationen, die angespannter waren als alles, wozu sich die Wirklichkeit hätte aufschwingen können. Ein künstlicher Anführer und eine künstliche Liebe.

Man stand auf. Das Mittagessen war beendet.

Siemian trat an Karol heran.

»Ei, ei ... du junges Bürschel ...«, sagte er.

»Na, was ist dabei!« erwiderte Karol beglückt.

Der Offizier wandte sich an Hippolyt mit blassen Augen, kalt und unangenehm: »Wollen wir sprechen?« sagte er durch die Zähne.

Ich wollte bei ihrem Gespräch dabeisein, doch er bremste mich mit einem kurzen: »Sie nicht ...« Was war das? Ein Befehl? Sollte er vergessen haben, wie wir in der Nacht miteinander gesprochen hatten? Aber ich fügte mich seinem Wunsch und blieb auf der Veranda, während er sich mit Hipp in den Garten entfernte. Henia war neben Wacław und legte ihre Hand auf seine Schulter, als ob nichts zwischen ihnen vorgefallen wäre – wieder treu; doch nicht, ohne daß Karol, der an der offenen Tür stand, seine Hand darauf gelegt hätte (seine Hand auf der Tür – ihre Hand auf Wacław). Und der Verlobte sagte zu dem Fräulein: »Gehen wir ein wenig spazieren«, worauf sie antwortete wie ein Echo: »Gehen wir.« Sie gingen auf einem Weg davon, und Karol blieb wie ein unbändiger Scherz, der sich nicht fassen ließ . . . Friedrich sah den Verlobten nach und dann auf Karol und brummte: »Lächerlich!« – Ihm antwortete ein unmerkliches Lächeln von mir . . . für ihn nur.

Nach einer Viertelstunde kam Hippolyt zurück und rief uns in das Arbeitszimmer.

»Man muß mit ihm Schluß machen«, sagte er. »Diese Nacht muß man das erledigen. Er drängt!«

Und, sich auf das Sofa fallen lassend, wiederholte er für sich, die Augen mit Wohlbehagen schließend: »Er drängt!«

Es stellte sich heraus, daß Siemian wieder nach Pferden verlangt hatte – aber diesmal war es keine Bitte – nein, das war so gewesen, daß Hipp längere Zeit nicht zu sich kommen konnte. – »Meine Herren, das ist ein Gauner! Das ist ein Mörder! Er wollte Pferde, ich sagte, heute hätte ich keine, vielleicht morgen . . . Da drückte er meine Hand, nahm meine Hand zwischen die Finger und drückte, ich sage euch, wie ein typischer Mörder . . . und sagte, daß wenn bis morgen, bis zehn Uhr morgens keine Pferde dasein würden, dann . . .«

»Er drängte!« sagte er erschreckt. »Heute nacht muß man das erledigen, denn morgen werde ich ihm Pferde geben *müssen.*«

Und er fügte leise hinzu:

»Ich werde müssen.«

Das war für mich eine Überraschung. Offenbar hatte Siemian nicht in der Rolle ausgehalten, die wir gestern geplant hatten, anstatt gewandt, beschwichtigend zu reden, hatte er drohend gesprochen . . . offensichtlich war er überfahren worden, terrorisiert von diesem Ex-Siemian, diesem so gefährlichen, den er während des Mittagessens in sich hervorgerufen hatte, und daraus wurde in ihm die Drohung, der Befehl, der Druck, die Grausamkeit geboren (denen er sich nicht widersetzen konnte, da er sie mehr fürchtete als irgend jemand anders) ... Kurz, er war wieder drohend geworden. Aber zumindest das war gut, daß ich mich nicht mehr ausschließlich für ihn verantwortlich fühlte wie in der Nacht, im Zimmer, hatte ich doch die Angelegenheit Friedrich übergeben.

Hippolyt erhob sich. »Meine Herren, nun, wie machen wir das? Wer?« Er zog vier Streichhölzer hervor und drehte einem den Kopf ab. Ich warf einen Blick auf Friedrich – ich erwartete irgendein Zeichen – ob ich mein nächtliches Gespräch mit Siemian kundgeben sollte? Aber er war entsetzlich blaß. Er schluckte den Speichel hinunter.

»Verzeihung«, sagte er. »Ich weiß nicht, ob ...«

»Was?« fragte Hippolyt.

»Der Tod«, sagte Friedrich kurz. Er sah zur Seite. »Ihn t-ö-t-e-n?«

»Was denn sonst? Es ist ja Befehl.«

»T-ö-t-e-n«, wiederholte Friedrich. Er sah niemanden an. Er war ganz allein mit diesem Wort. Es gab niemanden – nur ihn und t-ö-t-e-n. Seine Kreideblässe, die daher kam, daß er *wußte, was töten heißt*, konnte nicht lügen. Er wußte – in diesem Augenblick – bis ins letzte. »Ich werde ... dies ... nicht ...«, sagte er und schlug irgendwie mit den Fingern zur Seite, zur Seite, zur Seite, irgendwohin hinter sich ... Plötzlich wandte er sein Gesicht Wacław zu.

Und es war, als erschiene eine Adresse auf seiner Blässe – bevor er etwas sagte, wußte ich bereits mit völliger Gewißheit, daß er nicht zusammengebrochen war, sondern immer noch die Geschehnisse lenkte, manövrierte – ohne Henia und Karol aus den Augen zu verlieren – in ihre Richtung hin! Also was? Fürchtete er sich? Oder lief er ihnen nach?

»Auch Sie nicht!« wandte er sich rundheraus an Wacław.

»Ich?«

»Wie werden Sie das machen . . . mit einem Messer – denn mit einem Messer muß es sein – nicht mit einem Revolver, das ist zu laut – wie können Sie das mit einem Messer, wenn man Ihre Mutter unlängst auch mit einem Messer? . . . Sie? Sie mit Ihrer Mutter und als Katholik? Ich frage Sie! Wie werden Sie sich einrichten, um das zu tun?«

Er wand sich in den Worten, doch waren sie bis zum Grunde durchlebt, vom Gesicht unterstützt, das »nein« schrie und in das Gesicht Wacławs starrte. Kein Zweifel – »er wußte, was er sagte«. Er wußte, was »töten« hieß und war an der Grenze der Widerstandsfähigkeit, war dem nicht gewachsen . . . Nein, das war kein Spiel, keine Taktik, in diesem Moment war er echt!

»Sie desertieren?« sagte Hippolyt kalt.

Als Antwort lächelte er ratlos und dumm.

Wacław schluckte den Speichel hinunter, als zwinge man ihn, etwas Ungenießbares zu essen. Ich nehme an, daß er bisher an die Sache herangegangen war wie ich, das heißt im Rahmen einer Kriegshandlung, dies Töten war für ihn eines von vielen, eines mehr – abscheulich, aber dennoch gewöhnlich und notwendig sogar und unvermeidlich – bis es ihm hier aus der Unzahl herausgefischt und einzeln präsentiert wurde als das unermeßliche Töten an sich! Auch er erbleichte. Und dazu die Mutter! Und das Messer! Dasselbe Messer wie das, mit dem man seine Mutter . . . er würde also mit dem aus der Mutter gezogenen Messer töten, zum gleichen Stoß ausholen und die gleiche Tat wiederholen am Körper Siemians . . . Doch hinter seiner vor Spannung gerunzelten Stirn vermischte sich vielleicht seine Mutter mit Henia, und nicht die Mutter, sondern eben Henia wurde für ihn entscheidend. Er mußte sich in der Rolle Skuziaks erblickt haben, wie er den Stoß geführt hatte . . . doch wie sich dann Henia und Karol gegenüber behaupten, wie sich ihrer Vereinigung widersetzen, der von den Armen (des Jungen) umfangenen Henia, der unerwachsenen Henia in seinen Armen, der frech jungenhaft gemachten Henia? . . . Siemian töten, wie das Skuziak getan hatte – aber zu wem würde er dann werden? Zu einem Skuziak? Was würde er jener Kraft entgegensetzen – jener minderjährigen? Wenn Friedrich das Töten nicht abgesondert und ins Riesenhafte getrieben hätte . . . doch nun war es schon ein Töten, und dieser Messerstich traf seine eigene Würde, Ehre, Tugend, alles, womit er gegen Skuziak um die Mutter kämpfte, gegen Karol um Henia.

Das war wohl der Grund, daß er, sich an Hippolyt wendend, dumpf meldete, als stelle er etwas bereits Bekanntes fest:

»Ich kann das nicht . . .«

Friedrich sprach mich beinahe triumphierend an, in einem Ton, der die Antwort diktierte:

»Und Sie? Sie werden töten?«

Ha! Wie? Also nur eine Taktik! Er führte etwas im Schilde, indem er Angst vorschützte und uns zur Ablehnung zwang. Unbegreiflich: diese seine Angst, bleich, schweißübergossen, zitternd, so endgültig in ihm, war nur ein Pferd, auf dem er galoppierte . . . zu jungen Knien und Armen hin! Er bediente sich seines Entsetzens in erotischen Absichten! Der Gipfel des Betrugs, eine unglaubliche Niedertracht, etwas Unakzeptables und Unerträgliches! Sich selber behandelte er wie sein Pferd! Doch sein Schwung riß mich mit, und ich fühlte, daß ich mit ihm zusammen galoppieren müsse. Und übrigens wollte ich, selbstverständlich, nicht töten. Ich war glücklich, daß es mir erlaubt war, mich herauszuwinden – schon war unsere Disziplin und Einigkeit geplatzt. Ich antwortete: »Nein.«

»Ein Saustall«, entgegnete Hippolyt ordinär. »Jetzt reicht dieses Geschwätz. In diesem Fall werde ich das selber erledigen. Ohne Hilfe.«

»Sie?« sagte Friedrich. »Sie?«

»Ich.«

»Nein.«

»Wieso?«

»Nnnein ...«

»Mein Herr«, sagte Hippolyt, »überlegen Sie sich's. Man kann doch kein Schwein sein. Man muß ein wenig Pflichtgefühl haben. Das ist meine Pflicht, mein Herr! Das ist Dienst!«

»Sie wollen aus Pflichtgefühl einen unschuldigen Menschen tö-ten?«

»Das ist Befehl. Wir haben einen Befehl erhalten. Das ist eine Aktion, mein Herr! Ich werde nicht aus der Reihe tanzen, alle müssen gemeinsam. So muß es sein! Das ist eine Verantwortung! Was wollen Sie? Daß man ihn lebend laufen läßt?«

»Das ist unmöglich«, räumte Friedrich ein. »Ich weiß, das ist unmöglich.«

Hippolyt riß die Augen auf. Ob er erwartet hatte, daß Friedrich sagen werde: »Ja, laßt ihn laufen«? Darauf hatte er gerechnet? Hatte er solch eine heimliche Hoffnung gehegt, so schnitt diese Antwort Friedrichs die Umkehr ab.

»Was wollen Sie also?«

»Ich weiß, natürlich ... eine Notwendigkeit ... eine Pflicht ... ein Befehl ... Man kann nicht ... Aber Sie werden doch nicht ... Sie werden doch nicht ab-schlach-ten ... Nnnein ... Das können Sie nicht!«

Hippolyt, auf dieses bescheidene, geflüsterte »Nnnein« stoßend – setzte sich hin. Dieses »Nnnein« wußte, was töten hieß – und dieses Wissen, jetzt, richtete sich geradewegs auf ihn und türmte eine riesige Schwierigkeit auf. In seinem schweren Körper eingeschlossen, sah er uns an wie durch ein Fenster, mit glotzenden Augen. Eine »gewöhnliche« Liquidierung Siemians kam nicht mehr in Frage nach unseren drei Absagen voller Widerwillen. Das war zu etwas Ekelhaftem geworden unter dem Druck unseres Abscheus. Und er konnte sich keine Flachheit mehr erlauben. Obwohl er weder ein sehr tiefer noch ein empfindsamer Mensch war, so war er dennoch ein Mensch eines gewissen Milieus, einer gewissen Sphäre, und da wir tief geworden waren, konnte er nicht flach bleiben – einfach aus gesellschaftlichen Gründen. In gewissen Fällen kann man nicht »weniger tief« sein, ähnlich, wie man nicht »weniger subtil« sein kann, das würde gesellschaftlich disqualifizieren. So zwang ihn die Konvention zur Tiefe, dazu, mit uns zusammen den Inhalt dieses Ausdrucks »töten« auszuschöpfen, er sah das, wie wir es sahen – als etwas Entsetzliches. Er fühlte sich, wie wir, machtlos. Jemand mit eigenen Händen morden? Nein, nein, nein! Aber in diesem Fall blieb nur »nicht töten« übrig – »nicht töten« besagte jedoch ausbrechen, verraten, kneifen, die Aufgabe nicht erfüllen! Er breitete die Arme aus. Er war zwischen zwei Scheußlichkeiten – und eine von ihnen mußte zu seiner Scheußlichkeit werden.

»Also was?« fragte er.

»Soll Karol das erledigen.«

Karol! Also das war's, worauf er die ganze Zeit abgezielt hatte – dieser Fuchs! Dieser Schlaumeier! Sich selber reitend wie ein Pferd!

»Karol?«

»Gewiß. Er wird das erledigen. Wenn Sie es ihm befehlen.«

Er sagte das, als ob das unendlich leicht wäre – die ganze Schwierigkeit war ihm verflogen. Als ginge es darum, daß man einen Einkauf in Ostrowiec erledigen sollte. Man wußte nicht, warum dieser Wechsel im Ton gewissermaßen gerechtfertigt schien. Hippolyt wurde schwankend.

»Auf ihn sollen wir das abwälzen?«

»Auf wen denn? Wir werden das nicht tun, das ist nicht für uns . . . und getan muß es werden, da hilft nichts! Sie werden es ihm sagen. Er wird es tun, wenn man es ihm sagt. Für ihn wird das kein Problem sein. Warum sollte er es nicht machen? Befehlen Sie es ihm.«

»Sicher, wenn ich's ihm befehle, wird er's tun . . . Aber wie denn so? Was? Er würde also quasi . . . für uns?«

Wacław mischte sich ein, nervös:

»Sie vergessen, daß das riskant ist . . . Das ist eine Verantwortung. Man kann sich nicht durch ihn vertreten lassen, das Risiko auf ihn abwälzen, das ist unmöglich! So etwas tut man nicht!«

»Das Risiko können wir auf uns nehmen. Sollte die Sache ans Tageslicht kommen, werden wir sagen, daß wir die Täter sind. Worum geht es? Darum nur, daß jemand für uns ein Messer nimmt und zustößt – das wird ihm glatter von der Hand gehen als uns.«

»Aber ich sage Ihnen doch, daß wir nicht das Recht haben, uns seiner zu bedienen, nur weil er sechzehn ist, ihn in das hineinzupacken . . . uns vertreten zu lassen . . .«

Panik hatte ihn ergriffen. Karol in einen Mord hineinziehen, den er, Wacław, nicht imstande war zu begehen, Karol, seine Jugend ausnützen. Karol – weil er ein junger Bengel war . . . aber das war doch nicht in Ordnung, und das schwächte ihn dem Jungen gegenüber . . . er aber mußte dem Jungen gegenüber stark sein! Er begann im Zimmer hin und her zu gehen. »Das wäre unmoralisch!« platzte er wütend heraus und wurde rot wie in seiner intimsten Scham berührt. Hipp hingegen gewöhnte sich allmählich an diesen Gedanken.

»Möglich . . . tatsächlich das einfachste . . . Der Verantwortung entzieht sich niemand. Es geht nur darum, sich nicht die Hände schmutzig zu machen . . . durch die Tatsache selbst . . . Das ist keine Arbeit für uns. Das ist für ihn.«

Und er beruhigte sich wie von einem Zauberstab berührt – als hätte sich endlich die einzige natürliche Lösung ergeben. Er erkannte, daß dies im Einklang mit der Naturordnung war. Er entzog sich nicht. Er war dazu da, Befehle zu erteilen – Karol dazu, sie auszuführen.

Er fand zu Ruhe und Vernunft zurück. Er wurde aristokratisch.

»Daß mir das nicht eingefallen ist. Natürlich!«

Ein recht sonderbarer Anblick, wahrlich: zwei Männer, der eine beschämt durch das, was dem andern die Würde wiedergab. Jene »Ausnützung eines Minderjährigen« erfüllte den einen mit Schande, den anderen – mit Stolz, als ob der eine dadurch weniger männlich, der andere männlicher würde. Aber Friedrich – wie war er genial! Daß es ihm gelang, Karol in das hineinzumischen ... daß er dies Ganze auf ihn hingerenkt hatte ... dank dessen der beabsichtigte Tod sich plötzlich erwärmt hatte und nicht nur Karol, sondern auch Henia erhitzte, mit ihren Armen, ihren Beinen ... und der geplante Leichnam erblühte in verbotener, jungenmädchenhafter, ungeschickter und rauher Sinnlichkeit! Heiß brach es herein – dieser Tod war schon zu einem Liebestod geworden. Und alles – dieser Tod, unsere Angst, unser Ekel, unsere Machtlosigkeit – nur darum, damit eine junge und allzu junge Hand nach ihm greife ... Schon vertiefte ich mich darein, nicht wie in einen Mord, sondern wie in ein Abenteuer ihrer nicht fertig entwickelten, tauben Körper. Eine Lust!

Und gleichzeitig war darin eine beißende Ironie und sogar ein Beigeschmack von Niederlage – daß wir, die Erwachsenen, zur Hilfe eines Milchbarts Zuflucht nahmen, der das machen konnte, was wir nicht konnten – sollte denn dieser Mord wie eine Kirsche an einem dünnen Ast sein, nur dem Leichteren zugänglich? ... Leichtigkeit! Plötzlich begann alles in diese Richtung zu drängen, Friedrich, ich, Hippolyt, wir begannen zu diesem Minderjährigen hinzustreben wie zu einer geheimen entlastenden Alchimie.

Plötzlich äußerte auch Wacław sein Einverständnis für Karol. Hätte er abgelehnt, so hätte er sich selbst an die Sache machen müssen, denn wir waren bereits ausgeschieden. Und zweitens hatte sich ihm wohl etwas verdreht – in ihm hatte sich der Katholizismus gemeldet, und plötzlich schien es ihm wohl, daß Karol als Mörder für Henia ebenso abstoßend sein werde wie er, Wacław, als Mörder – ein Fehlschluß, der daher kam, daß er die Blumen zu sehr mit der Seele roch und nicht mit der Nase, daß er zu sehr an die Schönheit der Tugend und an die Häßlichkeit der Sünde glaubte. Er vergaß, daß das Verbrechen in Karol einen anderen Geschmack haben konnte als in ihm. Sich an diese Illusion klammernd, war er einverstanden – denn übrigens konnte er nicht nicht einverstanden sein, wenn er nicht mit uns brechen und sich nicht völlig abseits in solch trüben Umständen finden wollte.

Friedrich, der fürchtete, daß die Ansichten sich ändern könnten, machte sich so schnell wie möglich auf die Suche nach Karol – ich mit ihm. Im Haus war er nicht. Henia fanden wir in der Anrichte bei der Abnahme von Wäsche, aber nicht sie brauchten wir. Unsere Nervosität wuchs. Wo war Karol? Wir suchten ihn in immer größerer Eile, ohne ein Wort zu sprechen, als seien wir einander fremd.

Er war im Stall, versah die Pferde – wir riefen ihn heraus – und er trat lächelnd zu uns. Ich entsinne mich deutlich dieses Lächelns, denn in dem Moment, als wir ihn riefen, wurde mir das Halsbrecherische unseres Vorschlags bewußt. Schließlich betete er Siemian an. Er war ihm ergeben. Wie also ihn zu so etwas zwingen? Aber das Lächeln versetzte uns auf einmal in ein anderes Reich, wo alles freundschaftlich und willig war. Dieses Kind kannte schon seine Überlegenheiten. Er wußte, daß, wenn wir etwas von ihm wollten, so seine Jugend – er trat also etwas spöttisch heran, aber auch bereit, sich zu vergnügen. Und dieses sein Herantreten hatte etwas Beglückendes, denn es war ein Anzeichen dafür, wie weit er schon mit uns vertraut geworden war. Und sonderbar: dies Vergnügen, diese lächelnde Leichtigkeit waren die beste Einleitung zu der Brutalität, die erfolgen sollte.

»Siemian ist ein Verräter«, erklärte ihm Friedrich bündig. »Es sind Beweise dafür da.«

»Aha!« sagte Karol.

»Man muß ihn heute noch abmurksen, in der Nacht. Wirst du das machen?«

»Ich?«

»Hast du Angst?«

»Nein.«

Er stand an einer Deichsel, über die ein Sattelgurt gehängt war. Absolut in nichts äußerte sich seine Treue zu Siemian. Sobald er von der Tötung gehört hatte, war er wortkarg geworden und vielleicht sogar ein wenig verschämt. Er wurde verschlossen und steif. Es schien, daß er nicht protestieren werde. Ich überlegte, daß für ihn Siemian zu töten oder auch auf Siemians Befehl zu töten eigentlich dasselbe war – das, was ihn mit ihm verband, das war der Tod, ganz gleich wessen. Er war, Siemian gegenüber, blind gehorsam und Soldat – aber gehorsam und Soldat war er auch, wenn er sich auf unseren Befehl gegen Siemian wandte. Es war offensichtlich, daß seine Blindheit dem Anführer gegenüber sich zu einer sofortigen, schweigsamen Fähigkeit zu töten verwandelte. Er war nicht verwundert.

Nur, daß (der Junge) uns mit einem flüchtigen Blick streifte. Irgendein Geheimnis enthielt dieser Blick (als ob er fragte: geht es euch um Siemian, oder . . . um mich?). Aber er sagte nichts. Er war diskret geworden.

Betäubt von dieser unwahrscheinlichen Leichtigkeit (die uns gleichsam in eine völlig andere Dimension einführte) gingen wir mit ihm zu Hippolyt, der zusätzliche Instruktionen erteilte – daß man nachts mit dem Messer losgehen müsse – und daß alles ohne Lärm vor sich gehen solle. Hipp hatte sein Gleichgewicht schon vollkommen wiedergewonnen und gab Anweisungen wie ein Offizier – er war an seinem Platz.

»Und wenn er die Tür nicht aufmacht? Er schließt sich doch ein.«

»Es wird sich ein Mittel finden, daß er aufmacht.«

Karol ging weg.

Und das, daß er wegging, regte mich auf und machte mich rasend. Wohin war er gegangen? Zu sich? Was bedeutete – zu sich? Was war das, diese seine Sphäre, wo man ebenso leicht stirbt wie man tötet? Wir waren bei ihm auf eine Bereitschaft gestoßen, auf einen Gehorsam, aus denen hervorging, daß er sich dazu eignete – wie glatt das gegangen war! Oh, herrlich entfernte er sich, still und gehorsam . . . und ich konnte nicht daran zweifeln, daß er sich zu ihr, zu Henia entfernte, mit Händen, in die wir ein Messer gedrückt hatten. Henia! Es war keine Frage, er war jetzt, als ein Junge mit einem Messer, ein tötender Junge, näher daran, sie zu erobern und zu besitzen, und wäre nicht Hippolyt gewesen, der uns zu einer weiteren Beratung aufhielt, wären wir ihm nachgelaufen, um ihn zu beobachten. Doch erst nach einiger Zeit verließen wir das Arbeitszimmer Hippolyts, um in den Garten zu gehen, ihm nach, ihr nach – und schon waren wir im Vorzimmer, als wir aus dem Speisezimmer die gedämpfte, plötzlich wie abgeschnittene Stimme Wacławs vernahmen – etwas war dort geschehen! Wir kehrten um. Eine Szene wie eine von denen auf der Insel. Wacław, zwei Schritte von Henia – man wußte nicht, worum es ihnen ging, aber etwas mußte zwischen ihnen vorgefallen sein.

Karol stand etwas weiter weg am Büfett.

Bei unserem Anblick sagte Wacław:

»Ich habe ihr eine Ohrfeige gegeben.«

Er ging hinaus.

Da sagte sie:

»Er schlägt!«

»Er schlägt«, wiederholte Karol.

Sie lachten. Sie spotteten. Boshaft, aber belustigt. Übrigens nicht sehr – nicht zu sehr – sie spöttelten nur so. Welche Eleganz in diesem ihrem Spott! Und eher gefiel es ihnen, daß er »schlägt«, als lebten sie sich darin aus.

»Was hat ihn gebissen?« fragte Friedrich. »Worum ging es ihm?«

»Worum wohl schon?« erwiderte sie. Ulkig verdrehte sie die Augen, kokett, und sofort verstanden wir, daß sich das auf Karol bezog. Es war wundervoll, bezaubernd, daß sie nicht einmal mit den Augen auf ihn deutete, sie wußte, daß das nicht nötig war – es genügte, daß sie kokett wurde – sie wußte, daß sie uns nur »mit« Karol gefallen konnte. Wie leicht konnten wir uns schon verständigen – und ich sah, daß sie beide unseres Wohlwollens sicher waren. Schelmisch, diskret ausgelassen und ausgezeichnet im Bilde, daß sie uns entzückten. Das war schon ganz deutlich.

Es war nicht schwer zu erraten, daß Wacław es nicht ausgehalten hatte – wieder hatten sie ihn wohl durch einen beinahe unfaßbaren Blick oder eine Berührung reizen müssen ... diese ihre kindlichen Provokationen! Friedrich fragte plötzlich:

»Hat Karol dir nichts gesagt?«

»Was?«

»Daß er heute nacht ... Siemian ...«

Er machte eine komische Handbewegung, die das Durchschneiden der Kehle nachahmte – es wäre komisch gewesen, wenn die Komik bei ihm nicht etwas so Ernstes gewesen wäre. Er amüsierte sich im Ernst. Er setzte sich. Sie wußte von nichts, nein, Karol hatte sie in nichts eingeweiht. Also erzählte er ihr in Kürze von der beabsichtigten »Liquidation«, und daß Karol das ausführen solle. Er sprach, als handle es sich um eine ganz gewöhnliche Sache. Beide (denn auch Karol) hörten zu – wie soll ich sagen – ohne Widerstand zu leisten. Sie konnten nicht anders zuhören, denn sie mußten uns gefallen, und das erschwerte ihnen die Reaktion. Nur daß, sobald er geendet hatte, sie nichts sagte – noch er – und das Schweigen ihrerseits zunahm. Es war nicht recht ersichtlich, was es bedeutete. Aber (der Junge), dort am Büfett, wurde düster, und auch sie wurde finster.

Friedrich erläuterte: »Die Hauptschwierigkeit ist, daß Siemian nachts vielleicht die Tür nicht aufmachen wird. Er wird Angst haben. Ihr könntet zu zweit hingehen. Du, Henia, würdest unter irgendeinem Vorwand anklopfen. Dir wird er aufmachen. Es wird ihm nicht einmal in den Sinn kommen, nicht zu öffnen. Du wirst ihm zum Beispiel sagen, du hättest einen Brief für ihn. Und wenn er aufmacht, trittst du zurück, und Karol schlüpft hinein . . . das ist wohl die beste Weise . . . was meint ihr?«

Er schlug das ohne großen Nachdruck vor, »nur so«, was übrigens nicht unbegründet war – denn diese ganze Idee war immerhin ziemlich an den Haaren herbeigezogen, es bestand gar keine Gewißheit dafür, daß Siemian ihr gleich so ohne weiteres die Tür öffnen werde, und er verbarg kaum den wahren Sinn dieses Vorschlags: Henia mit in dies hineinzuziehen, damit sie zu zweit . . . Er organisierte das wie eine Szene auf der Insel. Mich blendete nicht so sehr die Idee als die Art, mit der sie verwirklicht wurde – denn er schlug das plötzlich vor, wie nebenbei, den Moment ausnützend, in welchem sie besonders geneigt waren, uns gnädig zu behandeln, sich mit uns zu verbünden oder uns sogar einfach zu bezaubern – zu zweit, zu zweit! Es war also offensichtlich, daß Friedrich auf den »guten Willen« dieses Paares rechnete – daß sie ohne größere Schwierigkeiten einverstanden sein würden, ihn zufriedenzustellen – wiederum also rechnete er auf die »Leichtigkeit«, auf dieselbe Leichtigkeit, die sich bereits bei Karol gezeigt hatte. Er wollte ganz einfach, daß sie »zusammen« diesen Wurm zertraten . . . Aber jetzt ließ sich der erotische, der sinnliche, der Liebessinn dieser Absicht fast nicht mehr verbergen – er war offensichtlich! Und einen Moment schien es mir, daß die beiden Gesichter dieser Angelegenheit direkt vor uns miteinander rangen: denn einerseits war der Vorschlag ziemlich schrecklich, ging es doch darum, auch dieses Mädchen in die Sünde hineinzustecken, in den Mord . . . aber andrerseits war der Vorschlag »berauschend und erregend«, da es darum ging, daß sie »zusammen« . . .

Was würde das Übergewicht erlangen? Ich hatte Zeit genug, mir diese Frage durch den Kopf gehen zu lassen, denn sie antworteten nicht sofort. Zugleich sah ich mit aller Deutlichkeit, daß, so wie sie da vor uns standen, sie *in Beziehung zueinander* noch immer unlustig waren, ohne Zärtlichkeit, scharf auf scharf – aber trotzdem waren sie so durch die Tatsache gefesselt, daß sie uns entzückten und daß wir von ihnen berauscht zu werden erwarteten, daß sie das zur Gefügigkeit zwang. Sie konnten nicht mehr gegen die Schönheit angehen, die wir fortwährend in ihnen entdeckten. Und diese Gefügigkeit sagte ihnen in der Tiefe zu – waren sie doch dazu da, sich zu unterwerfen. Es war dies wiederum eine dieser »an sich selbst begangenen« Taten, die der Jugend so sehr eigen sind, Taten, durch die sich die Jugend definiert, und die infolgedessen derart betäuben, daß ihre objektive, äußere Bedeutung fast verlorengeht. Nicht Siemian, nicht sein Tod waren für sie das Wichtigste – sondern sie selber. (Das Mädchen) beschränkte sich auf die Antwort:

»Warum nicht? Das kann man machen.«

Karol lachte plötzlich, ziemlich dumm:

»Wenn's geht, wird's gemacht, wenn nicht, dann nicht.«

Ich fühlte, daß Dummheit für ihn etwas Notwendiges war.

»Na gut. Du wirst also anklopfen, und dann springst du zur Seite, und ich steche zu. So kann das gehn – nur weiß man nicht, ob er aufmachen wird.«

Sie lachte: »Hab keine Angst, wenn ich anklopfe, wird er aufmachen.«

Sie war jetzt ebenfalls ziemlich dumm.

»Das alles natürlich unter uns«, sagte Friedrich.

»Seien Sie beruhigt!«

Damit war das Gespräch beendet – solche Gespräche kann man nicht in die Länge ziehen. Ich ging auf die Veranda hinaus, von dort in den Garten, ich wollte ein wenig Luft holen – zu schwindelig begann das alles zu rasen. Das Licht wurde schwächer. Die Farben verloren den glasigen Überzug des Glanzes, das Grün und Rot hörten auf zu stechen – schattiges Ausruhen der Farben vor der Nacht. Was barg die Nacht? Also . . . dieses Zertreten des Regenwurms – aber der

Regenwurm war nicht Wacław, sondern Siemian. Ich war nicht so sicher, ob das alles so recht zusammenhielt, bald wärmte und entflammte mich ein düsteres Feuer, bald wieder erschlaffte ich, lustlos, sogar verzweifelt, denn das war zu phantastisch, zu willkürlich und nicht wirklich genug – es war irgendeine Spielerei, ja, das war von unserer Seite wahrhaftig ein »Spiel mit dem Feuer«. Als ich mich abseits, allein zwischen den Sträuchern befand, verlor ich den Faden vollends ... Da sah ich Wacław herankommen. »Ich möchte es Ihnen erklären! Bitte verstehen Sie mich! Ich hätte sie nicht geschlagen, aber das war eine Schweinerei – ich sage Ihnen, einfach eine Schweinerei!«

»Was denn?«

»Eine Schweinerei hat sie mir angetan! Eine große Schweinerei, wenn auch eine leichte ... aber das war keine Täuschung meinerseits ... Eine leichte, und doch eine große Schweinerei! Wir sprachen miteinander im Eßzimmer. Er kam herein. Der Liebhaber. Sofort spürte ich, daß sie zwar zu mir spricht, sich aber an ihn wendet.«

»Sich an ihn wendet?«

»An ihn – nicht mit Worten, aber ... mit allem. Ganz. Scheinbar hat sie mit mir gesprochen, und gleichzeitig hat sie ihn angehauen und sich ihm hingegeben. Vor mir. Mit mir sprechend. Können Sie's glauben? Das war etwas ... Ich sah, sie spricht mit mir und ist bei ihm – und das ... so ganz vollständig. Als ob ich nicht dabei wäre. Ich schlug ihr ins Gesicht. Und was soll ich jetzt machen. Sagen Sie mir, was kann ich jetzt machen?«

»Ließe sich das nicht in Güte beilegen?«

»Aber ich habe sie geschlagen! Ich habe das Tüpfelchen aufs i gesetzt. Ich habe geschlagen! Nun ist schon alles definitiv fixiert und bestätigt. Ich habe geschlagen! Ich weiß selber nicht, wie ich konnte ... Wissen Sie, was? Ich nehme an, daß, wenn ich nicht zugelassen hätte, daß er zu dieser ... Liquidation bestimmt wird ... ich sie nicht geschlagen hätte.«

»Warum?«

Er sah mich durchdringend an.

»Weil ich nicht mehr in Ordnung bin – ihm gegenüber. Ich habe mich durch ihn vertreten lassen. Ich habe mein moralisches Recht verloren, und deshalb schlage ich. Ich schlage, weil mein Leiden nichts mehr bedeutet. Es ist nicht mehr achtenswert. Es hat die Ehre verloren. Darum schlage ich, schlage, schlage ... und ihn würde ich nicht nur schlagen – ihn würde ich totschlagen!«

»Was Sie nicht sagen!«

»Totschlagen – und das ohne weiteres ... Das ist weiter nichts! Totschlagen ... so einen? Soviel wie einen Wurm zertreten! Eine Kleinigkeit! Eine Kleinigkeit! Nur, daß andrerseits so einen töten ... ein Skandal wäre! Und eine Schande! Das ist weit schwieriger als mit einem Erwachsenen. Das ist unmöglich! Töten ist nur zwischen Erwachsenen möglich. Und wenn ich ihr den Hals durchschnitte? ... Nehmen wir einmal an! Beunruhigen Sie sich nicht. Ich sage das nur so, zum Spaß. Das sind doch alles Späße! Mit mir treiben sie Spaß, warum sollte ich da nicht ein wenig spaßen? Du großer Gott, erlöse mich von dem Spaß, in den ich geraten bin! Gott, lieber Gott, Du meine einzige Zuflucht! Was wollte ich sagen? Aha, ich sollte töten ... aber Siemian ... das sollte ich tun, noch ist Zeit, man muß sich beeilen, noch ist Zeit, diesen Mord diesem Milchbart abzunehmen ... denn solange ich das auf ihn abwälze, bin ich nicht in Ordnung, nicht in Ordnung!«

Er verfiel in Gedanken.

»Zu spät. Ihr habt mich beredet. Wie soll ich ihm jetzt diese Aufgabe abnehmen? Jetzt weiß man schon, daß ich mich nicht aus Pflichtgefühl darum reiße, sondern nur, um sie nicht ihm zu lassen – um nicht die moralische Überlegenheit über sie zu verlieren. Diese meine ganze Moralität – nur darum, um sie zu besitzen!«

Er breitete die Arme aus.

»Ich sehe nicht recht, was ich machen soll. Ich fürchte, es bleibt mir nichts zu tun übrig.«

Er sagte noch einiges Nachdenkenswertes.

»Ich bin nackt! Ich fühle mich nackt! Mein Gott! Die haben mich ausgezogen! Ich, in meinem Alter, sollte nicht mehr nackt sein. Nacktheit – das ist für die Jugend!«

Und ferner:

»Sie betrügt nicht nur mich. Sie betrügt die Männlichkeit. Die Männlichkeit überhaupt. Denn sie betrügt mich nicht mit einem Mann. Ist sie also eine Frau? Aha, ich sage Ihnen, sie nützt das aus, daß sie noch keine Frau ist.«

»Sie nützen ihre Besonderheit aus, etwas sehr Spe-zi-fisches, von dem ich bisher nicht wußte, daß es existiert . . .«

Ferner:

»Nur, frage ich mich, woher haben sie das? Ich wiederhole, was ich schon sagte: sie haben sich das nicht selber ausdenken können. Das, auf der Insel. Das, was sie jetzt mit mir . . . diese Provokationen . . . Das ist zu sehr ausgedacht. Ich hoffe, Sie verstehen mich: sie haben das nicht ausdenken können, denn es ist zu sehr ausgedacht. Also woher haben sie das? Aus Büchern? Was weiß ich!«

Es ergoß sich eine sich von unten her verdichtende, die Sicht behindernde Soße, und während die Baumkronen noch in einem gefiederten, fröhlichen Himmel schwammen, waren die Stämme bereits undeutlich, den Blick abweisend. Ich schaute unter dem Ziegelstein nach. Ein Brief.

»Bitte, sprechen Sie mit Siemian. Sagen Sie ihm, daß in der Nacht Sie und Henia ihn auf das Feld hinausbringen werden, wo Karol mit einem Wagen warten wird. Daß Henia in der Nacht an seine Tür klopfen wird, um ihn hinauszubringen. Er wird es glauben. Er weiß, daß Karol ihm gehört, daß Henia Karol gehört! Er wird es leidenschaftlich glauben! Das ist die beste Weise, damit er die Tür aufmacht, wenn sie klopfen wird. Das ist wichtig. *Bitte das zu beachten!*

Bitte vergessen Sie nicht: man kann nicht mehr zurück. Zurück könnte man nur in eine Schweinerei.

Skuziak – was mit ihm? Was? Ich zerbreche mir den Kopf. Er kann nicht abseits bleiben, sie müssen das zu dritt ... *Aber wie?*

Vorsichtig! Man darf nichts forcieren. Besser delikat und mit Gefühl, um nicht zu reizen, nichts unnötig zu riskieren, bisher, unberufen, ist uns das Glück günstig – alles liegt daran, nichts zu verderben. Passen Sie auf sich auf. Vorsichtig!«

Ich ging zu Siemian.

Ich klopfte an – als er wußte, daß ich es war, machte er auf, aber sogleich warf er sich wieder aufs Bett. Wie lange hatte er so gelegen? In Socken – die Schuhe, prachtvoll poliert, glänzten auf dem Fußboden inmitten eines Haufens von Zigarettenkippen. Er rauchte eine Zigarette nach der anderen. Die Hand, schmal im Gelenk, lang, mit einem Ring am Finger. Er zeigte keine Lust zu einem Gespräch. Er lag auf dem Rücken und schaute zur Decke. Ich sagte, ich käme, um ihn zu warnen: er solle sich keine Illusionen machen. Hippolyt werde ihm keine Pferde geben.

Er gab keine Antwort.

»Weder morgen noch übermorgen. Überdies könnten Ihre Befürchtungen, daß man Sie nicht lebend hinauslassen werde, zutreffen.«

Schweigen.

»Angesichts dessen will ich Ihnen ... einen Fluchtplan vorschlagen.«

Schweigen.

»Ich will Ihnen helfen.«

Er gab keine Antwort.

Er lag da wie ein Klotz. Ich dachte, er fürchte sich – aber das war keine Angst, sondern Bosheit. Eine boshafte Bosheit. Er lag da und war boshaft böse – nichts weiter. Er war gehässig. Das kommt daher (dachte ich), daß ich in seine Schwäche eingeweiht war. Ich kannte seine Schwäche, darum verwandelte sie sich in Bosheit.

Ich legte den Plan dar. Ich kündigte ihm an, daß Henia anklopfen werde und wir ihn aufs Feld hinausführen werden.

»Verr . . .«

»Haben Sie Geld?«

»Ja.«

»Dann ist's in Ordnung. Seien Sie bereit – kurz nach Mitternacht.«

»Verr . . .«

»Dies Wörtchen wird Ihnen nicht viel helfen.«

»Verr . . .«

»Seien Sie nicht zu ordinär. Das wird uns noch vergehen.«

»Verr . . .«

Darauf ließ ich ihn allein. Er nahm unsere Hilfe an, erlaubte, daß wir ihn retteten – aber er dankte nicht. Auf das Bett hingeworfen, lang, elastisch, drückte er durch sich noch Eroberungssucht und Macht aus – ein Herr, ein Gebieter – aber Gewalt antun konnte er nicht mehr. Die Gewalt war ihm ausgegangen. Und er wußte, daß ich das wußte. Wenn er bis vor kurzem es noch nicht nötig hatte, sich um jemandes Gunst zu bemühen, da er gefährlich war, sich durch Gewalt aufzwingen konnte, so lag er jetzt vor mir in seiner aggressiven, wütenden Männlichkeit, die aber schon keine Krallen mehr hatte und zur Suche nach Mitgefühl gezwungen war . . . und er wußte, daß er in dieser seiner Männlichkeit unsympathisch, unangenehm war . . . also kratzte er sich mit dem bestrumpften Fuß am Schenkel . . . hob das Bein und bewegte die Zehen, es war dies eine durch und durch egoistische Geste, es war ihm völlig egal, ob ich ihn mochte oder nicht . . . und er mochte mich nicht . . . und er ertrank in Ozeanen der Aversion, es war ihm zum Kotzen . . . mir auch. Ich ging hinaus. Der eigenartige männliche Zynismus vergiftete mich wie Zigaretten, im Speisezimmer traf ich auf Hippolyt, und es war wie ein Stoß, fast hätte ich mich erbrochen, ja, um ein Haar, um eines dieser Härchen, die mir auf den Händen wuchsen! In diesem Augenblick konnte ich keinen Mann vertragen!

Männer gab es fünf im Hause. Hippolyt, Siemian, Wacław, Friedrich und ich. Brrr ... Nichts in der Tierwelt erreicht eine solche Ungeheuerlichkeit – welch ein Pferd, welch ein Hund kann mit dieser Zügellosigkeit der Gestalt rivalisieren, mit diesem Zynismus der Gestalt? Leider! Leider! Die Menschheit nach den Dreißigern tritt in die Ungeheuerlichkeit ein. *Die ganze Schönheit war auf jener, der jungen Seite.* Ich, ein Mann, konnte keine Zuflucht suchen bei meinen Kollegen, Männern, denn sie stießen mich ab. Und sie stießen mich in jenes!

Maria stand auf der Veranda.

»Wo sind sie alle?« fragte sie. »Sind sie verschwunden?«

»Ich weiß nicht ... Ich bin oben gewesen.«

»Und Henia? Haben Sie Henia nicht gesehen?«

»Vielleicht bei den Treibbeeten.«

Sie bewegte flatternd die Finger.

»Haben Sie nicht diesen Eindruck? ... Wacław schien mir nervös. Irgendwie niedergeschlagen. Ist da etwas nicht so, wie es sein sollte, zwischen ihnen? Wahrscheinlich ist etwas kaputtgegangen. Das fängt an, mir zu mißfallen, ich muß mit Wacław sprechen ... oder vielleicht mit Henia ... ich weiß nicht ... Du lieber Gott!«

Sie war beunruhigt.

»Ich weiß von nichts. Aber das, daß er niedergeschlagen ist ... nun, er hat die Mutter verloren.«

»Glauben Sie, es ist wegen der Mutter?«

»Gewiß. Eine Mutter ist eine Mutter!«

»Nicht wahr? Ich glaube auch, es ist wegen der Mutter. Er hat die Mutter verloren! Das wird ihm sogar Henia nicht ersetzen! Eine Mutter ist eine Mutter! Eine Mutter!« Sie machte eine wehende Bewegung mit den Fingern. Und das beruhigte sie völlig, als ob das Wort »Mutter« so mächtig wäre, daß es sogar dem Worte »Henia« die Bedeutung nahm, als ob es die höchste Heiligkeit wäre! . . . Mutter! Zumal auch sie eine Mutter war. Und schon war sie nichts anderes, nur Mutter! Dieses ehemalige Wesen, das jetzt nur noch Mutter war, schaute mich an mit einem verblühten, längst vergangenen Blick und entfernte sich mit seiner Verehrung für die Mutter – ich wußte, daß nicht zu befürchten war, sie könnte uns irgendwie in die Quere kommen – nichts konnte sie tun in der Gegenwart, als Mutter. Im Weggehen spielten ihre ehemaligen Reize.

In dem Maße, wie die Nacht herankam und das, was ihre Ankunft verkündete – das Anzünden der Lampen, das Schließen der Fensterläden, das Tischdecken zum Abendessen – wurde mir immer schlechter, und ich schleppte mich umher und konnte keinen Platz finden. Mit immer größerer Deutlichkeit zeichnete sich das Wesen meines und Friedrichs Verrates ab: wir hatten die Männlichkeit verraten durch (den Jungen plus dem Mädchen). Indem ich so im Haus umherging, schaute ich in den Salon, wo es dämmerig war, und erblickte Wacław auf dem Sofa sitzend. Ich ging hinein und setzte mich in einen Sessel, ziemlich weit weg übrigens, an der gegenüberliegenden Wand. Trübe waren meine Absichten. Verschwommen. Ein verzweifelter Versuch – ob der Widerwille sich nicht durch eine allerhöchste Anstrengung überwinden ließe, mit ihm in Männlichkeit anzuknüpfen. Der Widerwille aber wuchs himmelhoch an, durch mein Kommen erweckt und durch das Platznehmen meines Körpers in der Nähe seines Körpers – angeschwellt von seiner Abneigung gegen mich . . . einer Abneigung, die, indem sie mich ekelhaft machte, meinen Ekel vor ihm ekelhaft machte. Und *vice versa*. Ich wußte, daß unter diesen Bedingungen nicht die Rede davon sein konnte, daß einer von uns in diesen Herrlichkeiten erglänzen würde, die uns trotz allem zugänglich waren – ich denke da an die Herrlichkeiten der Tugend, der Vernunft, der Aufopferung, des Heldentums, des Edelmuts, die wir hätten aus uns herausbringen können, die *in potentia* in uns steckten – doch der Ekel war zu allmächtig. Aber konnten wir ihn nicht mit Gewalt brechen? Gewalt! Gewalt! Wofür waren wir denn Männer? Ein Mann ist der, der Gewalt antut, der sich mit Gewalt aufzwingt. Ein Mann ist der, der herrscht! Ein Mann fragt nicht, ob er gefällt, er kümmert sich nur um das eigene Wohlbefinden, sein Gaumen soll entscheiden, was schön ist, was häßlich – für ihn und nur für ihn! Ein Mann ist für sich selber da, für niemand anderen!

Diese Gewalt wollte ich wohl aus uns heraus entfachen . . . So, wie jetzt die Dinge lagen, waren er wie ich Impotente, da wir nicht wir selber waren, nicht für uns waren, wir waren für jenes und für das jüngere Empfinden – und das versenkte uns in Häßlichkeit. Aber wenn ich auch nur für einen Augenblick in diesem Salon imstande sein würde, für ihn zu sein, für Wacław – und er für mich – wenn wir imstande wären, ein Mann für einen Mann zu sein! Würde uns das die Männlichkeit nicht heben? Würde einer den anderen durch Männlichkeit nicht zur Männlichkeit zwingen? Dies waren meine Kalkulationen, die ich mit den Resten verzweifelter und unbewußter Hoffnung machte. Denn die Gewalt, die ein Mann darstellt, muß zuerst in der Männlichkeit beginnen, zwischen Männern . . . und wenn allein meine Gegenwart bei ihm uns in diesen hermetischen Kreis einzuschließen imstande wäre . . . eine enorme Bedeutung schrieb ich dem zu, daß die Dunkelheit unsere Achillesferse, den Körper, schwächte. Ich dachte, daß, die Schwächung des Körpers ausnützend, wir uns zu verbinden und zu multiplizieren imstande wären, wir mächtig genug zu Männern würden, um uns nicht vor uns selbst zu ekeln – denn niemand ekelt sich ja vor sich selbst – denn es genügt ja, man selber zu sein, um sich nicht zu ekeln! Solcher Art waren meine bereits verzweifelten

Absichten. Aber er blieb bewegungslos ... ich ebenfalls ... und wir konnten nicht miteinander anfangen, uns fehlte der Anfang, man wußte tatsächlich nicht, wie anfangen ...

Plötzlich schlüpfte Henia in den Salon.

Sie hatte mich nicht bemerkt – sie trat zu Wacław heran – setzte sich zu ihm, still. Gleichsam Frieden anbietend. Sicherlich war sie (ich konnte nicht gut sehen) artig. Versöhnlich. Manierlich. Anschmiegsam. Ratlos vielleicht. Verloren. Was war das? Was war das? Hatte auch sie genug ... von jenem ... oder hatte sie Angst, wollte sich zurückziehen, suchte bei dem Verlobten eine Stütze, Rettung? Sie setzte sich zu ihm, artig, ohne ein Wort, ihm die Initiative überlassend, das sollte heißen: »Hier hast du mich, jetzt mach etwas mit uns.« Wacław rührte sich nicht – nicht einmal einen Finger.

Wie ein Frosch, erstarrt. Ich hatte keine Ahnung, was in ihm vorging. Stolz? Eifersucht? Gekränktheit? Oder fühlte er sich einfach unangenehm und wußte nicht, was er mit ihr anfangen sollte – ich aber wollte schreien, er solle sie wenigstens umarmen, wenigstens seine Hand auf sie legen, davon hätte die Erlösung abhängen können! Der letzte Rettungsanker! Seine Hand hätte an ihr die Männlichkeit wiedergewonnen, und ich wäre mit meinen Händen hinzugesprungen, und irgendwie wäre es gegangen! Gewalt – Gewalt in diesem Salon! Doch nichts. Die Zeit verging. Er rührte sich nicht. Und es war wie ein Selbstmord – ein Fiasko – ein Fiasko – und das Mädchen erhob sich, entfernte sich ... und ich hinter ihr.

Man reichte das Abendessen, bei dem wir uns mit Rücksicht auf Maria einem banalen Gespräch hingaben. Nach dem Abendessen wußte ich wieder nicht, was ich mit mir anfangen sollte, man müßte meinen, daß in den einem Mord vorangehenden Stunden viel zu tun wäre, indessen, niemand von uns beschäftigte sich mit irgend etwas, alle hatten sich verstreut ... vielleicht deswegen, weil die Tat, die geschehen sollte, einen so vertraulichen, drastischen Charakter hatte. Friedrich? Wo war Friedrich? Er war ebenfalls irgendwohin verschwunden, und sein Verschwinden machte mich plötzlich blind, als hätte man mir eine Binde um die Augen gelegt, ich wußte nicht was und wie, ich mußte ihn finden, gleich, sofort – ich begann ihn also zu suchen. Ich ging nach draußen. Es sah nach Regen aus, eine heiße Feuchtigkeit war in der Luft, Wolkenfetzen, die man am sternenlosen Himmel ahnen konnte, Wind fuhr zeitweise auf und wirbelte durch den Garten, wonach er wieder erstarb. Ich ging in den Garten fast tastend hinein, die Wege eher erratend, mit einer Kühnheit, die der Schritt ins Unsichtbare diktiert, und nur von Zeit zu Zeit verkündete die bekannte Silhouette eines Baumes oder Busches, daß alles stimmte und ich dort war, wo ich zu sein erwartete. Aber ich entdeckte, daß ich gar nicht auf diese Unveränderlichkeit des Gartens vorbereitet war und sie mich eher wunderte . . . es hätte mich weniger gewundert, wenn sich der Garten im Dunkeln ins Umgekehrte verwandelt hätte. Dieser Gedanke machte mich schwanken wie einen Kahn auf hoher See, und ich begriff, daß ich bereits das Land aus den Augen verloren hatte. Friedrich war nicht da. Ich drang bis zu den Inseln vor, dieses Vordringen nahm mir mein Bewußtsein, und jeder vor mir auftauchende Baum, jeder Strauch, waren etwas Phantastisches, was mich angriff – denn obwohl sie waren, wie sie waren, *konnten* sie anders sein. Friedrich? Friedrich? Er fehlte mir dringend. Ohne ihn war das alles unvollständig. Wo hatte er sich versteckt? Was tat er? Ich kehrte zum Haus zurück, um noch dort nach ihm zu suchen, als ich auf ihn traf in den Büschen vor der Küche. Er pfiff wie ein Lausbube. Er war anscheinend nicht sehr erfreut über mein Kommen und vielleicht sogar etwas beschämt.

»Was machen Sie hier?« fragte ich.

»Ich zerbreche mir den Kopf.«

»Worüber?«

»Darüber.«

Er wies auf das Fenster der Speisekammer. Gleichzeitig zeigte er mir etwas in der geöffneten Hand. Den Schlüssel zu dieser Speisekammer. »Jetzt kann man schon sprechen«, sagte er ungezwungen und laut. »Briefe erübrigen sich. Jetzt wird sie uns schon, wissen Sie, diese ... na ... die Natur ... keinen Streich mehr spielen, denn die Dinge sind zu weit gediehen, die Situation ist schon bestimmt ... Wir brauchen keine langen Faxen zu machen! ...« Er sagte das irgendwie sonderbar. Etwas Eigenartiges ging von ihm aus. Unschuld? Heiligkeit? Reinheit? Und, ganz offensichtlich, hatte er aufgehört, sich zu fürchten. Er riß einen Zweig ab, warf ihn zu Boden – früher hätte er sich dreimal überlegt, ob hinwerfen oder nicht hinwerfen ... »Ich habe diesen Schlüssel mitgenommen«, fügte er hinzu, »um mich zu irgendeiner Lösung zu zwingen. Was diesen ... Skuziak anbetrifft.«

»Und? Ist Ihnen ein Gedanke gekommen?«

»Gewiß.«

»Darf man es wissen?«

»Vorerst ... noch nicht ... Sie werden es im gegebenen Augenblick sehen. Oder nein. Ich sage es Ihnen gleich. Bitte!«

Er streckte die andere Hand aus – mit einem Messer, einem großen Küchenmesser. »Was ist das wieder?« sagte ich, unangenehm überrascht. Plötzlich und zum erstenmal begriff ich mit völliger Gewißheit, daß ich es mit einem Verrückten zu tun hatte.

»Etwas Besseres habe ich nicht ausklügeln können«, bekannte er, als wolle er sich rechtfertigen. »Aber das wird genügen. *Denn wenn ein Junger einen Älteren töten wird, so wird hier ein Älterer einen Jungen töten* – erfassen Sie das? Das schafft ein Ganzes. Das wird sie vereinigen, zu dritt. Das Messer. Ich wußte schon lange, daß, was sie vereint, Messer und Blut ist. Selbstverständlich muß das gleichzeitig erledigt werden«, fügte er hinzu. »Wenn Karol das Messer in Siemian hineinsticht, steche ich meines in Józeee ... eeek!«

Dieser Gedanke! Ein Verrückter! Ein Kranker – ein Irrer – wie denn, er wird ihn abschlachten?! . . . Und dennoch war dieser Wahnsinn irgendwo, auf einem anderen Hindergrund, eben das Allernatürlichste und verstand sich wie von selbst – dieser Verrückte hatte recht, das war zu machen, das würde sie verbinden, »zu einem Ganzen vereinigen« . . . Je blutiger und schrecklicher diese Ungereimtheit war, desto mehr vereinigte sie . . . Und, als sei das zu wenig, dieser kranke Gedanke, der nach Krankenhaus roch, degeneriert und verwildert, ein ekelhafter Gedanke eines Intellektuellen – strömte plötzlich wie ein blühender Strauch einen betäubenden Duft aus, ja, er war begeisternd! Das versetzte mich in Begeisterung! Irgendwo, von einer anderen Seite, von »ihrer« Seite her. Dies blutige Anschwellen tötender Jugend und dieses Vereinigen durch das Messer (der Jungen mit dem Mädchen). Es war eigentlich gleichgültig, welche Grausamkeit an ihnen begangen wurde – oder durch sie – jegliche Grausamkeit potenzierte ihren Geschmack wie eine scharfe Soße!

Der unsichtbare Garten schwoll an und schwelgte in einem Zauber – obwohl feucht, obwohl düster, und mit diesem scheußlichen Verrückten – ich mußte tief aufatmen in dieser Frische, badete plötzlich in einem wundervoll bitteren Element, einem zerreißend verführerischen. Wieder wurde alles, alles, alles jung und sinnlich, sogar wir! Und dennoch . . . nein, ich konnte nicht darauf eingehen! Hier hatte er entschieden das Maß überschritten! Das war einfach unzulässig – unmöglich – das Abschlachten dieses Jungen in der Speisekammer – nein, nein, nein . . . Er begann zu lachen.

»Beruhigen Sie sich! Ich wollte nur prüfen, ob Sie Vertrauen in meine grauen Zellen haben. Aber! Woher denn! Das sind solche Phantasien . . . aus reiner Irritation darüber, daß ich mir wirklich nichts mit diesem Skuziak ausgedacht habe. Das ist so eine Idiotie!«

Eine Idiotie. Wahrhaftig. Als er das selber zugab, fuhr diese Idiotie wie auf einer Schüssel vor mir auf, und es war mir unangenehm, daß ich mich hatte zum besten halten lassen. Wir kehrten ins Haus zurück.

XII

Es bleibt nicht mehr viel zu erzählen. Eigentlich ging schon alles glatt, immer glatter, bis zum Finale, das . . . nun, unsere Erwartungen übertraf. Und leicht war das . . . mir war beinahe zum Lachen, daß eine so bedrückende Schwierigkeit mit einer so beschwingten Leichtigkeit endete.

Meine Rolle bestand wieder in der Bewachung von Siemians Zimmer. Ich legte mich aufs Bett, rücklings, die Hände unter dem Kopf und horchte – wir waren in die Nacht eingetreten, und dem Anschein nach war das Haus eingeschlafen. Ich wartete auf das Knarren der Treppe unter den Füßen des tötenden Pärchens, doch eigentlich war es zu früh, es fehlten noch fünfzehn Minuten. Stille. Auf dem Vorplatz hielt Hipp Wache. Friedrich unten am Eingang. Endlich, Punkt halb eins, knarrte irgendwo unten die Treppe unter ihren Füßen, die sicherlich ohne Schuhe waren. Nackt? Oder in Socken?

Unvergeßliche Augenblicke! Wieder ließ sich ein leises Knarren der Treppe vernehmen. Warum stahlen sie sich so herauf – natürlicher wäre es gewesen, wenn sie frei heraufgelaufen wäre, nur er hätte sich versteckt halten müssen – doch man brauchte sich nicht zu wundern, daß sich ihnen die Verschwörung mitgeteilt hatte . . . und ihre Nerven mußten jedenfalls angespannt sein. Fast sah ich sie, wie sie Stufe um Stufe heraufstiegen, sie voran, er hinter ihr her, mit den Füßen probierend, damit es so wenig wie möglich von diesem Knarren gäbe. Mir wurde bitter. War denn dieses gemeinsame Sich-Hinaufstehlen nicht nur ein schlechtes Surrogat eines anderen, hundertmal mehr begehrten Sich-Hinaufstehlens, bei dem sie das Ziel seines verstohlenen Hinauftappens wäre? . . . und dennoch war ihr Ziel in diesem Augenblick – nicht so sehr Siemian als seine Tötung – nicht minder körperlich, sündhaft und heiß von Liebe, und ihr Sich-Hinaufstehlen war nicht minder gespannt ... Ach! Noch einmal knarrte es! Die Jugend nahte. Es war unsagbar köstlich, denn unter ihren Füßen verwandelte sich eine schreckliche Tat in eine blühende, und es war wie das Wehen eines frischen Luftzuges ... nur daß ... wie war denn diese sich heranstehlende Jugend, war sie denn rein, war sie wirklich frisch und einfach und natürlich, oder unschuldig? Nein. Sie war »für die Älteren«, wenn diese beiden sich in das Abenteuer hineingedrängt hatten, so für uns, dienstbeflissen, um uns zu gefallen, um mit uns zu flirten ... und meine Reife »für« die Jugend sollte sich auf dem Körper Siemians mit ihrer Jugend »für« die Reife treffen – bitte, was für ein Rendezvous!

Aber darin war Glück enthalten – und Stolz – welch ein Stolz! – und noch mehr, etwas wie Schnaps – daß sie im Einvernehmen mit uns, auf unsere Einflüsterung hin, und womöglich aus irgendeiner Notwendigkeit, uns zu dienen, sich dieser Gefahr aussetzten – und sich so heraufstahlen! – sich zu solch einem Verbrechen aufmachten! Das war göttlich! Das war unerhört! Darin verbarg sich die faszinierendste aller Schönheiten der Welt! Ich, auf dem Bett liegend, wurde geradezu wahnsinnig bei dem Gedanken, daß wir, Friedrich und ich, die Inspiration dieser Füße waren – ach, wieder knarrte es, jetzt schon bedeutend näher, und es wurde still, eine Stille brach an, und ich dachte, sie hätten es vielleicht nicht ausgehalten, wer weiß, vielleicht hatten sie sich, verführt durch dies gemeinsame Sich-Heraufstehlen, vom Ziele abgewandt, sich einander zugewandt, und jetzt, in einer Umarmung, alles vergessend, sich aneinander und an die verbotenen Körper herangemacht! Im Dunkeln. Auf der Treppe. Außer Atem. Das konnte sein. Ob ... ob? ... doch nein, ein erneutes Knarren sagt, daß es leere Hoffnungen sind, nichts hat sich geändert, weiter gehen sie die Treppe hinauf – und da zeigte es sich, daß diese meine Hoffnung völlig, aber auch völlig ausgeschlossen war, überhaupt nicht in Frage kam, sich nicht in ihren Stil einfügte. Sie waren zu jung. Zu jung. Zu jung dafür! Sie mußten also zu Siemian gelangen und töten. Doch da (denn wieder war es still auf der Treppe) überlegte ich, ob ihnen nicht der Mut fehlte, vielleicht hatte sie ihn an der Hand gefaßt und zog ihn nach unten, ja, vielleicht war ihnen plötzlich das riesige Gewicht der Aufgabe bewußt geworden, seine erdrückende Masse, dieses »Töten«. Vielleicht erblickten sie das und erschraken? Nein! Niemals! Auch das war ausgeschlossen. Und aus denselben Gründen. Sie zog dieser Abgrund darum an, weil sie ihn überspringen konnten – ihre Leichtigkeit strebte nach den blutigsten Unternehmungen darum, weil sie das zu etwas anderem umänderten – und ihre Annäherung an das Verbrechen war eben ein Zunichtemachen des Verbrechens, indem sie es begingen, vernichteten sie es.

Ein Knarren. Wundervoll, ihre Illegalität, diese sich leicht heranstehlende (knabenhaft-mädchenhafte) Sünde ... und fast sah ich das heimliche Zusammenspiel ihrer Füße, ihre halboffenen Lippen, hörte ihren verbotenen Atem. Ich dachte an Friedrich, der dieselben Geräusche von unten auffing, im Vorzimmer, wo er seinen ihm zugewiesenen Posten hatte, ich dachte an Wacław, sah sie alle zusammen mit Hippolyt, mit Maria, mit Siemian, der wohl wie ich auf dem Bett lag – und ich saugte den Geschmack des jungfräulichen Verbrechens ein, der jungen Sünde ... Poch, poch, poch.

Poch, poch, poch!

Klopfen. Das war sie, die an Siemians Tür klopfte.

Hier endet eigentlich mein Bericht. Das Finale war allzu ... glatt und allzu ... blitzartig, allzu ... unschwierig-leicht, als daß ich es auf eine genügend glaubwürdige Art erzählen könnte. Ich werde mich auf die Angabe der Tatsachen beschränken.

Ich vernahm Henias Stimme: »Ich bin's.« Der Schlüssel drehte sich in Siemians Schloß, die Tür ging auf, es folgte ein Stoß und der Fall des Körpers, der wahrscheinlich platt auf den Fußboden stürzte. Mir scheint, der Junge hat zur Sicherheit noch zweimal das Messer benützt. Ich stürzte auf den Korridor. Karol hatte schon die Taschenlampe angemacht. Siemian lag auf dem Fußboden, als wir ihn umdrehten, zeigte sich Blut.

»Erledigt«, sagte Karol.

Aber dies Gesicht war so sonderbar mit einem Taschentuch verbunden wie bei Zahnweh . . . das war nicht Siemian . . . und erst nach einigen Sekunden wurden wir gewahr: Wacław!

Wacław anstatt Siemian, auf dem Fußboden, tot. Aber Siemian war ebenfalls tot – nur, daß er auf dem Bett lag – er lag auf dem Bett mit einer Messerwunde in der Seite, die Nase ins Kissen gedrückt.

Wir machten Licht. Ich betrachtete das alles voll von irgendwelchen sonderbaren Zweifeln. Das . . . das schien nicht so hundertprozentig wirklich zu sein. Zu harmonisch – zu leicht! Ich weiß nicht, ob ich klar genug bin, ich will sagen, daß es nicht wirklich so hatte sein können, denn irgendeine verdächtige Harmonie hatte sich in dieser Lösung eingenistet . . . wie aus einem Märchen, wie aus einem Märchen . . . Hier, was sicherlich geschehen war: Wacław war gleich nach dem Abendessen in Siemians Zimmer gelangt durch die Tür, die ihre Zimmer verband. Er tötete ihn. Glatt. Dann hatte er auf das Kommen von Henia und Karol gewartet und ihnen die Tür aufgemacht. Alles, damit sie ihn töteten. Glatt. Zur Sicherheit hatte er das Licht ausgemacht und sich ein Taschentuch ums Gesicht gebunden – damit sie ihn nicht im ersten Augenblick erkannten.

Das Entsetzliche meines Zwiespalts: denn die tragische Brutalität dieser Leichen, ihre blutige Wahrheit, war eine allzu schwere Frucht eines allzu biegsamen Baumes! Diese zwei reglosen Leichen – diese beiden Mörder! Als ob die tödlich endgültige Idee von diesem Leichtsinn durchbohrt worden wäre . . .

Wir zogen uns aus dem Zimmer auf den Korridor zurück. Sie schauten hin. Sie sagten nichts.

Wir hörten jemand die Treppe heraufeilen. Friedrich. Beim Anblick Wacławs blieb er stehen. Er winkte uns mit der Hand ab – man wußte nicht, was das bedeuten sollte. Aus der Tasche zog er ein Messer, hielt es eine Weile in der Luft und warf es auf den Fußboden . . . das Messer war blutig.

»Józek«, sagte er. »Józek. Hier ist er.«

Er war unschuldig! Unschuldig war er! Unschuldige Naivität schlug aus ihm hervor! Ich blickte auf unser Pärchen. Sie lächelten. Wie die Jugend immer, wenn es schwierig ist, aus einer peinlichen Lage herauszukommen. Und eine Sekunde lang sahen wir, sie und wir, in unserer Katastrophe, einander in die Augen.

Anhang

Editorische Notiz

Der Roman *Pornografia* wurde am 4. Februar 1958 von Gombrowicz abgeschlossen (*Dziennik 1957–1961,* S. 96), 1960 im Verlag des Instytut Literacki, Paris, erstmalig publiziert und mit dem Literaturpreis der polnischen Exilzeitung *Kultura* ausgezeichnet.

1963 erschien er unter dem Titel *Verführung* in Walter Tiels deutscher Übersetzung bei Günter Neske, Pfullingen. Für diese Ausgabe schrieb Gombrowicz ein eigenes *Vorwort*, das hier unverändert abgedruckt wird. Das polnische Original dieses Vorworts war den Herausgebern nicht zugänglich. Zusätzlich drucken wir Gombrowicz' kurzes Vorwort zur polnischen Ausgabe *Information* in der Übersetzung von Rolf Fieguth.

Die Herausgeber danken Renate Schmidgall für die Mühe der Revision von Walter Tiels Übersetzung und Felix Philipp Ingold für sein Nachwort.

R.F. F.A.

Information

(Vorwort des Autors zur polnischen Ausgabe von 1960)

Pornographie spielt im Polen der Kriegsjahre. Warum? Ein bißchen darum, weil das Klima des Krieges ihm am angemessensten ist. Ein bißchen, weil das Ganze doch recht polnisch ist – und vielleicht sogar, im ersten Wurf, ein wenig im Sinne des billigen Romans à la Rodziewiczówna oder Zarzycka gedacht war (ist diese Ähnlichkeit in der späteren Bearbeitung verschwunden?). Und ein bißchen aus Trotz – um der Nation nahezubringen, daß in ihrem Schoße auch noch andere Konflikte, Dramen, Ideen vorkommen als die . . . theoretisch festgelegten.

Dieses Polen der Kriegszeit kenne ich nicht. Ich war nicht dabei. Überhaupt habe ich Polen seit 1939 nicht gesehen. Ich habe es beschrieben, wie ich es mir vorstelle. Es ist also ein imaginäres Polen, und ärgert euch nicht, daß es manchmal verfehlt, manchmal vielleicht phantastisch ist, denn das spielt keine Rolle und ist ganz bedeutungslos für die Dinge, die in diesem Roman vor sich gehen.

Noch eins. Niemand möge hinter den Episoden mit der Armia Krajowa [bürgerliche, führende Gruppierung im polnischen militärischen Widerstand im 2. Weltkrieg] im zweiten Teil des Romans eine kritische oder ironische Intention vermuten. Die AK darf meines Respektes gewiß sein. Ich habe diese Situation erdacht – sie hätte in einer beliebigen Untergrundorganisation stattfinden können – denn so erforderte es die Komposition und ihr, an dieser Stelle ein bißchen melodramatischer, Geist. AK hin oder her, Menschen sind Menschen, und überall läßt sich ein Kommandeur finden, den jählings die Feigheit heimsucht, oder ein Mord, der von der Konspiration diktiert wird.

W. G.

Vorwort des Autors zur deutschen Ausgabe von 1963

Ein polnischer Schriftsteller hatte mir geschrieben, um mich zu fragen, welches der philosophische Sinn des Romans *Pornographie* sei.

Ich habe ihm geantwortet:

»Versuchen wir, uns auf die einfachste Art auszudrücken. Der Mensch strebt, wie man weiß, nach dem Absoluten. Nach dem Vollen. Nach der Wahrheit, nach Gott, nach der vollkommenen Reife ... Alles erfassen, sich gänzlich realisieren – dies ist sein Imperativ.

Im Roman *Pornographie* manifestiert sich nun, wie mir scheint, ein anderes Ziel des Menschen, ein heimlicheres zweifellos, ein in gewisser Art illegales: sein Bedürfnis nach Nicht-Vollendetem ... nach Unvollkommenem ... nach Niederer-Sein ... nach Jugend.

Eine der deutlichsten Szenen in diesem Sinne ist die in der Kirche, wo die Zeremonie der Messe zusammenbricht unter der Wirkung von Friedrichs angespanntem Bewußtsein und wo mit ihr Gott, der absolute, zusammenbricht, während aus kosmischer Finsternis und Leere ein neues Idol hervortritt, ein irdisches, sinnliches, aus zwei Wesen gemacht, die minderjährig sind, die aber einen geschlossenen Kreis bilden – denn sie unterliegen einer gegenseitigen Anziehung.

Eine andere wichtige Szene ist die Beratung, die dem Mord an Siemian vorangeht, als die Erwachsenen sich außerstande fühlen, ihn umzubringen, da sie die schwere Last des Mordes kennen. Die Tötung wird also durch Jugendliche vollbracht werden müssen, ins Leichte hin versetzt, ins Unverantwortliche – nur auf diese Weise wird sie möglich.

Ich habe schon anderswo davon gesprochen, und wäre es nur in meinem *Tagebuch*, zum Beispiel in einem Abschnitt über das Retiro von Buenos Aires (1955): ›Die Jugend zeigte sich mir als der höchste Wert des Lebens ... Aber dieser

,Wert' hat eine Besonderheit, wohl eine vom Teufel selber erdachte: indem er Jugend ist, hält sich dieser ,Wert' immer unter dem Niveau jeglichen Wertes.‹

Diese letzten Worte (›unter jeglichem Wert‹) erklären, warum ich in keinem der zeitgenössischen Existentialismen habe Wurzeln schlagen können. Der Existentialismus ist bemüht, den Wert wiederzuerfinden, während für mich der ›Unter-Wert‹, das ›Unzugängliche‹, das ›Unterentwickelte‹ dem Menschen näher sind als alle Werte. Ich glaube, daß die Formel ›der Mensch will Gott sein‹ sehr gut die Sehnsüchte des Existentialismus ausdrückt, während ich ihm eine andere, unbändig unermeßliche entgegenstelle: ›der Mensch will jung sein.‹

Nach meiner Meinung dienen die Alter des Menschen als Instrumente zu dieser Dialektik zwischen der Vollkommenheit und der Unvollkommenheit, zwischen dem Wert und dem Unter-Wert. Und aus diesem Grunde ist mein Universum degradiert: als wenn jemand den Geist am Nackenfell gepackt und ihn eingetaucht hätte in das Leichte, in das Niederere.

Doch denken Sie daran, daß Philosophie für mich ohne Bedeutung ist; das ist nicht meine Sache. Ich habe nichts anderes vor, als gewisse Möglichkeiten eines Themas auszubeuten. Ich suche nach den ›Schönheiten‹, die diesem Konflikt zu eigen sind . . .«

Ist das klar? Man sagt, daß ein Werk sich durch sich selber erklärt, daß die Kommentare des Autors überflüssig sind. Das ist richtig im Prinzip! Aber die zeitgenössische Kunst ist nicht immer leicht zugänglich, und manchmal wäre es von Nutzen, daß der Autor den Leser bei der Hand nähme und ihm einen Weg vorschlüge.

Ferdydurke ist ohne Zweifel mein fundamentales Werk, die beste Einführung zu dem, was ich bin und vorstelle. Zwanzig Jahre später geschrieben, hat *Pornographie* seinen

Ursprung in *Ferdydurke*. Es ist also nötig, daß ich einige Worte zu diesem Buche sage.

Es ist die groteske Geschichte eines Herrn, der ein Kind wird, weil ihn die anderen als solches behandeln. *Ferdydurke* möchte die große Unreife der Menschheit demaskieren. Der Mensch, so wie ihn dieses Buch beschreibt, ist ein undurchsichtiges und neutrales Wesen, das sich durch gewisses Betragen und Benehmen hindurch zum Ausdruck bringen muß, und infolgedessen wird es äußerlich – für die anderen – weit umrissener und präziser, als es in seiner Intimität ist. Daher ein tragisches Mißverhältnis zwischen seiner heimlichen Unreife und der Maske, die es im Verkehr mit anderen aufsetzt. Es bleibt ihm nichts anderes, als sich innerlich dieser Maske anzupassen, als sei er wirklich der, der er zu sein scheint.

Man kann also sagen, daß der Mensch von *Ferdydurke* durch die anderen geschaffen ist, daß die Menschen sich untereinander schaffen, indem sie einander Formen aufzwingen, oder was wir »façons d'être« nennen.

Ferdydurke wurde im Jahre 1937 veröffentlicht, bevor noch die Theorie vom »regard d'autrui« von Sartre formuliert worden war. Doch ist es der Popularisierung der Sartreschen Konzeptionen zu verdanken, daß dieser Aspekt meines Buches besser verstanden und aufgenommen wurde.

Indessen, *Ferdydurke* wagt sich auf andere, weniger begangene Gebiete hinaus: das Wort »Form« verbindet sich da mit dem Wort »Unreife«. Wie soll man diesen *ferdydurkischen* Menschen beschreiben? Durch die Form geschaffen, ist er von außen her geschaffen, ebenso könnte man sagen, unauthentisch, deformiert. Ein Mensch sein, heißt soviel wie niemals Man-selber-Sein.

Auch er ist ein ständiger Produzent der Form: er sondert die Form unermüdlich aus, wie die Biene den Honig aussondert.

Aber er ist auch im Kampf mit der eigenen Form. *Ferdydurke* ist eine Beschreibung der Kämpfe des Menschen mit seinem eigenen Ausdruck, der Foltern der Menschheit auf dem Prokrustesbett der Form.

Nicht immer ist die Unreife angeboren oder durch andere aufgezwungen. Es gibt auch eine Unreife, zu der uns die Kultur hinneigen läßt, wenn sie uns überschwemmt und es uns nicht gelingt, uns zu ihrer Höhe emporzuschwingen. Wir werden von jeder »höheren« Form infantilisiert. Der Mensch, durch seine Maske gequält, wird sich heimlich und zum eigenen Gebrauch eine Art von Unter-Kultur fabrizieren: eine Welt, mit den Abfällen der höheren Kulturwelt konstruiert, eine Domäne des Plunders, der unreifen Mythen, der uneingestandenen Leidenschaften ... eine sekundäre Domäne der Kompensation. Dort ist es, wo eine schamhafte Poesie geboren wird, eine gewisse kompromittierende Schönheit ... Sind wir nicht der *Pornographie* ganz nahe?

Ja, *Pornographie* ist aus *Ferdydurke* entsprungen. Es ist ein besonders irritierender Kasus der ferdydurkischen Welt: der Jüngere den Älteren schaffend. Ist es der Ältere, der den Jüngeren schafft, so geht alles schön und gut, vom gesellschaftlichen und kulturellen Gesichtspunkt gesehen. Doch wenn der Ältere dem Jüngeren untergeben ist – welche Finsternisse! Welch Perversität und Schande! Welch eine Unzahl von Fallen! Und dennoch: die Jugend, biologisch überlegen, physisch schöner, hat keinerlei Mühe, den Älteren, den bereits vom Tod infizierten, zu bezaubern und zu gewinnen. Von diesem Gesichtspunkt aus ist *Pornographie* beherzter und kühner als *Ferdydurke*, die sich vor allem der Ironie und des Sarkasmus bedient – und im Humor liegt Distanz. Zu jener Zeit traktierte ich meine Themen von oben herab, und man könnte behaupten, in *Ferdydurke* kämpfe ich stolz gegen die Unreife. Indessen vernimmt man bereits einen recht zweideutigen Ton, der zu verstehen geben könnte, daß dieser Gegner der Unreife eben gerade sterblich in die Unreife verliebt ist.

In *Pornographie* habe ich die Distanz aufgegeben, welche der Humor verleiht. Es ist keine Satire, sondern ein Roman, ein klassischer Roman . . . Der Roman zweier Herren in der Alterswende und eines jugendlichen Paares; ein sinnlich-metaphysischer Roman. Welch eine Schande!

Ich zitiere noch aus meinem *Tagebuch*, was folgt:

»Eines meiner geistigen und ästhetischen Ziele ist, einen offeneren, dramatischeren Zugang zur Jugend zu finden. Ihr die Bindungen mit der Reife zu enthüllen, damit sie einander ergänzen.«

Weiter:

»Ich glaube an keine nicht erotische Philosophie. Ich traue keinem entsexualisierten Gedanken.

Freilich, es ist schwer zu glauben, daß die *Logik* von Hegel oder *Die Kritik der reinen Vernunft* hätten konzipiert werden können, ohne daß ihre Autoren einige Distanz mit dem Körper gewahrt hätten. Doch das reine Bewußtsein, kaum daß es realisiert ist, muß von neuem in den Körper getaucht werden, in das Geschlecht, in Eros; der Künstler muß den Philosophen in die Verzauberung tauchen, in den Charme, in die Anmut.«

Noch eine Bemerkung, selbst wenn sie mich der Megalomanie verdächtig macht: »Und wenn *Pornographie* ein Versuch wäre, die polnische Erotik zu erneuern? . . . Ein Versuch, eine Erotik wiederzufinden, die mehr unserem Schicksal und unserer neueren Geschichte entspräche – gemacht aus Vergewaltigungen, Sklaverei, aus Kämpfen von grünen Burschen – ein Hinabsteigen zu den dunklen Grenzen des Bewußtseins und des Körpers?« Ich bin mehr und mehr geneigt, die Themen, die mir die komplexesten zu sein scheinen, unter einer einfachen, sogar naiven Form zu präsentieren. *Pornographie* ist ein wenig in der Art eines »Provinzromans«, eines polnischen, geschrieben; es ist, als wenn ich auf einem Kremserwagen herumkutschiere, auf einem ältlich gewordenen vom Gift des »dernier cri« (ein Schmerzensschrei außer Mode, das ist selbstverständlich). Habe ich recht, zu denken, daß je unerschrockener die Literatur ist und von einer schwierigen Zugänglichkeit, daß sie desto mehr zurückkehren sollte zu den früheren, leichteren Formen, an welche die Leser gewohnt sind?

K. A. Jeleński, dem mein Werk so viele und so wertvolle Anregungen zu verdanken hat, meinte, daß *Pornographie* sich auf eine zu sehr umrissene Art präsentiere; er riet mir, daraus einige meiner Spuren zu verwischen, in der Art der Tiere oder gewisser Maler. Aber ich bin schon müde durch all die Mißverständnisse, die sich zwischen mir und meinem Leser häufen, und wenn ich gekonnt hätte, würde ich seine Freiheit, mich zu interpretieren, noch mehr eingeschränkt haben.

W. G.

Nachwort

Pornographie – soviel sei zunächst festgehalten – ist der Roman einer Verführung; und dennoch kein pornographischer Roman; sondern ein philosophischer Traktat in Form einer Kriminalgeschichte.

Hybrides Genre!

Wenn an diesem Text, der nicht eine einzige Beschreibung sexueller Realien enthält, etwas als obszön zu gelten hätte, wäre es sein stilistischer und motivischer Synkretismus, welcher Pathos und Trivialität, Dogma und Lüge, Liebe und Haß, Lachen und Weinen in einem subliterarischen Diskurs von höchster Künstlichkeit zusammenzwingt. »Nichts fürchte ich mehr als Aal«, betont Gombrowicz: »Naive, geradlinige Aufrichtigkeit in der Literatur taugt nichts . . . Je künstlicher man ist, desto mehr kann man aufrichtig sein, die Künstlichkeit gestattet dem Künstler, sich den schamhaften Wahrheiten zu nähern.«[1]

Künstlichkeit, so verstanden, ist nicht ein Privileg (oder ein Mangel) von Kunst, vielmehr erweist sie sich als eine Eigenschaft der Alltagswelt, aus der die »kompromittierende Schönheit« aller wahren Poesie – nämlich »des Plunders, der unreifen Mythen, der uneingestandenen Leidenschaften« – erwächst.

Künstlichkeit entsteht, nach Gombrowicz, durch »Vergewaltigung« zur *Form*; das heißt: durch den kategorischen Imperativ von Konventionen und Gesetzmäßigkeiten des gesellschaftlichen Zusammenlebens, durch »die Notwendigkeit des Abrundens, des Zu-Ende-Redens«, durch den Zwang, nach *a* immer auch *b* zu sagen, um ein großes Ganzes zu schaffen.[2]

1 Witold Gombrowicz/Dominique de Roux, *Gespräche*, Pfullingen 1969, S. 95.
2 *A.a.O.*, S. 47.

»Nun erinnere ich mich aber«, heißt es in einem Interview, das Gombrowicz einst mit sich selber geführt hat, »daß ich schon als kleiner Junge wußte (es war ein spontanes Wissen), daß man weder ›authentisch‹ noch in sich ›geschlossen‹ sein kann. Diese innerste Überzeugung findet man wieder im Roman *Ferdydurke* (1937). Wie stellt sich der Held von *Ferdydurke* dar? Eigentlich ist er nichts als Gärung, Chaos, Unreife. Eine Form braucht er deshalb, um sich nach außen – und vor allem gegenüber andern Menschen – zu manifestieren (ich verstehe unter ›Form‹ all die Arten und Weisen, wie wir uns darstellen, etwa durch die Sprache, durch Ideen, Gesten, Entscheidungen, Handlungen usw.). Doch diese Form schränkt den Menschen ein, sie vergewaltigt ihn, verunstaltet ihn. Da er sich vermittels eines vorgegebenen Apparats von Verhaltens- und Daseinsweisen verständlich machen muß, liegt er immer falsch und fühlt sich als Schauspieler. Die Form ist nichts anderes als die Kleidung, die wir tragen, um unsere schmähliche Nacktheit zu verbergen! . . . und vor allem, um den andern ›reifer‹ vorzukommen, als wir es sind.«[3] Die Form wäre demnach ein ungegenständliches Produkt intersubjektiver Beziehungen und führt im schlimmsten – also im normalen – Fall zur vollständigen Auflösung des Eigenen im Fremden, des Persönlichen im Politischen, des Körperlichen im Geistigen, mithin zur Verwischung der identitätsbildenden Demarkationslinie zwischen »Ich« und *Du*, »Ich« und *Welt*. »Nicht wir sprechen die Worte aus, die Worte sprechen uns aus«, sagt Henryk in Gombrowicz' *Trauung* (1947); und schon in *Ferdydurke* ist zu lesen: »Ihr hörtet Worte, Worte, ordinäre, mit erhabenen Worten kämpfende und andere, ebenso leere und unwirkliche Worte, von Lehrern während des Unterrichts gesagt, und ihr saht als

3 Witold Gombrowicz, J'étais structuraliste avant tout le monde, in: *La Quinzaine littéraire*, 1./15. V. 1967, S. 8.

stumme Zeugen, wie eine aus Worten zusammengesetzte Sache mit einer absurden Grimasse schmählich endete.«

Der Mensch, wie Gombrowicz ihn sieht, ist – *nolens volens* – »1. geschaffen durch die Form, 2. Schöpfer der Form und deren unermüdlicher Erzeuger«; die Form wird ihm demnach nicht nur von den andern aufgezwungen, er zwingt sie seinerseits den andern auf; so daß man, weiterhin Gombrowicz folgend, sagen könnte, der Mensch werde allein durch Fremdbestimmung, bei gleichzeitigem Verlust seiner Individualität, als gesellschaftliches Wesen konstituiert (und legitimiert): »Wenn seine Form eine Verunstaltung erfährt in der Berührung mit der Form anderer Menschen, dann ist er in einem gewissen Maße durch andere geschaffen, ist Objekt. Und dies sind durchaus keine oberflächlichen Umgestaltungen, denn die Form durchdringt uns bis in die Tiefe, es genügt, daß wir den Ton der Stimme verändern, und schon werden gewisse Texte in uns nicht ausgesprochen werden können, nicht einmal gedacht, vielleicht auch nicht gefühlt.«[4]

So baut sich denn die menschliche Existenz, hin- und hergerissen im unablässigen Kampf zwischen dem formlosen »Arsch« und der formvollendeten »Fresse«, zu einem aus lauter »Phrasen und Grimassen« bestehenden Konstrukt von »wilder Künstlichkeit« auf, dessen Wirklichkeitscharakter, wie Gombrowicz in *Ferdydurke* gezeigt hat, rein fiktionaler Natur ist: das Leben verflacht zum schieren Simulacrum.

Die totalitären Ideologien des 20. Jahrhunderts – der Stalinismus ebenso wie der Faschismus – haben, an das zynische Vernunftdenken des »Großinquisitors« anknüpfend, die menschliche Formwerdung als zwischenmenschlichen Uniformierungsprozeß in niedagewesenem Umfang politisch nutzbar gemacht, indem sie ihn zweckrational – zum »Aufbau des Kommunismus«, zur Errichtung des »Dritten Reichs«, zur Schaffung eines »neuen Menschentyps« – ver-

4 Gombrowicz/de Roux, *Gespräche*, S. 52.

einnahmten, was in der Praxis (man denke an Institutionen wie die KPdSU und den Gulag, die NSDAP und das KZ) die Herausbildung von »ebenso grotesken wie erschreckenden Formen« menschlichen Zusammenlebens nach sich zog: »Fortan konnte der Mensch sich selbst ›gestalten‹, willkürlich fabrizierte man nun Wahrheiten, Ideale, Fanatismen und nicht zuletzt auch die intimsten der Gefühle . . .«[5] Wo aber menschliche Gefühle in vorgegebene Ausdrucksformen gezwängt, manipulierbar und austauschbar gemacht, also versachlicht, ja verdinglicht werden, beginnt – unabhängig davon, ob der Zwang zur Form ideologisch, politisch oder erotisch begründet ist – die paradoxale Maskerade der Obszönität, die so oder anders als fehlgeleitete Wunschproduktion erkennbar wird: nicht die Nacktheit, nicht die Wahrheit, nicht die Tat ist obszön; obszön ist die »Uniform«, die die *Nacktheit* verhüllen (und durch die Verhüllung erst eigentlich enthüllen) soll; obszön ist die »Lüge«, die die *Wahrheit* verschleiert, obszön auch das »Wort«, das die *Tat* zugleich dementiert und provoziert. Obszönes Begehren bleibt stets auf das Ganze gerichtet, begnügt sich aber zumeist mit einem Detail, mit einem Ausschnitt, in dem das Ganze ihm *erscheint*: Fetisch oder Schlüsselloch.

Da für Gombrowicz das Problem der *Form* – oder allgemeiner: der Konflikt zwischen Ordnung und Chaos, zwischen Kultur und Natur, zwischen Reife und Unreife – schon immer das Grundthema (wenn nicht gar der einzige Inhalt) seiner literarischen Arbeit gewesen ist, erstaunt es kaum, daß er sich durchweg – nicht nur in *Pornographie*, sondern bereits in *Ferdydurke* und noch in *Kosmos* – an eine voyeuristische Erzählperspektive hält, wie sie üblicherweise in obszöner Literatur verwendet wird, eine umgekehrte Perspektive nämlich, deren Fluchtpunkt nicht auf der Horizontlinie der Szenerie, sondern im Auge des Beobachters liegt, so daß die

5 Gombrowicz, J'étais structuraliste avant tout le monde, *a.a.O.*, S. 8.

beobachteten Gegenstände und Personen um so größer dimensioniert erscheinen, je weiter sie vom Standort des beobachtenden Subjekts entfernt sind. Aus dieser Umkehrung der Perspektive erwächst die wahnwitzige Gigantomanie voyeuristischer Einbildungskraft, die, indem sie Nächstes und Fernstes gewaltsam vereint, Phantasmen ohne jede Tiefenschärfe erzeugt; die Pornoimagination erweist sich von daher, ihrem kruden Realismus zum Trotz, als ein abstraktes (von der Realität abgezogenes) Oberflächenphänomen.

Was Gombrowicz auf der pornographischen Bedeutungsebene seines Romans in Szene setzt, ist nichts anderes als jener hochbewußte Verführungsakt, durch den das »reife« Wissen des Alters am »unreifen« Wesen der Jugend in immer neuen Annäherungen zu genesen hofft, der aber jedesmal – denn Wissen wird unweigerlich zur Machtanmaßung – in einen Akt der Vergewaltigung ausartet; und dieser Vergewaltigungsakt kommt ohne jede brachiale Gewaltanwendung aus, er ist »reich an zügellosen Crescendos und widersprüchlichen Bedeutungen« und bleibt letztlich »unklar wie ein in einen Text hineingeschriebener Text . . .«. Worum es im Klartext geht, hat Gombrowicz selbst wie folgt zusammengefaßt: »Wir, Friedrich und ich, zwei ältere Herren, erblicken ein Pärchen, einen Jungen und ein Mädchen, wie füreinander geschaffen, aneinandergekettet durch einen in die Augen springenden Sex-Appeal. Doch, als wüßten sie nichts davon, versinkt dies irgendwie in ihrer jugendlichen Nichtverwirklichung (einer dem Alter gemäßen Unerfahrenheit). Uns, die Älteren, irritiert und erregt das; wir möchten, daß die Anmut sich verkörpere. Und vorsichtig, den Anschein wahrend, beginnen wir, ihnen zu helfen.«[6]

Die Hilfestellung der Erwachsenen gegenüber den Jugendlichen besteht darin, von ihnen genau das zu verlangen, was sie zu geben haben; was sie hingeben wollen (und hingeben

6 Gombrowicz/de Roux, *Gespräche*, S. 112.

müssen), um ihrerseits erwachsen zu werden: ihre Unschuld. Das bewußte Begehren der Alten findet seine Entsprechung im unbewußten Begehren der Jungen; die Vergewaltigung kann folglich in der subtileren – weil subversiven – Form der Verführung vollzogen werden, einer Verführung übrigens, die sich mit Worten, Gesten und Blicken begnügt, da sie nicht auf die physische Unterwerfung, sondern einzig auf die ästhetische Aneignung des begehrten Körpers ausgerichtet ist. Gombrowicz realisiert dieses intellektuelle Verführungsdispositiv, indem er den zweieinigen Erzähler Friedrich–Witold, einen an Valérys *Monsieur Teste* geschulten Ästheten von extremem Selbst-Bewußtsein, als »Kuppler-Regisseur« einsetzt und ihn den verwickelten Handlungsablauf programmieren läßt – »gebieterisch wie ein König, dem das Pathos erlaubt ist – der eine andere Natürlichkeit einführt, eine höhere als die durchschnittliche. Ein Herrscher-König und ein Meister des Zeremoniells!« Unter der souveränen Anleitung dieses Zeremonienmeisters nehmen die Geschehnisse, als würden sie von einer chemischen Reaktion hervorgerufen, ihren fatalen Gang: *»Es geht darum, daß Henia mit Karol . . .«* Und diesem Ziel – der Verführung der Unreifen zur Reife – wird alles andere (auch die Moral) untergeordnet: »Aber das darf man nicht zeigen. Das darf man niemanden merken lassen. Davon nicht einen Mucks. Niemandem. Nicht einmal sich selber.«

Friedrich–Witold gelingt es, durch intensivste Denkanstrengung das »lebendige Material«, mit dem er experimentiert, seiner formalistischen Dramaturgie zu unterwerfen; unmittelbarer – obszöner – Ausdruck dieser Anstrengung sind der verfremdende Blick und die demagogische Rede, unter deren Einwirkung die Menschen ihre graziöse Natürlichkeit verlieren und zu willenlosen, perfekt funktionierenden Marionetten werden. »Ich habe dann«, schreibt Kierkegaards Verführer in sein Tagebuch, *»die reflektierte Leidenschaft.«* Was er seine Geliebte zu ahnen lehrte, das lehrt schließlich seine Kälte sie begreifen, und zwar so, daß sie selbst zu entdecken glaubt, was der Verführer ihr aufzwingt.[7] Doch *vor* diesem entscheidenden Schritt läßt Gombrowicz seinen Friedrich–Witold scheitern; denn dieser hat, bei aller Ingeniosität seines Vorgehens, die Tatsache unberücksichtigt gelassen, daß »Schwäche stärker ist als Kraft«; daß »ein um so stärkerer Wille« nötig ist, »je weniger das, worauf er einhaut, Widerstand leistet«; daß deshalb »derjenige, der befiehlt, zum Sklaven des Sklaven wird«.[8] Da der Verführer die Stärke der Schwäche seiner Opfer unterschätzt, können sie sich seinem äußersten voyeuristischen Begehren entziehen – dem sorgsam getarnten und gerade deshalb so unzweideutig sich offenbarenden Wunsch, zum Zeugen ihrer ersten Vereinigung zu werden.

Und an diesem Punkt, ohne daß es zwischen Karol und Henia, dem bespähten Paar, zu irgendeiner sexuellen Handlung oder auch bloß zu einem obszönen Wortwechsel gekommen wäre, schlägt *Pornographie* jäh in eine Kriminalgeschichte um, wobei freilich das Dispositiv der Verführung beibehalten wird. Für den Leser stellt sich hier und im folgenden die Erkenntnis ein, daß es sich bei *Pornographie* lediglich um eine pornographische Simulation handelt, insofern nämlich, als Gombrowicz seinen Text auf das Erzählmodell des obszönen Trivialromans bezieht, von dem er zwar gewisse gattungsspezifische Eigenschaften (die voyeuristische Position des Erzählers; die apsychologische Personendarstellung; die labyrinthische Gestaltung von Innen- und Außenräumen; den abrupten Erzählschluß), nicht aber die für alle Pornographie konstitutive Darbietung sexueller Praktiken übernimmt; die Obszönität des Textes besteht eben gerade darin, daß er permanent auf alle nur denkbaren Obszönitäten anspielt, diese aber nicht in die Handlung einbringt.

7 Sören Kierkegaard, *Tagebuch des Verführers*, Frankfurt a. M. 1983, S. 174.
8 Gombrowicz/de Roux, *Gespräche*, S. 113; 111.

Nachdem Friedrich–Witold den Gedanken an die physische Vereinigung Henias und Karols aufgegeben hat, bemüht er sich – nunmehr mit Erfolg – seine jungen Opfer zu einem andern Sündenfall zu verführen: nicht in Liebe, sondern in Haß sollen sie sich »miteinander verbinden«; nicht zum Koitus, sondern zu einer Mordtat sollen sie provoziert werden; und folglich muß die erotische Einspurung der Provokation auf kriminalistischer Ebene – als Verführung zum Verbrechen – ihre Fortsetzung finden, was Gombrowicz problemlos bewerkstelligen kann, da er dem »Kuppler-Regisseur« Friedrich den »Voyeur-Poeten« Witold als Ich-Erzähler zugewiesen und sich dadurch die Möglichkeit offengehalten hat, je nach Bedarf die Darstellung dem Dargestellten anzupassen. »Und für uns, die schon zu alten, war dies die einzige Möglichkeit einer erotischen Annäherung an sie . . . Sie in diesen Verrat hineinstoßen! Wenn sie sich zusammen mit uns darin finden würden, entstünde eine Vermischung und Vereinigung! Ich verstand das! Und ich wußte auch, daß die Sünde sie nicht entstellen wird, im Gegenteil, diese Jugend und Frische werden mächtiger sein, wenn sie schwarz werden, hinabgezogen von unseren überreifen Händen in die Verderbtheit und mit uns verbunden. Ja! Das wußte ich! Genug der anschmiegsamen und gewöhnlich anmutigen Jugend – hier ging es um das Erschaffen einer anderen Jugend, einer tragisch von uns Älteren durchdrungenen.«

Der weitere Handlungsverlauf ergibt sich aus einer mehr und mehr sich beschleunigenden Abfolge von Kapitalverbrechen, deren Kombinatorik offensichtlich an die pornographische Inszenierung von Sexualakten, wie man sie aus dem Werk des Marquis de Sade oder von Pauline Réage kennt, erinnern soll und die ihren Höhepunkt – zugleich auch ihr Ende: Erfüllung durch Vernichtung – in einem kalten Blutrausch findet. »Friedrich«, so erläutert Gombrowicz sein triumphales Finale, »organisiert dieses jugendliche Verbrechen, indem er auch das Mädchen (Henia) mit hineinzieht, in diese gemeinsame, erwachsen-junge Sünde, die uns beiderseits miteinander vereinigen wird. Und im letzten Augenblick weiß der Kuppler-Regisseur nicht, wie er noch einen andern Jungen mit hineinfügen soll, der sich unbeschäftigt abseits herumtreibt, und bringt ihn (Józek) einfach um. Damit es besser schmecke, damit die Suppe mit diesem zusätzlichen Stück jungen Fleisches besser gerate, um durch diese blutbesudelte Jungenhaftigkeit die Jungenhaftigkeit jenes Gleichaltrigen zu kräftigen . . . Und im Schluß selber nimmt die siebzehnjährige Leichtigkeit den Verbrechen, den Sünden das Gewicht, der Roman endet in Nichtverwirklichung.«[9]

»Nichtverwirklichung« des Begehrens *im Genuß* – das ist die Intention sowohl des donjuanesken Verführers wie auch des dandyhaften Verbrechers; denn das Begehren selbst ist der Genuß: Nichtverwirklichung als Selbstgenuß statt Selbstauflösung im Fremdgenuß. Was hier zu seinem Ende kommt, ist ein voyeuristischer Gewaltakt, der ursprünglich als »echte« erotische Komödie mit »echten« Schauspielern geplant war, dann aber – nach veränderter Zielsetzung – eine Eigendynamik zu entwickeln begann, die zwangsläufig zu einer »echten« Tragödie mit »echten« Opfern führte: zu einem »echten« Theatercoup auf der Schaubühne der pornographischen Phantasie. »Etwas Besseres habe ich nicht ausklügeln können«, meint Friedrich gegenüber Witold: »Aber das wird genügen. Denn wenn ein Junger einen Älteren töten wird, so wird hier ein Älterer einen Jungen töten – erfassen Sie das? Das schafft ein Ganzes. Das wird sie vereinigen, zu dritt. Das Messer. Ich wußte schon lange, daß, was sie vereint, Messer und Blut ist. Selbstverständlich muß das gleichzeitig erledigt werden . . . Wenn Karol das Messer in Siemian hineinsticht, steche ich meines in Józeee . . . eeek!« Und Witold, Friedrich kommentierend, fährt fort: »Je blutiger und schrecklicher diese Ungereimtheit war, desto mehr vereinigte

9 *A.a.O.*, S. 113.

sie . . . Und, als sei das zu wenig, dieser kranke Gedanke, der nach Krankenhaus roch, degeneriert und verwildert, ein ekelhafter Gedanke eines Intellektuellen – strömte plötzlich wie ein blühender Strauch einen betäubenden Duft aus, ja, er war begeisternd! Das versetzte mich in Begeisterung! Irgendwo, von einer anderen Seite, von ›ihrer‹ Seite her. Dies blutige Anschwellen tötender Jugend und dieses Vereinigen durch das Messer (der Jungen mit dem Mädchen). Es war eigentlich gleichgültig, welche Grausamkeit an ihnen begangen wurde – oder durch sie –, jegliche Grausamkeit potenzierte ihren Geschmack wie eine scharfe Soße!«

Auf welche Weise Gombrowicz die Kraftlinien von Sexualität und Kriminalität in seinem Text zum Handlungsnetz verknüpft hat, sei anhand eines Beziehungsschemas aufgezeigt, dem einerseits die erotische Wunschkonstellation des Romanpersonals – – → zu entnehmen ist (Friedrich–Witold begehrt Henia–Karol, und umgekehrt; Amelia sympathisiert mit Friedrich, Siemian mit Karol) und das anderseits die Abfolge der Mordtaten → erkennen läßt (Józek, der Amelia getötet hat [1], wird von Friedrich getötet [3b]; Wacław tötet Siemian [2] und wird seinerseits von Karol getötet [3a], der nach dem Willen Friedrichs Siemian hätte töten sollen).

Fast macht es den Eindruck, als sei Gombrowicz bei der Niederschrift von *Pornographie* einer Grundüberzeugung Nietzsches gefolgt, wonach jeder Gedanke auch einen andern Gedanken verbirgt, jede Meinung auch ein Versteck und jedes Wort auch eine Maske ist, so daß wohl erst der Gegensatz – die Nacktheit – die rechte Verkleidung wäre. Jedenfalls kommt die Spannung, die sich aus der kategorialen Gegensätzlichkeit wie auch aus der faktischen Vertauschbarkeit von Sein und Schein ergibt, bei Gombrowicz durchweg – auf unterschiedliche Art und in verschiedenen Zusammenhängen – zum Tragen. So bedient sich der doublierte Verführer Friedrich–Witold grundsätzlich einer zweideutigen Ausdrucksweise, welche das, was sie besagt, durch das, was sie

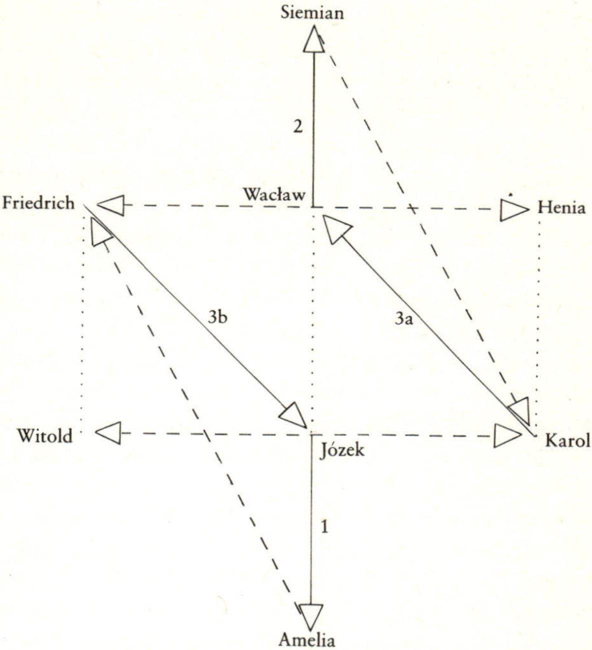

sagt, verschleiert: »Wenn er etwas sagte, schien es, als sage er das, um nicht etwas anderes zu sagen ...« Es sollte demnach berücksichtigt werden, daß die Worte und Taten des Verführers »sich nur dem Anschein nach auf den bezogen, an den sie gerichtet waren, in Wirklichkeit aber sein unermüdlicher Dialog mit den Mächten waren ... Ein listiger Dialog, wo die Lüge der Wahrheit diente, die Wahrheit – der Lüge.« Entsprechend listig sind denn auch die kupplerischen Regieanweisungen des Er-Erzählers – etwa dort, wo er, um Henia und Karol zum Beischlaf zu verführen, das Mädchen dazu anhält, dem Jungen in einer widerlichen Prozedur das Hosenbein hochzukrempeln; oder dort, wo er das unschuldige Paar gemeinsam einen Wurm zertreten läßt, damit es symbolisch die gewünschte (und später vollzogene) Ermordung

Wacławs vorwegnehme, der als Henias Verlobter den Plänen des »Kuppler-Regisseurs« im Weg steht: »Sie haben sich auf dem Regenwurm vereinigt«, schreibt Friedrich an Witold. »Sie werden sich auf Wacław vereinigen. Wacław zertretend. Sie wollen nicht miteinander? Sie wollen nicht? Sie werden sehen, aus Wacław machen wir bald ein Bett für sie, auf dem sie sich paaren werden.« Und weiter: ». . . es geht darum, daß *er* (Wacław) *die beiden* (Henia und Karol) *sehen soll, ohne mich* (Friedrich) *zu sehen*, ich werde alles bis ins einzelne überlegen und aufschreiben, Sie (Witold) werden Instruktionen erhalten. Unbedingt! Das ist wichtig! Gleich morgen! Er muß es wissen, muß es sehen! – Sie fragen, welchen Plan ich habe? Gar keinen. Ich gehe der Linie der Spannungen nach, verstehen Sie? Ich gehe der Linie der Erregungen nach. Mir ist jetzt daran gelegen, daß er (Wacław) sie sieht, und auch sie (Henia und Karol) sollen wissen, daß sie gesehen worden sind. Man muß sie in ihrem Verrat fixieren! Dann werden *wir* (Friedrich und Witold) sehen . . .«

Das Duell zwischen Schein und Sein wird aber nicht nur unter dem voyeuristischen »Kreuzfeuer der frontalen und schiefen Blicke«[10] ausgetragen, das Friedrich–Witold im sexuellen Spannungsfeld gegenüber Henia–Karol entfesselt; es ist, außerdem, ein Duell im luftleeren Raum der Metaphysik, als dessen Kontrahenten Gott und Mensch, Bewußtsein und Leben, Wort und Körper sich zu einer titanischen Groteske zusammenfinden: dem Vergewaltigungsakt an Henia–Karol geht die Liquidierung Gottes durch Friedrich–Witold voran, »ein Mord, begangen am Rande, außerhalb von uns, außerhalb der Messe, als lautloser, aber mörderischer Kommentar einer von der Seite zuschauenden Person . . . Und dieser Kommentar am Rande, diese tödliche Glosse, war eine Tat der Grausamkeit – die Tat eines scharfen, kalten, durch

10 Rémy Zaugg/Pierre Klossowski, Fragmente einer Auseinandersetzung, in: Pierre Klossowski, *Simulacra*, Bern 1981, S. 54.

und durch dringenden, unerbittlichen Bewußtseins ... Trockenheit des Stolzes. Frost der Endgültigkeit. Strenge und Leere. Was also?«

Erst durch den exzentrischen Bewußtseinsakt der Gott-Tötung befreit sich Friedrich–Witold zum Eigen-Sinn, und wie Monsieur Teste eröffnet er sich durch seine Emanzipation vom Allerheiligsten den Zugang zur »Wirklichkeit *in crudo*«. Doch auch hier entrinnt er der Antinomie zwischen Schein und Sein mitnichten; erweist sich doch die Welt, in die er nun, erfahrungssüchtig, eintaucht, als ein gespenstisches »Bordell der Möglichkeiten«[11], das die Realität vollends zur Illusion – zu einem gleißenden Oberflächenphänomen – gerinnen läßt und ihn erneut auf den Außenseiterposten des Zuschauers verweist. »... in einem bestimmten Augenblick wurde mein Blick ... wurden meine Augen ... Augen in Panik und schwer. Ja, irgend etwas zog sie an, die Augen ... Verführerisch, verlockend – ja. Was? Was war es, das sie anzog, reizte? ... Das war ... ein Stückchen Wange und etwas Nacken ... zu jemandem gehörend, der vor uns stand, in der Menge, ein paar Schritte vor uns ... Ach, fast wäre ich erstickt! Das war ... (ein Junge) ... (ein Junge) ... Und als ich begriffen hatte, daß es nur (ein Junge) war, begann ich, mich gewaltsam aus meiner Ekstase zurückzuziehen ... Da bewegte er sich, und diese unmerkliche Bewegung ging mir durch und durch wie eine unheimliche Attraktion! ... Und etwas Göttliches ging von ihm aus, da er etwas köstlich Bezauberndes und Einnehmendes war in der maßlosen Leere dieser Nacht, ein Quell der Wärme und des atmenden Lichts. Eine Gnade. Ein unbegreifliches Wunder: warum wurde diese Bedeutungslosigkeit bedeutungsvoll?« Sowohl im Streben nach Gott (nach Erhöhung und Erfüllung, nach Form und Wert) wie auch im Gegen-Bestreben, sich zur Jugend (zur Schönheit und Leichtigkeit, zur Unreife, zum Unwert) zu

11 Paul Valéry, *Herr Teste*, Frankfurt a. M. 1981, S. 92.

erniedrigen, bleibt der Mensch, sei es auf Seiten des »Lebens«, sei es auf Seiten des »Bewußtseins«, mit sich selbst allein – »fremd, unbekannt, kühl und kalt, rein, fern und neutral« (wie es in *Ferdydurke* heißt): ein *dritter Mensch* – und wird unweigerlich zum Opfer dessen, was er sein möchte; so auch Friedrich–Witold, der Verführer, der vom Verführt-Werden träumt, der Asket, der sich an seinen eigenen Wortorgien berauscht, der Impotente, der in das »dunkle Extrem« der Gewalt und des Verbrechens hinabsteigt, der Täter, der sich selbst zum Opfer fällt.[12]

Laut Gombrowicz ist die menschliche Existenz auf einen Unort – Utopie! – »zwischen Gott und dem Jungen« fixiert, auf die Position des ausgeschlossenen Dritten also, der immer und überall *dazwischen* steht, ohne jemals irgendwo *dabei* zu sein: eine antinomische Existenz, die einzig von der Spannung lebt, der sie in Permanenz ausgesetzt ist. Indem *Pornographie* diese existentielle Grundbefindlichkeit am Beispiel eines katastrophal endenden erotischen Experiments abhandelt und in der konzeptuellen wie auch stilistischen Gebrochenheit der Romanform literarisch konkretisiert, wird sie – als Kunstwerk – zum philosophischen Traktat. Die unhaltbare Position des ausgeschlossenen Dritten, in die der Voyeur und Kuppler Friedrich–Witold gestellt ist, entspricht aber auch – und damit erschließen sich zwei weitere Lesarten des Textes – der gesellschaftlichen und literarischen Stellung des Autors; als Emigrant stand Gombrowicz zeitlebens *zwischen* Heimat und Exil, *zwischen* Osteuropa und Südamerika, *zwischen* Muttersprache und Fremdsprache, *zwischen* polnischer Literatursprache und spanischer (oder französischer) Alltagssprache, *zwischen* dem Adel, dem er entstammte, und der Bohème, von der er sich gleichermaßen angezogen und abgestoßen fühlte. »Doch ich erblicke darin gewissermaßen meine geschichtliche Mission«, notiert Gombrowicz im

12 Witold Gombrowicz, *Die Tagebücher*, II, Pfullingen 1970, S. 272 f.

Tagebuch: »... ach, ach, ach, in Paris eintreten mit unschuldiger Nonchalance als konservativer Stürmer, als Buchweizen-Avantgardist, als rechtsgerichteter Linker, als linksgerichteter Rechter, als argentinischer Sarmat, als aristokratischer Plebejer, als antikünstlerischer Künstler, als unreifer Reifer, als disziplinierter Anarchist, als künstlich Aufrichtiger, als aufrichtig Künstlicher. Das wird euch gut tun ... und mir!«[13] Da er sein Dazwischen-Sein weder überwinden konnte, noch es überwinden wollte, machte Gombrowicz die offene Existenzform des »dritten Menschen« zu seinem Prinzip, die offene Kunstform des »Tands« zum Programm: »Und dazwischen zu sein, das ist auch kein übles Mittel zur Erhöhung – denn bei Anwendung des Prinzips *divide et impera* kannst du bewirken, daß beide Welten sich gegenseitig aufzufressen beginnen, du aber kannst ihnen dann entschlüpfen und dich ›darüber‹ emporschwingen.«[14] Die Selbstverpflichtung auf allseitige Offenheit – auf ein von Konventionen völlig *freies* Leben und Schaffen – läßt sich allerdings nur dann einhalten, wenn das Selbst des Autors mit dem Selbst des Werks zur Übereinstimmung gelangt und zum unverwechselbaren Selbstausdruck wird. »Ich sagte mir: Wenn uns die Form deformiert, so wird es ein moralisches Postulat sein, daraus Konsequenzen zu ziehen. Man selber zu sein, sich gegen Deformierung zu verteidigen, Distanz zu wahren zu noch so ›eigenen‹ Empfindungen und Gedanken – insoweit, als sie nicht mich selbst ausdrücken: dies ist die erste moralische Pflicht.«[15]

Aus dieser Sicht erklärt sich auch, weshalb Gombrowicz nicht müde wird, in seinen Büchern und Tagebüchern die kanonisierte »große Literatur« – Schul- und Modeautoren aller Art – polemisch abzufertigen und anderseits für eine *kleine Literatur* zu plädieren, die nicht im Klassikerjackett,

13 Gombrowicz, *a.a.O.*, III, S. 187.
14 *A.a.O.*, II, S. 322.
15 Gombrowicz/de Roux, *Gespräche*, S. 56.

sondern im Adamskostüm daherkommt. »Oh, polnische Literatur! Ich, in Lumpen, abgerissen, gezwackt, ich ein Poseur, ein Renegat, ein Verräter, ein Megalomane, lege zu Deinen Füßen den internationalen Lorbeer nieder, den heiligsten seit den Zeiten Siękiewiczs und Reymonts.«[16] Denn nur die kleine, die mindere Literatur vermag dem Ich des Autors authentischen Ausdruck zu geben; auch als Literat wollte Gombrowicz vor allem sich selber verwirklichen – durch die Konkretisierung des eigenen »Ich« im *corpus* des Textes: ». . . schon immer stand ich unter dem Zwang, mein ›Ich‹ literarisch mit äußerster Energie zu behaupten. Sobald ich es zu verwerfen trachtete, kam es wie ein Bumerang zurück. Nichts zu machen! Unmöglich! Ohne ›Ich‹ funktioniert nichts.«[17] Gombrowicz geht es deshalb (im Gegensatz zur üblichen Praxis »schöner Literatur«) nicht darum, beim Schreiben immer schon »Autor« zu *sein;* vielmehr darum, durch das Schreiben bei sich selber anzukommen: »Ich« sein zu *wollen*, um unaufhörlich »Ich« zu *werden*. Aus dieser Grundüberzeugung – Schreiben als Selbstwerdungsprozeß, Literatur als rhizomatische Lebensform – ergeben sich weitreichende Konsequenzen, und Gombrowicz scheut sich nicht, sie auch tatsächlich zu ziehen, indem er die Literatur kurzerhand dem »Leben«, das Werk der »Wirklichkeit« zuschlägt und den Autor zu einem »Menschen wie du und ich« werden läßt: »Der Schriftsteller existiert nicht, jedermann ist Schriftsteller, jedermann kann schreiben. Wenn man seiner Verlobten einen Brief schreibt, so ist das ebenfalls Literatur; ich würde sogar weitergehen und sagen: wenn man sich in Gesprächen unterhält, wenn man einen Witz erzählt, macht man Literatur – es ist immer eines und dasselbe.«[18]

16 Gombrowicz, *Die Tagebücher*, III, S. 252.

17 Gombrowicz, J'étais structuraliste avant tout le monde, *a.a.O.*, S. 9.

18 Witold Gombrowicz, Interview [avec Michel Polac, Dominique de Roux, Michel Vianey], in: *L'Art vivant*, V, 1969, S. 26.

Gombrowicz bemüht sich also, ähnlich wie Beuys, um eine radikale Demokratisierung der künstlerischen Tätigkeit, und in diesem Bemühen gelangt er zu einem Literaturbegriff, der das Schreiben gegenüber dem Geschriebenen privilegiert und ihm den Status einer universalen Ausdrucksform minoritären Bewußtseins zuerkennt: Schreiben als mögliche »Ich«-Werdung *für alle*; »Ich«-Werdung als schöpferische Tat, als Poiesis.[19] Und so bleibt denn auch der mit sich selbst entzweite, nach Jugend und Schönheit und sinnlicher Erfahrung strebende Erzähler von *Pornographie* als *Künstler* »unverwirklicht«, findet aber seine Identität als *Täter*, indem er seinen »Text« – statt mit Tinte – mit Blut zuende schreibt; indem er Kunst und Leben zu einer neuen Lebens-Kunst zusammenführt: »Montag: *Ich*. Dienstag: *Ich*. Mittwoch: *Ich*. Donnerstag: *Ich*.«[20] Und so fort; *ad libitum*.

Felix Philipp Ingold

19 Zur kulturellen »Minderheit« (bzw. Minderwertigkeit) sozialer *Mehrheiten* sowie allgemein zum Gegensatz zwischen qualitativer und quantitativer Minorität (Barbaren vs. Zivilisierte; Volkskunst vs. Hochkunst etc.) siehe Jurij M. Lotman, »Der Einfluß im kulturellen Feld«, in: *Wiener Slawistischer Almanach*, XII, 1983, S. 5-19.

20 *Das Tagebuch des Witold Gombrowicz*, Pfullingen 1961, S. 9.

Inhalt

Pornographie

Anhang

Witold Gombrowicz
Gesammelte Werke
im Carl Hanser Verlag

Ferdydurke
Roman

Trans-Atlantik
Roman

Pornographie
Roman

Kosmos
Roman

Yvonne, die Burgunderprinzessin / Die Trauung /
Geschichte / Operette
Theaterstücke

Tagebuch 1953-1956

Tagebuch 1957-1961

Tagebuch 1962-1969

Bacacay
Erzählungen

Gegen die Dichter und andere Schriften

Argentinische Wanderungen und andere Schriften

Die Besessenen
Roman

Eine Art Testament